Het genootschap

J.k.

MACHTELD VAN ZALINGEN

Het genootschap

DE CRIME COMPAGNIE
Crème de la Crime

Omslagontwerp: Margo Togni
Foto omslag: © Abigail Miles, Arcangel Images
Boekverzorging: Michiel Niesen, ZetProducties, Haarlem
Auteursfoto: Bij Drie Fotografie, Mariska Haaima

ISBN 978 94 6109 952 5
NUR 332

Meer informatie over De Crime Compagnie op www.crimecompagnie.nl

I don't have to sell my soul
He's already in me
I don't need to sell my soul
He's already in me

I wanna be adored
I wanna be adored

The Stone Roses – I Wanna Be Adored

Voor Ingvil, Auke en Arwen – volg je eigen weg

x mama

This I must fight against:
any idea, religion, or government
which limits or destroys the individual

John Steinbeck

Simon

Hij bewoog zich voorzichtig door een opening in de rietkraag heen. Vanaf het fietspad was de doorgang bijna niet te zien, toch wist Simon hem feilloos te vinden. Muggen en vliegen zwermden vanuit het dichte gewas in zijn gezicht. Hij sloeg ze van zich af met behoedzame bewegingen. Hij wilde geen lawaai maken. Vandaag droeg hij een korte broek, wat betekende dat hij extra moest opletten voor brandnetels, distels en het scherpe blad van het riet. De paarsbruine pluimen kriebelden langs zijn armen, terwijl de bladeren in zijn vel sneden. Nog even, dan zou hij bij het nest zijn. Het was vrij laat in het seizoen om nog te broeden, maar deze meerkoet deed het blijkbaar rustig aan. Hij wist dat meerkoeten soms wel drie legsels in een broedseizoen hadden, waarschijnlijk was dit het laatste nest. Hij hield zijn adem in en zakte op zijn hurken.

Ineens zag hij het: de eieren waren al uitgekomen! Opgewonden schuifelde hij iets naar voren. Een, twee, hij telde er maar liefst zeven. Om de beurt kwamen de meerkoeten tevoorschijn en maakten hun eerste sprong vanaf het nest het water in. Als zwarte donzen bolletjes dreven ze op het meer. De moeder keek geduldig toe. Was dit niet het mooiste wat er bestond? Zolang hij zich kon herinneren was hij gek op vogels. Vooral op watervogels, want die leefden hier volop. Nu de jongen het water in waren gegaan, kon ook de moeder niet achterblijven. Ze hopte erachteraan. Simon strekte zich uit, hij kreeg kramp in zijn bovenbenen. De meerkoeten schoten weg nu ze hem in de gaten kregen. Jammer, maar dat was te verwachten. Hij maakte de veters van zijn nieuwe Nikes los en deed zijn schoenen en sokken uit. Hij moest ze netjes wegzetten op een droog plekje. Zijn moeder had ze van de week voor hem gekocht, voor na de vakantie. Dan ging hij al naar groep vijf. Hij wilde even het water in, ook al rook het een beetje naar rotte planten en was de bodem slijmerig aan zijn voeten. Hij had het warm gekregen.

Achter hem ritselde het riet. Hij draaide zich om. Er kwam een lange man op hem afgelopen met een grote, blonde baard en een ouderwetse bril met zo'n zwarte rand. 'Goedemorgen. Vogels aan het spotten?'

'Ja, hier zit elk jaar wel een meerkoetennest,' antwoordde Simon. Wat deed die baardman hier? Was hij van de Vogelbescherming? Hij had toch niets verkeerd gedaan?

De baardman kwam een paar passen dichterbij. Hij had vreemde lichtblauwe ogen en heel donkere wenkbrauwen, alsof hij ze op zijn gezicht getekend had.

'Bent u hier met vakantie?'

'Ja, mijn vrouw en ik houden van de Friese Meren. We komen hier al jaren.'

Simon kende niemand die zo praatte; het was niet dat hij geen Fries sprak, het leek alsof hij niet uit Nederland kwam. Hij draaide zich om naar het water. Hij wilde dat die baardman wegging, hij zat hier net zo lekker bij de vogels.

'Je hebt hier een prachtig plekje gevonden, Simon.'

Zijn mond werd kurkdroog. Het pijnlijke gevoel alsof hij door duizend spelden werd geprikt, trok door zijn lichaam. Hoe wist die baardman zijn naam? Instinctief bewoog Simon naar voren, waardoor hij het water in moest stappen. Weg van die engerd. Binnen een paar seconden was baardman bij hem. Zijn handen omsloten Simons bovenarmen als twee bankschroeven. Hij werd van achteren vastgepakt, waardoor hij geen kant op kon. Simon schreeuwde. Een van de handen verplaatste zich naar zijn gezicht en drukte zijn neus en mond dicht. Het zweet brak hem uit, hij werd misselijk. Met zijn vrije arm sloeg hij om zich heen. Tevergeefs.

TWEEËNTWINTIG JAAR LATER

1

Ira

'Die vrouw maakt misbruik van de goedgelovigheid van kwetsbare mensen!' Ira sloeg met haar vuist op de vergadertafel.

'Ze hebben er toch zelf voor gekozen, moeten ze maar niet zo dom zijn,' reageerde Wytze lauw.

'Is dat dan een reden om iemand af te schrijven? Iedereen maakt weleens een fout. Waar het om gaat, is dat er iemand aan kanker is overleden, omdat die Alyah beweerde dat ze hem zelf kon genezen. Ze zei dat hij die toxische behandeling in het ziekenhuis niet nodig had. Drie keer raden wie al zijn geld heeft geerfd?'

Wytzes blik zei al genoeg. Ze hoefde echt niet meer te beginnen over het geld dat alle leden 'vrijwillig' afstonden aan Alyah en haar gevolg. Of te vertellen over de keren dat ze geprobeerd had Alyah te spreken te krijgen. Als ze maar één stap op de toegangsweg naar het landgoed zette, kwam er al iemand naar haar toe om te zeggen dat het privéterrein was en dat ze niet verder mocht. Alsof ze 24/7 in de bosjes op de loer lagen in afwachting van indringers. Dit verhaal klopte van geen kant.

'Sorry, Ira, je moet met een beter verhaal komen, hier kan ik niets mee. Je hebt geen enkel bewijs.' Wytze ging zitten en klapte zijn laptop open. 'Laten we beginnen met de vergadering. Ira, wil jij notuleren?'

Ze streek de plukken haar die uit haar staart gesprongen waren uit haar gezicht en liet zich op de stoel zakken. Natuurlijk, ze had het kunnen weten. Wytzes manier om haar op haar plek te zetten. Ze was nog niet klaar voor de grote verhalen. Of het paste niet bij de krant. Of het was niets voor hun lezers. Het kwam er allemaal op neer dat hij niet groter kon denken dan op het niveau van het plaatselijke sufferdje. Misschien kende hij die Alyah zelfs wel. Wytze kende bijna elke inwoner hier. Sneek was eigenlijk één groot dorp, ook al werd het een stad genoemd. Dat Wytze er niets mee wilde doen, hoefde natuurlijk niet te betekenen dat zij het idee voor het artikel in de prullenbak gooide. Ze kon het verhaal verder uitzoeken en aan een andere krant of aan een tijdschrift verkopen. Of een eigen blogpagina beginnen met verschillende artikelen. Verhalen waar gedegen onderzoeksjournalistiek voor nodig was. Eigenlijk was dat nog helemaal niet zo'n slecht...

'... Ira?'

Tien mensen keken haar verwachtingsvol aan. Waar hadden ze het over? Het zoveelste jubileum waar zij verslag van moest doen? Of de opening van een nieuwe winkel? 'Prima, doe ik,' gokte ze.

'Silke, jij schrijft dan dat stuk over de gemeenteraadsverkiezingen, Douwe, jij doet "lief en leed", en Nicole, jij gaat achter onze plaatselijke beroemdheid aan, hoe heet ze ook alweer, Sandra Baarsma? Ira, houd jij alles bij?'

Ze knikte. Al vertikten haar vingers het om nog langer hun werk te doen. Het was alsof alle spiertjes in een kramp schoten zodra Wytze zijn mond opendeed. Notuleren was absoluut de meest geestdodende bezigheid die er was. Of strijken? Bij dat laatste kon ze, als ze ooit al zou strijken, in elk geval nog Netflix opzetten. Altijd die saaie items, nooit eens een spannend verhaal. Ze tikte verwoed verder, alsof het toetsenbord er iets aan kon doen. Midden in een zin verscheen er ineens een berichtje op haar scherm. Irritant. Ze wilde het bijna wegklikken, toen ze zag van wie het was: Ronne. Er stond met grote letters NEWS ALERT! Jezus, waarom had ze uitgerekend nú zo'n eeuwigdurende redactievergadering? Misschien kon ze stiekem even kijken?

Ze switchte snel naar Ronnes bericht. Terwijl ze het las voelde ze een koude rilling over haar ruggengraat strijken. Niet te geloven. Zou het...

'Ira, zorg jij voor verspreiding van de notulen?' vroeg Wytze opeens.

'Natuurlijk,' antwoordde ze geschrokken. Waren ze nu al klaar?

'Kom je straks even naar mijn kamer voor ons overleg?' Hij stond naast haar en had zijn laptop, notitieblok, pen en telefoon op elkaar gestapeld, en probeerde ook zijn lege koffiekopje met schotel erbij te zetten. Dat ging bijna goed. Het kopje viel om en miste op een centimeter na haar benen. 'Godverdomme!' Wytze liet de boel liggen en liep geïrriteerd de zaal uit. Zijn zorgvuldig over zijn kale schedel geplakte haar wapperde opstandig omhoog.

Het restje koffie spreidde zich langzaam uit over de vloerbedekking. De vlek leek op een doodshoofd. Net Wytze. Ze glimlachte en ging erop staan. Ze veegde de vlek langzaam uit met haar nieuwe cowboylaarzen. Toen pakte ze het kopje van de vloer en zette het terug op de tafel. Chagrijnige ouwe zak. Hij moest nodig met pensioen. Ze dacht weer aan Ronnes mail, misschien kon ze die nu nog even lezen, voordat ze bij Wytze langs moest. Vlug liep ze naar haar werkplek, in een kamer die ze deelde met nog twee andere collega's. Die waren gelukkig druk met hun eigen werk. Ze klapte de laptop open en begon te lezen.

Ronne had het systeem van Grønncorp gehackt! Het was hem eindelijk gelukt. Geniaal. Hij kon nu overal in kijken als hij wilde. Ze stuurde hem snel een appje om wat af te spreken. Daar moest ze meer van weten. Tegelijkertijd kwam ook dat beklemmende gevoel weer naar boven dat ze kreeg bij alles wat met haar familie te maken had.

'Kom je nu even, Ira?'

Ze schoot overeind. Ze had Wytze helemaal niet horen aankomen. Hij had vast op haar scherm gezien dat ze met iets anders bezig was.

Toen ze Wytzes kamer weer uit kwam, betrapte ze zich erop dat ze een grote glimlach op haar gezicht had. Ze pakte haar spullen bij elkaar en wenste iedereen veel succes met de rest van hun leven. Sommige collega's keken haar verbaasd aan, maar ze gaf ze de tijd niet om vragen te stellen; ze was vrij! Ze zette haar koptelefoon op en draaide keihard het nummer *Just been born* van Heather Nova. Bijna huppelend liep ze het pand uit, het zonnige marktplein van Sneek op en pakte haar fiets. Toen ze door de binnenstad langs de grachtjes naar de 1e Woudstraat reed, voelde ze voor het eerst sinds lange tijd weer die fijne, bekende spanning door haar lijf stromen. Ze zou het veld in gaan en vanaf nu haar eigen plan trekken.

2

Ira

Ze hoorde het bonkende geluid van Ronnes fiets die tegen het raam aan de voorkant van haar huis werd gezet. Meteen toen hij aanbelde, trok ze de deur open. 'Zo, direct uit je bed hierheen gekomen?' Zijn zwarte lange haar zag eruit alsof hij door een hevige storm gefietst had, en zijn kin toonde een donkere stoppelbaard van een paar dagen oud.

Hij veegde het haar uit zijn gezicht en zette zijn bril recht. 'Ach, ik werk toch bijna elke dag vanuit huis. Eigenlijk is het belachelijk dat jij in deze tijd nog steeds de hele week op kantoor zit, zo ouderwets.'

'Ik ben het helemaal met je eens. Mega-ouderwets! Daarom heb ik ontslag genomen,' zei ze met een glimlach.

'Ontslag?' Ronne keek haar fronsend aan. 'Wat bedoel je?'

'Ik wil werken bij een krant waar ze échte journalistiek bedrijven. En waar ik niet als een soort veredelde secretaresse word gebruikt. Dus heb ik opgezegd. Maar vertel eens over die website, dat vind ik veel interessanter.' Ze liep door naar de keuken en pakte een fles rode wijn uit het wijnrek. 'Jij ook?'

'Doe mij maar een biertje.' Ronne ging buiten in een van de grote rieten stoelen zitten die ze op haar miniterras achter het huis had staan. Het was buiten nog aangenaam warm voor oktober.

Ze kwam achter hem aan met de drankjes en zette ze op de tafel. 'Nou?'

'Wacht even.' Hij bukte en haalde zijn laptop tevoorschijn uit zijn tas. 'Misschien probeerde die Wytze jou wel gewoon wat geduld bij te brengen, heb je daar al eens bij stilgestaan?'

'Hoezo? Waar heb je het over? Ik ben de rust zelve. Ik ben helemaal zen.'

'Whatever.' Hij negeerde haar samengevouwen handen, waarmee ze deed alsof ze met meditatie bezig was. 'Ik was er vanwege jouw interesse in sektes en geloofsgemeenschappen natuurlijk extra op gespitst om deze opdracht binnen te halen. Sinds jij met jouw afstudeeronderzoek hebt achterhaald dat Grønncorp een van de bedrijven is die door Het Noors Genootschap worden gerund, hebben we ons vizier ook op dat soort organisaties gericht. Er gingen natuurlijk al geruchten rond vanwege financiële malversaties, overtreding van de arbeidswetten en oneerlijke concurrentie. En dan de verhalen van ex-leden over geweld en...'

'Jaja, vertel nou maar wat je gevonden hebt.' Ze schoof met haar stoel wat dichter naar Ronne toe.

Hij zuchtte overdreven en zette zijn bril af om beter te kunnen lezen. 'Prima, als je niet naar mijn introductie wilt luisteren, dan maar *straight to the point* naar de saaie versie. Op hun streng beveiligde netwerk vond ik dus een map met alle teksten voor hun nieuwsbrieven die in de afgelopen jaren zijn gepubliceerd. In de editie van deze maand staat een vacature voor een communicatieassistent. Niet dat ik Noors kan lezen zoals jij, maar gelukkig hebben we Google Translate.' Hij knipoogde naar haar en begon voor te lezen: 'Het bestuur van Grønncorp Noorwegen zoekt op korte termijn een fulltime communicatieassistent ter ondersteuning van de directie. De vacature zal binnen onze (internationale) gemeenschap worden vervuld. Van de sollicitanten wordt verwacht dat ze onze leefregels kennen en naleven, en dat ze de Engelse en bij voorkeur Noorse taal beheersen in woord en geschrift. Deze vacature zal ook worden vermeld in de internationale editie van Nirwana.'

Ira sprong op. 'Dat klopt! Nirwana, dat is hun nieuwsbrief! Die verspreiden ze elke maand via de post.' Het was al een paar jaar geleden dat ze onderzoek had gedaan naar Het Noors Genootschap, een geloofsgemeenschap die verdacht veel op een sekte leek. Opgewonden liep ze heen en weer over het terras. 'Die baan is mij op het lijf geschreven, vind je ook niet?' Ze voelde iets in haar binnenste gloeien. Zou ze dan eindelijk meer te weten kunnen komen?

Ronne stond op en pakte haar bij haar bovenarmen. 'Weet je dat zeker? Je denkt toch...'

'Juist daarom,' onderbrak ze hem.

'Is het niet gevaarlijk?'

'Ik weet het niet. Misschien wel. Maar dit is waarschijnlijk de enige kans die ik krijg om daar binnen te komen en een antwoord te krijgen op mijn vragen. En jij bent de enige die mij kan helpen mijn identiteit aan te passen, en me voor te bereiden op de sollicitatie. Alsjeblieft, allerallerliefste Ronne?' Ze keek hem smekend aan. Dat was gemeen, ze wist het. Ronne voelde al jaren meer dan alleen vriendschap voor haar.

'Jij maakt misbruik van die grote blauwe ogen van je. Het is niet eerlijk.' Hij probeerde haar boos aan te kijken, maar schoot in de lach. 'Ik ken je lang genoeg om te weten dat je toch je zin wel krijgt. Ik kan me beter meteen overgeven, dat bespaart me een lange lijdensweg.'

'Je bent geweldig.' Ze wilde hem een kus geven, maar hij draaide zijn gezicht van haar af, waardoor de kus ergens in zijn lange, donkere haren belandde.

'Niet doen.' Hij pakte zijn bril van tafel en stond op. 'Even naar het toilet.'

Ze liet zich in een van de tuinstoelen zakken. Was hij nou boos?

Toen hij weer terugkwam, leek het alsof er niets gebeurd was. Ze had het zich vast verbeeld.

'Zullen we binnen gaan zitten? Het begint nu wel fris te worden.' Ze huiverde en liep zonder een antwoord af te wachten door de schuifdeuren naar de eettafel. 'Hier kunnen we ook wat makkelijker op het scherm kijken.'

'Prima.' Met zijn MacBook onder de arm geklemd schoof hij de deur achter zich dicht. 'U vraagt, wij draaien.'

Die had ze verdiend. 'Sorry, Ronne. Ik ben een beetje gespannen, denk ik. Het voelt als een soort apotheose, na zoveel jaar eindelijk een ingang te vinden.'

'Je moet eerst nog maar eens worden aangenomen.'

'Ik weet het.' Dat was de eerste stap. Daarna zou het alleen maar moeilijker worden. Blijkbaar zag ze er bedrukt uit, want Ronne wreef geruststellend over haar rug.

'Het gaat je vast lukken. Ik bestel even een paar pizza's voor ons en dan gaan we de hele avond nadenken over hoe we het gaan aanpakken.'

'Lekker. Goed idee. En ik neem contact op met Lieneke de Beijl, zij kan me vast helpen om me voor te bereiden.'

'Die vrouw van je interviews?' Hij klapte zijn laptop open en ging naar de website van hun favoriete Italiaan. 'Jij pizza margherita?'

'Ja, graag. Lieneke is die vrouw die in Het Nederlands Genootschap is opgegroeid. Zal ik twee wijntjes doen bij de pizza? Of heb je liever nog een biertje?' Ze liep vast naar de keuken om in te schenken.

'Bier is prima. En je moet Fenna vragen. Die is fantastisch in styling.'

'Styling? Die vrouwen lopen in vormloze rokken van ecologisch katoen en dragen lange vlechten en een doek om hun hoofd. Daar valt weinig aan te stylen.'

'Vertrouw me nou maar, bel Fenna.'

Tot twee uur 's nachts hadden ze achter hun laptop gezeten om informatie te vergaren en te bedenken hoe ze de sollicitatie het beste konden inkleden. Op een gegeven moment vielen Ronnes ogen bijna dicht en had ze hem naar haar bed gestuurd. Hij bleef wel vaker slapen als het laat werd. Zelf kon ze de slaap niet vatten. Ze liep naar het oude buikkastje van haar oma, dat haar tante Lien al die tijd voor haar bewaard had en haar op haar achttiende had gegeven. Ze liet haar hand over het gladde oppervlak gaan. Toen draaide ze de sleutel van het bovenste laatje om en trok haar allerbelangrijkste bezit eruit: het kistje van haar moeder. Ze zette het naast zich op de bank en deed het voorzichtig open. Ze liet de foto's die ze talloze keren had bekeken door haar vingers gaan en rook aan het geborduurde zakdoekje. Kastanjebloesem. Haar moeders geur.

Ze deed de amulet met de namen van haar en haar broer Simon erin gegraveerd om haar nek en liet het koude goud het kuiltje in haar hals kussen. Zo voelde het, als een kus van haar moeder. Ze raakte het sieraad aan en sloot even haar ogen. Dat hielp als ze zich alleen voelde. Ze durfde het niet te dragen, uit angst dat ze het zou verliezen. Toen opende ze haar ogen en pakte het boekje dat helemaal onder in de doos lag. Het was ongeveer even groot en dik als een paspoort. In het boekje stonden in het Noors alle regels en plichten van het huwelijk omschreven zoals die gelden voor leden van Het Noors Genootschap. Daarnaast lag een exemplaar van Nirwana uit 1987. Het krantje van Het Noors Genootschap stond vol met Bijbelse teksten over allerlei onderwerpen en aankondigingen van huwelijken, geboortes en begrafenissen. Ze herkende de namen niet. Ze vroeg zich nog steeds af waarom haar moeder juist dit krantje bewaard had.

3

Ira

Ze schrok wakker van het harde, snerpende geluid van de deurbel. Naast haar schoot Ronne overeind. Zijn lange haar hing half voor zijn ogen.

'Jezus, wat is dat in vredesnaam? Is er brand?'

'Dat is de bel.' Ze rekte zich uit en gaapte.

'Hoe laat is het?'

Ze keek op de wekker naast haar. 'Negen uur.' Ze stapte uit bed. 'Het is vast Fenna. Jouw lumineuze idee.' Ze pakte haar hoofdkussen en gooide het in Ronnes slaperige gezicht.

'Hé! Laat mij slapen, alsjeblieft. Het is zaterdag. Dat mens is gek, totaal gestoord.'

Daar had hij wel een punt. Fenna was behoorlijk gestoord. Zij het op een prettige manier. Je wist nooit van tevoren hoe ze eruit zou zien, elke dag was anders. Ze was grimeuse, visagiste en styliste en vond dat ze een uithangbord moest zijn voor haar klanten. Dat deed ze met verve. Ira schoot een paar sloffen en een badjas aan om de voordeur open te doen.

'Goedemorgen! Wat zie je eruit, kom je net uit je bed of zo?'

Fenna passeerde haar in een wervelwind van geuren en kleuren. Chanel N°5. Dat was het enige wat nooit veranderde aan Fenna. Vandaag was haar lange haar aan de onderkant suikerspinroze en droeg ze een oversized outfit met zonnebril.

'Wat een vieze oudekaaslucht hangt hier.' Ze haalde haar neus op en inspecteerde de kamer. 'Twee pizzadozen? Is Ronne er ook? Ira...!' Ze lachte veelbetekenend.

'Ronne heeft hier geslapen. Dat doet hij wel vaker. Niets bijzonders. We zijn gewoon vrienden.' Waarom zei ze dat? Ze was Fenna toch zeker geen verklaring schuldig?

'Jaja. *Like I believe ya.*' Fenna rolde met haar ogen. 'Ik heb vijf jaar met jullie in één huis gewoond, weet je nog?'

Ze deed alsof ze Fenna niet hoorde. 'Ik heb eerst koffie nodig, ik ben net vijf minuten wakker. Jij ook?' Ze pakte twee mokken en zette het koffiezetapparaat aan.

'Lekker.' Fenna ging aan de eettafel zitten. 'Zo spannend, het is net of ik een undercoveragent ga helpen.'

Ze kon af en toe overdrijven, maar Fenna had wel verstand van haar vak. Ze had op sets gewerkt van grote Nederlandse filmproducties, maar kon zich ook helemaal uitleven in het opmaken van dragqueens voor cluboptredens in wereldsteden als Amsterdam, Londen en Parijs. 'Geeft niets. Ik ben gewoon niet zo'n ochtendmens. Ronne ligt ook nog te pitten trouwens.' Ze schoof aan tafel tegenover Fenna. 'Hier, je dubbele espresso.'

'Dank je.'

'Het is gisteren laat geworden. Ik heb met Ronne gezocht naar meer informatie over Grønncorp. Dat is het bedrijf waarbij ik ga solliciteren. Het bestaat nog niet lang en wordt gefinancierd door Het Noors Genootschap. De oprichters zijn Fridtjof Berg en Odin Olsen. Ze verkopen groene energie, geleverd door windmolens. We hebben nog niet kunnen achterhalen waar die windmolenparken allemaal staan, maar dat is nu niet zo relevant. Het hoofdkantoor is in Tromsø, een stadje in Noorwegen, ergens boven de poolcirkel. Verder heb ik al mijn oude aantekeningen van mijn afstudeeronderzoek naar sektes weer doorgenomen en alles gelezen wat er op internet te vinden is.' Ze gaapte om haar woorden kracht bij te zetten.

‘Ja, ik ben ook veel te vroeg, ik weet het. Ik kon alleen niet meer wachten. Ik heb gisteravond ook van alles gegoogeld en weet helemaal hoe je eruit moet zien. Eigenlijk ben je nu al behoorlijk in stijl,’ zei ze droog, ‘met je make-uploze gezicht en dat rode, springerige haar.’

Ira fronste haar wenkbrauwen. ‘En bedankt weer, Fenna.’ Ze liep naar haar toe en gaf haar een knuffel. ‘Nee serieus, ik ben heel blij dat je me wilt helpen. Ik spring zo onder de douche en daarna gaan we aan de slag.’

Fenna had haar weerbarstige haren netjes op één lengte geknipt met een brave scheiding in het midden, waardoor ze er nu heel erg ‘eco en refo’ uitzag volgens Fenna en Ronne. Al haar piercings waren verwijderd, dat waren er toch zeker een stuk of vijf die op verschillende plekken in haar oren hadden gezeten, en zelfs een kleintje in haar neus. De tatoeage van een kastanjebloem op haar borst werd nu bedekt door een degelijke, huidkleurige beha. Verder hadden ze voor de foto en als ze zou worden aangenomen een grijze rok en blouse van ecokatoen besteld, met warme leren veterlaarsjes, een dikke maillot, een witte blouse, een wollen vest en een wollen trui. Vanuit de spiegel staarde een lijzige, make-uploze vrouw haar aan. Ze leek wel weer begin twintig.

‘Denk je niet dat ze zullen zien dat ik allemaal gaatjes in mijn oren heb?’ Ze voelde met haar vingers aan haar oren.

‘Je mag je haar los dragen, en je kunt er ook een doekje om doen? Gelukkig zitten de meeste gaatjes in je oorschelp, die zie je bijna niet.’ Fenna graaide in haar beautycase, die in Ira’s ogen de afmetingen had van een hutkoffer. ‘Hier, dit is de beste concealer *ever*, die kun je er eventueel ook op doen. Ook meteen handig voor je tattoo trouwens.’

‘Ik zal het goed verstoppen, want volgens mij is elke vorm van make-up verboden.’ Ze hoorde de onzekerheid in haar eigen stem.

Fenna gaf haar een knuffel. 'Het komt vast goed, jij weet je overal uit te redden.'

's Middags was ze naar Hannibal gegaan, haar paard. Hij wist dat ze eraan kwam en trapte onrustig tegen de houten wand van de stal. Zodra ze de deur opende stak hij zijn hoofd om de hoek en begon luid te hinniken. Ze pakte de houten emmer op waar ze de verzorgingsset voor hem in bewaarde. Het dier voelde aan dat ze hem wilde kammen en ging vast voor haar klaarstaan. Hij duwde zachtjes met zijn flank tegen haar schouder, ten teken dat ze een beetje op moest schieten. Ze glimlachte en voelde een steek van liefde door zich heen gaan. Zolang ze zich kon herinneren was Hannibal er voor haar geweest. Eerst als verzorgingspaard, later als haar eigen paard. Haar pleegouders hadden het Friese paard op haar zestiende voor haar gekocht, omdat ze zo'n goede band met hem had en hij haar leek te helpen met het verwerken van haar trauma's. Ze waren destijds ook meer buitenaf gaan wonen en hadden speciaal voor Hannibal een stal gebouwd, zodat Ira hem op kon zoeken wanneer ze wilde.

Zachtjes streek ze met de borstel door zijn manen. Hannibal kwam nog dichter bij haar. Ze drukte haar gezicht in zijn hals en snoof zijn bekende luchtje op. Hij rook naar een mix van gedroogd hooi en een beetje mest, vermengd met paardenzweet. Haar eigen haren staken felrood af bij Hannibals diepglanzende, zwarte vacht. Ze borstelde hem nog een paar keer stevig op zijn rug, wat hij heerlijk vond, omdat het daar altijd jeukte. Nadat ze hem had opgezadeld, reden ze samen hun voorlopig laatste rit door de Friese weilanden. Het was fris en zonnig herfstweer, haar favoriete jaargetijde om te rijden. Ook Hannibal genoot. Ze voelde zijn ribbenkast rustig op en neer gaan tegen haar benen. Ze zuchtte en boog voorover. 'Zorg je goed voor Ronne? En voor Nienke en Bauke?' fluisterde ze in Hannibals oor, terwijl ze haar armen om zijn nek sloeg. Toen kwam ze overeind en spoorde hem aan tot draf. Het was bijna avond toen ze terugkwamen in de stallen.

4

Ira

Ze had Ronnes oude donkerblauwe Golfje geleend. Die was nog net door de laatste APK-keuring heen gekomen, maar waarschijnlijk moest hij toch maar op zoek naar een ander exemplaar. Vanwege alle verontrustende geluiden die de auto maakte, zette ze het volume van de radio extra hard. Moeiteloos rapte ze *Love The Way You Lie* met Eminem mee. In haar achteruitkijkspiegel verscheen een zwarte wolk. Snel draaide ze de spiegel naar boven, zodat de rook uit het zicht verdween. Ze had natuurlijk ook met de trein naar Groningen kunnen reizen, maar dat had haar zeker een uur extra gekost. *Fingers crossed* dat ze nu niet ergens langs de weg stil kwam te staan.

Ze had vandaag met Lieneke afgesproken, die was opgegroeid in Het Nederlands Genootschap, een zusje van Het Noors Genootschap. Lieneke woonde in Groningen, aan de rand van de stad. Ze had haar een jaar of twee geleden gesproken, toen ze via via had gehoord dat Lieneke mee wilde werken aan een interview voor haar onderzoek naar sektes en geloofsgemeenschappen. Lieneke was toen begin zestig geweest en net een jaar daarvoor gevlucht van haar oude leven.

Ze verliet de rotonde en nam de eerste afslag naar rechts, de Ligusterlaan in. Laan was een groot woord voor het boomloze straatje waar blijkbaar ooit een liguster had gestaan. Aan weerskanten stonden auto's geparkeerd, maar er was nog net een plekje vrij. Op z'n Frans parkeerde ze het Golfje, zonder stuurbekrachtiging, bumper aan bumper tussen twee andere auto's in. Tevreden met het resultaat stapte ze uit en stak over naar het huis met de paarse voordeur, waar nu een naambordje met Lieneke de Beijl op prijkte. Voor ze kon aanbellen, werd er al opengedaan.

'Goedemorgen Ira, leuk om je weer te zien.'

'Hoi Lieneke, fijn dat ik langs mocht komen.' Lieneke zag er een stuk levendiger en vlotter uit dan de vorige keer. Haar witgrijze haar was opgestoken in een losse knot en ze droeg een spijkerbroek met blouse en een lang wollen vest. Ira werd door het smalle gangetje, dat vol stond met allerlei spullen, naar de kamer geleid. Daar was weinig veranderd.

'Ga zitten.' Lieneke gebaarde naar de keukentafel. 'Let niet op de rotzooi.' Ze doelde waarschijnlijk op de stapel kranten en de koffiekringen die waren achtergebleven op het tafelblad.

'Ach, zo ziet het er bij mij ook uit, geen probleem.' Voor het keukenraam bungelde een koolmees aan een vetbol. De keuken geurde naar verse koffie en iets kruidigs. Pepernoten? Ze ging bij het raam staan. Op het kleine binnenplaatsje scharrelden drie kippen. 'Wat leuk, die kipjes.'

'Ja, ik miste het om dieren om me heen te hebben. Vroeger was dat een van mijn hoofdtaken, het verzorgen van het vee. Hier heb ik helaas maar beperkte ruimte, maar het geeft toch wat gezelligheid. En verse eitjes. Heb je zin in koffie?'

'Lekker.' Ze schoof aan tafel. 'Ik zag dat je nu een naambordje op de deur hebt, dat is een goed teken denk ik?'

Lieneke snoof. 'Ik had er genoeg van. Ik heb de achternaam van mijn moeder aangenomen en ben een eind uit de buurt gaan wonen. Ik wil niet meer bang zijn.' Ze zette een dampende mok voor Ira neer.

Dat kon ze begrijpen. Maar hoe deed je dat? Hoe kon je die angst uitzetten? Ze hoopte dat zij dat straks zou kunnen als het nodig was. 'Heb je ooit nog contact gehad met je familie?'

'Nog steeds alleen met mijn jongste zusje. Diegene die met een Duits lid is getrouwd dat haar mishandelde, en daarna met haar kinderen is gevlucht naar Nederland. Zij woont nu in Gelderland.'

'O ja, dat verhaal herinner ik me nog. Dus de rest van jouw familie is nog steeds lid?'

'Ik denk het wel. Zoals ik zei, ik spreek ze niet meer.'

Ze durfde er niet goed over te beginnen, zo goed kende ze Lieneke ook niet. Ze had vier kinderen, die allemaal bij haar exman waren gebleven en hun moeder een verraadster vonden. Het moest vreselijk zijn als je kinderen zich tegen je keerden. Ze kon het onderwerp beter vermijden, wilde ze hier niet vanavond nog zitten. 'En wat doe je nu eigenlijk voor werk?' Dat was een veilige vraag. En zo toonde ze toch interesse.

'Ik werk bij de dagbesteding. Heel erg leuk en dankbaar werk. En daar kan ik ook weer helpen met de dierenverzorging.'

'Dat klinkt goed. En heb je ook mensen leren kennen met wie je af en toe afspreekt?' Ze wist dat Lieneke dit in het begin ontzettend moeilijk had gevonden. Ze had het idee dat iedereen haar raar en wereldvreemd vond, wat eigenlijk ook wel zo was in die tijd.

'Ik vind het nog steeds moeilijk om open te zijn tegenover anderen. Soms ben ik depressief en kan ik om de kleinste dingen huilen. Maar het gaat steeds een beetje beter. Ik heb een vriendin met wie ik soms wandel. En heel af en toe komt een mannelijke collega die ook alleen is bij mij eten.' Ze bloosde een beetje.

'O ja? Is hij leuk?'

'Ja, maar we doen het rustig aan.' Ze stond op en nam de mokken mee. 'Nog een koffie?'

Ira kreeg ineens een idee. 'Ja, lekker. Zeg eens, hebben de Nederlandse leden eigenlijk contact met die uit Noorwegen?'

'Soms, maar dat is vrij oppervlakkig. Eens per jaar zijn er bijeenkomsten in Tromsø voor degenen die bij de Yari horen, dat zijn de leiders en degenen die een hogere positie bekleden bij de internationale genootschappen. Laat ik het zo zeggen, in al die jaren dat mijn vader leider was, bestond het enige contact met de Noren uit een jaarlijks bezoek aan het conferentiecentrum, waar besproken werd hoeveel geld elke gemeente het komende jaar zou afdragen om de aarde groener te maken. Vaak gingen wij als kinderen dan mee en moesten we overdag een heel programma volgen, terwijl de volwassenen naar de conferenties gingen.'

'En had je dan ook contact met de kinderen uit andere landen?'

'Vooral in competitieverband. We deden wedstrijden en spelletjes, land tegen land. Alles was gericht op presteren. Soms wisten we aan het einde van de middag aan de diensten in de grote tent te ontsnappen en gingen we stiekem het bos in, een sigaret roken. Dat was en is echt streng verboden, maar des te lekkerder om dat als kind dan uit te proberen,' besloot Lieneke met een knipoog.

'En is het moeilijk om als Nederlands lid bij Het Noors Genootschap in Tromsø te gaan werken?'

'Waarom vraag je dat?' Lieneke keek haar verwonderd aan.

Ira legde haar het hele verhaal uit van haar idee om bij Grønncorp te solliciteren en op die manier in de gemeenschap te infiltreren. 'Het komt er dus op neer dat jij me moet helpen naar binnen te komen.'

Lieneke trok haar wenkbrauwen op. 'Weet je dat zeker? Ik heb zoveel moeite gedaan om eruit te komen, en jij wilt naar binnen?'

5

Freya

Ze wachtten bij de ingang. De prachtig bewerkte houten deuren stonden uitnodigend open. De tekst die daarboven prijkte, kende ze uit haar hoofd: EEN VLIJTIG MENS VERWERFT GEZAG, LUIHEID LEIDT TOT SLAVERNIJ.

Vader knikte naar haar, ten teken dat ze klaar waren en bood zijn arm aan. 'Lachen,' snauwde hij in haar oor.

Haar hele lichaam protesteerde, ze bevroor. Ze kon niet meer lopen! 'Ik-ik...' begon ze.

'Wat doe je?' Hij gaf een boze ruk aan haar arm en verloste haar van haar apathie.

Ze was een lam dat naar de slachtbank werd geleid. Toen ze vooraan in de kerk waren gekomen, liet hij haar los. Zijn taak zat erop.

Ze haatte haar vader.

Voor het eerst keek ze op. Fridtjof glimlachte naar haar voor de buitenwereld. Zijn ogen stonden hard toen hij haar hand vastpakte.

Ze wendde haar blik af en keek naar de eerste rij. Moeder zat met samengeknepen lippen, haar handen in haar schoot gevouwen. Haar vader fluisterde iets in het oor van de leider, die over een paar minuten haar schoonvader zou zijn. De enige die haar vriendelijk aankeek was haar oudste broertje. Hij wist precies wat ze dacht. Haar andere broertjes en zusjes waren nog te jong om het te begrijpen.

Toen het allemaal afgelopen was, kreeg ze eindelijk de gelegenheid om naar het toilet te gaan. Ze duwde de deur achter zich dicht en voelde ineens een golf omhoogkomen. Nog net op tijd bereikte ze de toiletpot. Ze veegde haar mond af met een stukje papier en inspecteerde haar jurk. Er zat een kloddertje spuug net boven haar borst. Met een beetje water op een wc-papiertje probeerde ze de roze plek van de witte stof af te krijgen. De vlek werd alleen maar groter. Ze spoelde haar mond en trok door. Zo moest het maar.

Zodra ze de deur opendeed, werd ze van alle kanten gefeliciteerd. Ze bedankte iedereen op de automatische piloot en speurde de gang af, op zoek naar een vriendelijk gezicht. Daar in de hoek stond Inger, haar beste vriendin al vanaf dat ze kleuters waren. Ze ving Ingers blik. Die stond bezorgd. Ze knikte nauwelijks waarneembaar naar links met haar hoofd. Inger wilde haar iets duidelijk maken. Ineens voelde ze een stevige greep om haar arm. Fridtjof. Dat dus. Inger had een nog grotere hekel aan hem dan zij.

'Waar was je nou? Iedereen wil ons feliciteren en jij duikt het toilet in.' Hij snoof. 'Je ruikt naar kots. Ga je even opfrissen, wil je?'

'Prima. Ik voelde me niet lekker, als je dat tenminste iets interesseert.'

Die opmerking zorgde voor een boze frons op zijn gezicht. Ze wrong zich los en ging weer naar het toilet. Daar was ze goed mee weggekomen, als ze met z'n tweeën waren geweest had hij haar vast een klap gegeven. Zo sprak een vrouw niet tegen haar man. Het was alsof de angst vanuit haar tenen kwam en haar hele lichaam opvulde. Alle keren dat ze dacht bang te zijn geweest, vielen hierbij in het niet. Ze deed de klep van het toilet omlaag en liet zich erop zakken. Het liefst zou ze hier nooit meer weggaan. Deze dag was de dag dat haar innerlijk, haar eigen ik, het zwijgen werd opgelegd. Ze zou nog minder vrijheid krijgen dan ze daarvoor had gehad en ze zou de rest van haar leven moeten doorbrengen met Fridtjof.

Vroeger had ze best goed met Fridtjof en Odin kunnen opschie-

ten. Ze waren altijd buiten als kind en mochten gewoon met elkaar spelen. Tikkertje, verstoppertje, met de fietsen door het bos racen. Jongens en meisjes door elkaar, het maakte niets uit. Haar vader en de vaders van Fridtjof en Odin waren de grondleggers van Het Noors Genootschap en daar was ze altijd best trots op geweest. Ze waren een hechte gemeenschap die geloofde in God en in het beschermen van de aarde die Hij geschapen had. Ze waren een van de eerste organisaties geweest die zich had verdiept in het opwekken en gebruiken van schone energie, zoals met windmolens. Maar de regels waren steeds strenger geworden, vooral voor vrouwen. Ineens werd er op de deur gebonsd. Ze schrok. Hoelang zat ze hier al?

'Ik ben het,' fluisterde Inger.

Ze opende de deur en stapte op Inger af. Die gaf haar een vluchtige knuffel. Lichamelijke affectie was verboden in het openbaar. Zeker tussen twee personen van hetzelfde geslacht.

'Ik haat hem,' zei ze gesmoord in Ingers haar.

'Ik ook,' antwoordde Inger. 'Moet je nu in Viken blijven? Kom je niet meer bij het klooster werken?'

'Je weet het antwoord al.' Freya haalde berustend haar schouders op. 'Zorg dat je niet hoeft te trouwen, alles is beter dan dat!'

De deur ging open en de stemmen vanuit de gang en de aula stroomden naar binnen. Het was moeder. Die kwam haar zeker controleren. Snel draaide Freya zich naar de wastafel en spoelde haar gezicht en mond met water en honingzeep, bij gebrek aan iets anders.

Inger glipte een toilet in.

Ze zou haar pas een paar jaar later weer zien.

6

Ira

De vorige dag had ze afscheid genomen van Nienke en Bauke. Ze had haar pleegouders niet verteld wat ze ging doen. Ze zouden vast hebben geprobeerd haar tegen te houden. Ronne had erop gestaan haar naar het station te brengen in Hamburg, waarvandaan ze de trein naar Noorwegen zou nemen. Eigenlijk was ze daar wel blij om, want het kwam nu allemaal toch wel erg dichtbij.

Het vooruitzicht om weken, of misschien wel maanden, in een vreemde en gesloten gemeenschap te leven benauwde haar. Waar was ze in vredesnaam aan begonnen? Wat wist ze nu eigenlijk over deze mensen en waar ze toe in staat waren? Sterker nog, als haar vermoedens klopten, dan waren ze zelfs ronduit gevaarlijk. Hoe dichter ze bij de grens kwamen, hoe meer ze de neiging kreeg om tegen Ronne te zeggen dat hij rechtsomkeert moest maken.

Maar het kon niet, ze had hier zo lang op gewacht. Ze zou haar broer terugvinden, bewijzen dat hij nog leefde. Koste wat het kost. Maar Ronne dan? Hij is er altijd voor je geweest, van hem weet je zeker dat hij er voor je is, fluisterde een ander stemmetje in haar hoofd. Misschien is Simon daar wel helemaal niet. Of wil hij niets meer van je weten...

Ze staarde uit het raam, keek naar de weilanden vol met rietganzen. Of waren het kolganzen? Simon zou het haar ongetwijfeld kunnen vertellen, die wist vroeger al alles wat er te weten viel over vogels. Het gevoel van gemis overweldigde haar ineens. Haar ouders, die ze al zo lang geleden was kwijtgeraakt. En haar broer. Ze moest doorzetten, hoe zou ze anders nog met zichzelf kunnen leven? Ze was het aan haar ouders en aan haar broer verschuldigd. Ze wreef de opkomende tranen uit haar ogen. Ronne moest er niets van merken, anders bracht hij haar misschien weer aan het twijfelen.

Hij was helemaal gefocust op de weg. Gisteren had hij de auto grondig nagekeken, maar niets ernstigs kunnen vinden. Waarschijnlijk een nieuwe uitlaat nodig, was zijn conclusie. Maar blijkbaar was hij daar toch niet helemaal gerust op, als ze zo naar hem keek. Hij had zijn haar in een staart gebonden, bril op zijn neus. Alles voor optimaal zicht. Dan kon het daar tenminste niet aan liggen. Eigenlijk had hij heel mooie gelijkmatige trekken, alleen zijn neus was niet helemaal in verhouding omdat die iets te groot was voor zijn gezicht, maar dat gaf hem juist een karakteristieke uitstraling.

Wat had ze ineens? Kwam het doordat ze bang was dat ze hem nu met andere ogen bekeek?

'Wat is er?' Hij draaide zijn gezicht even naar haar toe.

'O niets. Ik was in gedachten.'

'Je ziet ertegen op zeker?'

Hij kende haar te goed. 'Valt wel mee. Ik maak me op dit moment meer zorgen of we de trein wel gaan halen met dit barrel.'

'Wat?! Dit is een klassieker. Bovendien mag je nooit negatief over haar praten als je in haar rijdt, want dan gaat het juist mis.'

'Het is een auto, Ronne. Een díng. Als je het mij vraagt is het tijd dat ze met pensioen gaat.'

'Sst.' Hij legde zijn wijsvinger op zijn lippen en zette de radio uit. Het leek inderdaad of de auto nog meer rook uitbraakte en het rammelende geluid in volume toenam. 'Zie je wel?'

Ze zuchtte. 'Oké, ik zal niets meer zeggen.' Ze klopte op het dashboard. 'Kom meid, nog even volhouden.' Tot Ronne weer thuis is, daarna mag je naar de sloop, dacht ze.

Ze passeerden de grens met Duitsland. Eigenlijk was er niet echt sprake van een grens; de weilanden liepen naadloos over van de ene naar de andere staat.

'Ik kan nog steeds niet geloven dat het is gelukt met je sollicitatie.'

'Jij hebt gewoon een geweldig nep-cv voor me gemaakt. Ben je soms aan het vissen naar complimentjes?' Ze grijnsde.

'Vergeet je niet dat je nu Ira de Wild heet in plaats van Ira Glastra?' Hij keek haar met een bezorgde blik aan.

'Ik ga de hele tijd oefenen in de trein, ik beloof het. Ik heb ruim twee dagen de tijd, dus dat moet lukken,' verzuchtte ze.

Ronne had voor een groot deel gebruikgemaakt van Lienekes informatie over haar leven bij de Nederlandse tak van Het Noors Genootschap. Hij had er alleen voor gezorgd dat Ira de dochter was van een onbetekenend en niet-bestaand lid, zodat de kans klein was dat de Noorse leden contact zouden zoeken. Haar fake vader stelde haar in de mail voor als geschikte kandidaat voor de functie van communicatieassistente, die graag ervaring wilde opdoen bij de gemeenschap die de basis had gelegd voor Het Nederlands Genootschap. Indirect liet hij doorschemeren dat ze nog 'beschikbaar was', wat volgens Lieneke ook altijd een pluspunt was, omdat er meer mannen dan vrouwen waren. Al wist Ira nog niet of ze dat nou zo prettig vond en voelde het als verraad naar Ronne toe. Ze had haar geweten gesust met de gedachte dat ze geen relatie hadden en dat hij dat vast ook wel begreep, maar ze had het niet met hem besproken.

Het was volgens Lieneke vrij normaal dat kinderen na hun middelbare school of studie op vrijwillige basis gingen werken bij de andere gemeenschappen die bij Het Noors Genootschap hoorden. Daarnaast gingen leden ook regelmatig bij andere gemeenschappen werken om kennis uit te wisselen. Voor Ira was het een kans om haar Noors te verbeteren en zij hadden iemand die hen zou kunnen helpen met de communicatieprojecten rondom hun nieuwe bedrijf Grønncorp. Mochten ze Ira willen natrekken, dan zou Ronne zich voordoen als haar vader. Maar dat hadden ze niet gedaan. Het was alsof ze zaten te springen om een sollicitant. Een dag later kreeg ze al bericht dat ze langs mocht komen voor een proefperiode van een maand.

Ze waren aangekomen bij het centraal station in Hamburg. Ronne parkeerde de auto zo dicht mogelijk bij de ingang. 'Probeer je me af en toe te bellen, als je de kans krijgt?' Ronne werd ineens ernstig. 'Als het moet kom ik naar je toe, dat weet je toch?'

Ze kneep even geruststellend in zijn schouder. 'Het komt goed. En ik doe mijn best om af en toe even wat van me te laten horen, ik beloof het.' Ze maakte het bandje van haar vaders oude horloge los en gaf het aan Ronne. 'Wil je hier zolang op passen?'

Hij keek haar aan. 'Weet je het zeker? Ik heb je nog nooit een dag zonder gezien.'

'Ik heb liever dat jij erop let, dan is het veilig. En wil je ook een oogje op Hannibal houden? Ik weet wel dat Nienke en Bauke voor hem zorgen, maar misschien kun jij hem ook af en toe een knuffel van mij geven?'

'Tuurlijk,' zei hij meteen.

Ze wist dat hij weinig met paarden ophad, maar dit deed hij graag voor haar. Ze kuste hem op zijn wang. 'Dag lieve Ronne, ik zie je snel.'

7

Ira

Ze luisterde naar een boek dat was geschreven door een kennis van Lieneke, die net als zij in Het Nederlands Genootschap was opgegroeid. De voorleesstem was vrij nasaal en monotoon, waardoor het moeilijk was haar aandacht erbij te houden. Door het raam flitsten boerderijen voorbij, kleine stadjes met hier en daar zelfs huizen in vakwerkstijl en verder veel lange en rechte sporen op akkers die nergens naartoe leken te leiden. Soms zag ze een boer op zijn tractor rondrijden, de oneindige koolzaadvelden af. Die waren al lang uitgebloeid en geoogst, waardoor alles er grauw uitzag. Het benauwde haar, die eindeloze vlaktes, net als in Friesland op het platteland. Daarom was ze in Sneek gaan wonen, weg van het dorp Oudega, waar ze was opgegroeid. En weg van de herinneringen. Ze liet haar hoofd tegen het raam zakken. De rit zou nog zeker een paar uur duren, daarna moest ze de nachttrein nemen en dan nóg een trein, helemaal naar Narvik, waarvandaan de bus naar Tromsø reed. De reis werd betaald en uiteraard moest het zo milieuvriendelijk mogelijk, dus ze had zich erbij neergelegd dat ze deze dagen zo veel mogelijk zou gebruiken om zich in te lezen en te luisteren.

Ze moest in slaap zijn gesukkeld toen ze ineens naar voren vloog. In een reflex strekte ze haar armen uit en kon zichzelf net op tijd opvangen, voor ze met een bons op de bank tegenover haar belandde. De trein kwam met een ruk tot stilstand. De bovenkant van haar hoofd kwam vrij hard tegen de rugleuning van de bank tegenover haar. Wrijvend over de pijnlijke plek stond ze op om te kijken wat er aan de hand was, toen een krakerige mannenstem door de luidspreker begon te praten. Ze deed haar oortjes net op tijd uit om het woord *nødstop* op te pikken. Verder was de man onverstaanbaar. Wat had dit te betekenen? Ze keek om zich heen. Iets verderop rechts van haar zaten een man en vrouw tegenover elkaar. Die waren waarschijnlijk wel tegen elkaar aan gevallen. Ze waren druk met hun armen gebarend aan het praten. Maar ze kwamen niet in actie, dus het zou vast niets ernstigs zijn. Helemaal achter in de coupé zat een wat oudere dame met grijs opgestoken haar. Gelukkig zat ze tegen de rijrichting in en ze zag er hoogstens een beetje beduusd uit. Ze keek toevallig net op en ving Ira's blik. Misschien had die vrouw het bericht wel verstaan. Ze liep naar haar toe. '*Are you okay?*'

'*Yes, thank you. It was a bit of a shock, but I'm not injured*,' zei de vrouw met een Deens accent.

'*Could you tell me what just happened?*'

'*There is a fire somewhere. They're trying to locate it at this moment.*'

Vuur? En iedereen bleef zo rustig zitten? '*Are we supposed to stay here?*' Ze hoorde de lichte paniek in haar eigen stem.

'*Yes, but don't worry, it's probably a false alarm.*' Om haar woorden kracht bij te zetten ging ze weer verder met haar breiwerk dat naast haar had gelegen.

'*Okay. Thank you. Have a nice trip.*' Ze voelde haar spieren verkrampen en kreeg het benauwd.

Brand.

Vlug liep ze terug naar haar plekje. Ze liet zich op de bank zakken en probeerde rustig te blijven ademen. Het kwam vast goed, dat zei die mevrouw toch ook? Maar toch. Ze rook iets. Een vieze, indringende lucht. Was het verbrand rubber? Haar mond werd droog en ze begon te zweten. Ineens had ze zo'n dorst. Ze graaide in haar tas naar haar waterfles. Leeg. Dan maar naar het toilet, al probeerde ze openbare toiletten als het even kon te vermijden. Dit was een noodgeval. Ze liep onvast terug langs de vrouw, naar de wc. Onderweg moest ze elke bankleuning die ze passeerde stevig vastgrijpen, omdat ze zich steeds draaieriger begon te voelen.

'*Are you okay?*' vroeg de oude vrouw bezorgd toen ze passeerde.

'*Yes, I have to use the toilet.*' Zo snel mogelijk wurmde ze zich langs de schuifdeur heen, de wc in. Ze draaide de deur op slot en liet zich op het toiletdeksel zakken. Ze deed haar hoofd tussen haar benen. Heel even was ze zich nog vaag bewust van haar omgeving, toen gleed ze weg.

Ze werd wakker van de geur. Wat was dat voor lucht? Had mama iets aan laten branden? Waarom lag ze hier op de grond bij de wc? En waarom deed haar hoofd zo zeer? Ineens wist ze het weer: de drie zwarte mannen. Ze kwam overeind en wiebelde op haar benen. Er was rook. Veel rook. Ze hoestte. Haar ogen prikten en het ademen deed zeer. Ze wreef in haar ogen. Het hielp niks. Maar ze moest verder. De keuken in. Papa en mama helpen.

De vlammen slopen als indringers op haar af. Overal was rook en vuur. Ze probeerde erlangs te komen, wilde water halen voor papa en mama. Maar het was zo heet. Zo ontzettend heet. Het vuur likte aan haar shirt. Plotseling zag ze de stof van haar mouw opvlammen. Ze gilde en zwaaide met haar arm, maar het werd alleen maar erger. Ze rende naar de wc, hield haar arm onder het kraantje. Het vuur kwam achter haar aan. Snel trok ze de wc-deur dicht. De rook kwam door de kier onder de deur naar binnen. Ze moest naar buiten. Vlug klom ze van de toiletpot op het waterreservoir en duwde het wc-raampje open. Wurmde zichzelf naar buiten. Eerst haar hoofd, toen de rest. Met haar handen kon ze bij de houtstapel die tegen de muur stond opgestapeld. Ze liet zichzelf vallen. Houtblokken rolden onder haar weg en tuimelden over haar heen. Ze voelde het niet meer. Ze voelde niets meer. En sloot haar ogen.

Er werd hard op de deur gebonsd. *'Hello? Are you okay in there?'* Versuft keek ze op. Ze veegde met haar mouw een straaltje speeksel weg dat uit haar mond was gelopen.

'*Yes, sorry...*' Ze stond voorzichtig op en inspecteerde zichzelf in het kleine spiegeltje voor zover dat lukte. In het midden van INGRID ♥ TORSTEN kon ze nog net zichzelf onderscheiden. Haar rode haren maakten haar nog bleker dan anders. Ze draaide de kraan open en probeerde met het minuscule waterstraaltje haar gezicht een beetje te bevochtigen. Met een wc-papiertje depte ze haar gezicht weer droog. Ze kamde met haar vingers door haar haren in een poging die te fatsoeneren en keek nog eens in de spiegel. Het was er niet veel beter op geworden.

'Hello?!'

Er werd weer hard op de deur gebonsd. Ze kon het niet maken om hier nog langer het toilet bezet te houden. Toen ze naar buiten kwam, stond een lange, puisterige jongen haar bevreemd aan te kijken. Hij mompelde iets van '*Det tog lang tied*' en wurmde zich langs haar heen naar binnen.

Ze was blij dat de jongen haar wakker had gemaakt. Ze had wel een halfuur op het toilet gezeten! Het was lang geleden dat ze zo'n black-out had gehad. Als het straks maar niet gebeurde, wanneer ze in Noorwegen was.

Ineens kwam de trein weer hortend en stotend op gang. Gelukkig. Ze pakte haar mobiel en scrolde door haar berichten. Fenna wenste haar succes en stuurde heel veel hartjes. Een appje van een oud-collega. Die zou ze later wel beantwoorden. Ze moest Ronne even bellen. Straks als ze in Noorwegen bij Het

Noors Genootschap was, mocht ze geen telefoon meer hebben. Dan zou het wel weer even duren voor ze de kans kreeg hem te spreken.

8

Odin

Odin keek vanuit de coulissen naar Kristofer, die op het podium stond. In de zaal waren de bijna duizend zitplaatsen gevuld met mannen, vrouwen en kinderen, die verlangden naar Kristofers woorden. Nieuwsgierige ogen, verwachtingsvol, benieuwd naar wat hij te vertellen had. Kristofer leek zich te voeden, nee, te laven aan hun bewondering. Odin nam bewust afstand van hem. Hij was met opzet niet bij de Yari gaan zitten op de voorste rij. Kristofer moest het nu zelf doen. Maar de sfeer in de zaal voelde goed. Hij proefde de synergie tussen Kristofer en de gemeenschap. Hoe meer zij tegen hem opkeken, hoe meer hij zou groeien in zijn rol als leider. Een tevreden zucht ontsnapte aan zijn lippen. Dat was waar ze samen naartoe hadden gewerkt. De grote digitale klok boven de katheder tikte de minuten weg. Nog vijf. Kristofer zou exact op tijd beginnen. Zoals hem geleerd was. Het zei iets over je betrouwbaarheid als je te laat kwam. Of, in dit geval, te laat begon.

Het panoramische uitzicht over de fjord leek Kristofers charisma te versterken. Het zonlicht dat achter hem straalde, gaf hem een bijna bovenaards aura. Odin voelde de trots in zijn borst gloeien. Zonder zíjn begeleiding was Kristofer nooit zo ver gekomen. Generatieslang had de familie Berg deze groeiende gemeenschap mogen leiden. Het kleine gehucht van hoogstens veertig inwoners, waar de eerste conferentie onder leiding van Kristofers grootvader nog in een oude boerderij had plaatsgevonden, was uitgegroeid tot een dorp van vijfduizend inwoners. Hoe bijzonder was die tijd voor Odin als kleine jongen geweest. Zijn vader en Freya's vader als loyale rechterhand van de toenmalige leider Andor Berg. Met zijn drieën hadden zij de basis gelegd voor deze prachtige gemeenschap.

En nu, zoveel jaren later, hadden hij en Fridtjof Berg dit geweldige conferentiecentrum in Tromsø laten bouwen. Het was de kroon op hun werk geweest. Dat had hij toen gedacht. Maar nu wist hij wel beter. Er was altijd meer. Andere zaken die belangrijker waren, zoals het klaarstomen van zijn protegés, de broers Kristofer en Haakon Berg.

De eerste rijen vulden zich nu ook langzaam. De meeste mensen hadden angst voor de eerste rij. Dat gold natuurlijk niet voor de familie Berg en de leden van de Yari, maar zij hadden hun rechten reeds verworven. Sinds de gemeenschap had geïnvesteerd in de bouw van het conferentiecentrum, was het aantal leden toegenomen. Het centrum straalde niet alleen professionaliteit uit, maar ook welvaart. En welvaart was macht. Mits in de juiste handen natuurlijk.

Nog tien seconden.

Hij zag hoe Kristofer met zijn duim en wijsvinger zijn baard in model bracht en zijn das rechttrok. Toen ging hij achter de katheder staan.

'Je kunt het,' fluisterde Odin binnensmonds.

Kristofer schraapte zijn keel. 'Welkom allemaal, leden van onze gemeenschap. En een bijzonder welkom voor de kinderen die hier aanwezig zijn. De vruchten van het zaad dat wij als grote familie hebben gezaaid. Onze toekomst en onze hoop.'

De woorden leken soepel over zijn lippen te glijden. Zijn diepe, warme stem klonk vastberaden. Als één stonden de mensen in de zaal op en begonnen te klappen. Kristofer wachtte geduldig.

Odin zag dat zijn blik afdwaalde naar de voorste rij, waar Ivar Pedersen gehaast plaatsnam. Dat hij uitgerekend vandaag te laat kwam. Odin schraapte zijn keel om zijn irritatie te onderdrukken.

'Dank, dank. Ga zitten,' zei Kristofer. 'Vandaag gaan we vieren dat we samen zijn, uiteraard. Maar eerst wil ik de gemeenschappen die de hoogste bijdragen hebben geleverd benoemen en bedanken. Dit jaar waren dat Självik en Kristiansund, met respectievelijk één miljoen euro en achthonderdduizend euro. Jullie weten: een vlijtig mens verwerft gezag, luiheid leidt tot slavernij!' Kristofer klapte in zijn handen.

Als met één luide stem werden zijn woorden herhaald door de gemeente, vergezeld door een ritmisch geklap. Odin kreeg kippenvel op zijn armen. Hij voelde een lichte trilling van genot door zijn lichaam gaan.

Kristofer gebaarde om stilte. 'Mede dankzij jullie kunnen we investeren in ons nieuwe bedrijf Grønncorp, dat zich gaat bezighouden met duurzame energieopwekking. Later meer hierover. Eerst gaan we verder met de bijdragen. Of beter gezegd: het gebrek daaraan.'

Kristofer gebaarde naar Ivar Pedersen. 'Kun je even naar voren komen, Ivar?'

'Natuurlijk.'

Zijn stem klonk iel. Ivar bewoog zich met lompe passen naar de zijkant van het podium en ging de trap op. Zijn hele lichaam straalde angst uit. Kristofer begon te praten, net voordat Ivar stilstond. Precies zoals ze van tevoren hadden besproken.

'Mooi dat je er bent, Ivar. Goed,' sprak Kristofer. 'Weliswaar te laat. Maar dat is nu niet belangrijk.'

Heel goed. Odin schoof iets naar voren vanuit de coulissen. Heerlijk om de man, die net wat te strak in zijn zwarte pak zat, te zien zweten. Ledigheid is des duivels oorkussen. Nu moest hij verantwoording afleggen voor zijn luiheid en zijn slappe gedrag.

'Wat is de bijdrage van Haga dit jaar?' Uiteraard stond dit op Kristofers lijstje, en Ivar wist dat ook.

Ivar schraapte zijn keel en liep rood aan. 'We... we hebben wat tegenslagen gehad. Verlies geleden dit jaar.'

'Verlies? Verlies, mensen. Dat kan de beste gebeuren. Maar vijftigduizend euro bijdrage? In een heel jaar? Want daar hebben we het hier over. Hoe zit het met het werven van nieuwe leden? Waarom heeft de gemeenschap niet meer geld bijgedragen uit eigen zak? Er zijn toch altijd reservepotjes te vinden?'

'Ik, eh... De crisis. Bedrijven zijn failliet gegaan... We moesten proberen de schade zo veel mogelijk te beperken.' Ivar veegde met de mouw van zijn slechtzittende colbert over zijn gezicht.

'Juist.' Kristofer klapte in zijn handen. Een kort, droog geluid. 'Genoeg. Ivar, ga maar weer naar je plaats. Wij zijn een gemeenschap, in woord en daad. Dat betekent dat we ons allemaal inzetten voor het algemeen belang. Haga zal ook haar verantwoordelijkheid moeten dragen. Jullie bijdrage voor volgend jaar wordt hierbij vastgesteld op vijfhonderdduizend euro.'

Heel even voelde Odin een schok door de zaal gaan. Daarna klonk het weer als uit één mond: 'Een vlijtig mens verwerft gezag, luiheid leidt tot slavernij.'

Kristofer keek hem kort aan. Hij knikte goedkeurend terug. Hij had het er goed van afgebracht, Odin was benieuwd hoe Kristofers broer Haakon het bij de volgende gelegenheid zou doen. Hij wachtte tot Kristofer hem aankondigde.

'Odin zal nu meer vertellen over onze jongste investering, Grønncorp.'

Hij liep langs de voorste rij, waar iedereen net was opgestaan om te applaudisseren. Toen hij Ivar Pedersen passeerde, drong een zure zweetlucht zijn neusgaten binnen.

Hij kon de tekst intussen dromen, nachtenlang had hij eraan gewerkt. 'Grønncorp past naadloos bij ons gedachtegoed. Wij leven volgens Gods wetten met respect voor de aarde die Hij ons geschonken heeft en wij laten een zo klein mogelijke voetafdruk achter op deze aarde. Met Grønncorp gaan wij ervoor zorgen dat de mensen buiten onze gemeenschap ook kunnen profiteren van de kennis die wij in de loop der jaren hebben opgedaan op het gebied van groene energie. Wij gaan een groot windmolenpark bouwen, waarmee we voor meer dan een miljoen huishoudens per jaar energie opwekken.'

Haakon, die vooraan zat, bijna recht tegenover het podium, keek Odin aan met zijn ondoorgrondelijke staalblauwe ogen. Wat zou er door hem heen gaan? Zou Haakon nog tegen Kristofer willen opboksen? Hij was altijd de zwakkere van de twee broers geweest. Hij was te soft, te... Odin gruwde alleen al van de gedachte, laat staan dat hij deze hardop zou uitspreken.

Haakon zat naast zijn vader Fridtjof, die Odins verhaal over Grønncorp geconcentreerd leek te volgen. Helaas wist Odin wel beter. Fridtjofs geest had hem al voor een groot deel verlaten. Zijn vriend was niet meer de persoon die hij vroeger was. Fridtjof had geprobeerd zijn ziekte zo lang mogelijk te maskeren, maar de laatste maanden lukte dat steeds minder. Sindsdien hield Odin hem liever zo veel mogelijk weg bij dit soort evenementen. Een zwakke leider gaf onrust in de gemeente, daar was Fridtjof het zelf ook mee eens geweest. Maar deze keer had Fridtjof erop gestaan zijn zoon Kristofer te horen en te zien spreken. Híj was nog steeds de leider van de gemeente, hij had er recht op. En hij wilde zien hoe Kristofer het ervanaf zou brengen. Misschien zou hij het leiderschap nu ook makkelijker kunnen loslaten, nu zijn zoon het zo goed had gedaan.

9

Ira

Ze was in Fauske van de trein overgestapt op de langeafstandsbus, die acht uur later pas in Tromsø aan zou komen. Eén ding wist ze zeker, de terugweg ging ze vliegen! Ira keek op haar telefoon. Nog twintig minuten, dan was ze in Tromsø. Zou ze daar het antwoord vinden op al haar vragen? Ze voelde haar darmen weer verkrampen. Jakkes, wat een timing. Nog even ophouden, op het busstation was vast ergens een fatsoenlijk toilet. Ze klemde haar kaken op elkaar. Hopelijk was die Odin niet precies op tijd. Het was een onmogelijk lange reis geweest, waarvan ze al met al misschien vier uur had geslapen.

De gestage regen vormde stroompjes op het raam, allemaal piepkleine riviertjes die ergens in het niets verdwenen. Ineens kwamen door het troebele raam de contouren van de stad in zicht. Net als de meeste Noorse steden stelde Tromsø weinig voor qua grootte. Het grootste deel van de bevolking bestond uit studenten. Maar na al die uren in de trein waarbij alleen maar heel veel prachtige natuur voorbij was geschoven, was het wel prettig om weer in de bewoonde wereld te komen.

Eindelijk minderde de bus vaart. Ira pakte haar spullen en liep vast met haar bagage naar de uitgang, zodat ze meteen naar een toilet kon spurten. De deur schoof schokkerig open. Een man van een jaar of zeventig, gekleed in een zwart pak, kwam met stevige passen naar haar toe. Ze slikte en probeerde haar blik op zijn gezicht te richten. Niet denken aan die zwarte mannen, gebood ze zichzelf. Voor ze het wist stond hij voor haar. Ze reikte nog net niet tot zijn schouder.

'Odin Olsen. Welkom in Tromsø, Ira.' Zijn stem klonk laag en raspend.

Haar hand verdween ergens in de zijne. Zijn handdruk was warm en hard. 'Dank u. Fijn om hier te zijn.' Ze keek omhoog en probeerde te glimlachen. 'Sorry, het was een lange reis en de toiletten in de bus... Nou ja, u kunt zich er vast iets bij voorstellen.' Ze keek om zich heen en zag een bordje TOALETT met een pijltje naar iets wat leek op een stationsgebouw. 'Ik ben zo terug.'

'Prima. Laat de koffer maar hier staan, ik breng hem wel vast naar de auto, met dit weer is alles zo doorweekt.' Hij lachte vriendelijk.

Ze snelde naar de ingang van het station en liet de klapdeuren achter zich dichtvallen. Daar was het toilet. Opgelucht liet ze zich op de wc-bril zakken. Ze moest hieraan wennen, ze kon niet bij elke in het zwart geklede man in paniek raken. Zeker niet als ze straks daar was. Ze zou een berichtje naar Ronne sturen nu het nog kon. En dan moest ze die mobiel ergens kwijt. *Ben aangekomen in Tromsø, net Odin Olsen ontmoet. Hij lijkt wel vriendelijk*, tikte ze. Ze zette er een fronsende smiley bij. *Voorlopig moeilijk bereikbaar, maar alles goed. Liefs, Ira.*

Meteen kwam er een berichtje terug. Die had dus geen oog dichtgedaan. Arme Ronne. *Let goed op jezelf, verstop die mobiel ergens, zodat je er in geval van nood bij kunt.*

Ze trok het toilet door en kleedde zich weer aan. Haar ogen gingen omhoog, naar het plafond. Net als in de film. Hier waren helaas geen plafondtegels te bekennen. Ze deed de deur van het toilet open en toen schoot haar iets te binnen. De lockers. Ze was zojuist langs een wand met lockers gelopen. Nog van die ouderwetse, waar je... Shit, een muntje. Eerst wisselen dus. Ze liep de stationsrestauratie binnen, die zich vlak bij het toilet bevond. '*Two coffee and can you change some money for the lockers, please?*' Ze had vanuit het restaurant geen zicht op het perron. Stond Odin nog buiten te wachten? De vrouw achter de toonbank gaf het wisselgeld terug. '*I'll be right back!*' riep ze, en ze rende naar de lockers.

Vlug maakte ze er een open. Nummer veertien, haar geluksgetal. Makkelijk te onthouden. Ze gooide haar mobiel erin en draaide het deurtje op slot. Ze bedacht zich en deed de locker weer open. Haar oortjes kon ze ook maar beter hier laten. Toen ze het restaurant in liep, kwam Odin net door de buitendeur naar binnen. Ze kon haar hart horen bonzen, of verbeeldde ze zich dat maar?

De vrouw achter de toonbank glimlachte naar hem: 'Goedemorgen meneer Olsen.'

Die vrouw kende Odin Olsen! Als ze haar mond maar hield over die locker. Ze pakte snel de bekers op en liep ermee naar Odin. 'Ik had zo'n zin in koffie. Ik heb er twee besteld.'

'Bedankt. Laten we hier even gaan zitten.' Hij gebaarde naar een tafeltje naast hem en trok een stoel voor haar naar achteren. 'Al moeten we wel op de tijd letten.'

'Prima.' Ze zette de bekers neer en ging zitten. Ze was uitgeput.

Ze reden Tromsø uit in een zilverkleurige Tesla, die eruitzag alsof hij net van de band was gerold. Na zo'n twintig minuten rijden over een bochtige provinciale weg zag ze het bord VIKEN.

'Dit is het. Ons eerste eigen dorp.'

Ze hoorde de trots in zijn stem. 'Bedoelt u dat iedereen hier lid is?'

'Ja. We mogen het officieel natuurlijk niet eisen. Mensen zijn vrij om zich te vestigen waar ze willen, volgens de Noorse wetten. Maar het is een ongeschreven regel dat je lid bent of wordt als je hier komt wonen.'

'Het ziet er mooi uit.' Als je van eenheidsworst hield. Aan weerskanten van een lange straat stonden identieke witte houten huizen met oranje daken op steeds dezelfde afstand naast elkaar. Typisch Noors, met zo'n veranda aan de voorkant. Alle voortuintjes keurig verzorgd. De straat liep tegen een berg op en eindigde bij een witte kerk. Ook met een oranje dak.

'Wij zijn harde werkers, maar we genieten van de vruchten van onze arbeid.' Hij wees naar een zijstraatje. 'Daarachter in het park is het gemeenschapshuis. Daar brengen we samen tijd door en vieren we de traditionele feesten.'

'En winkels? Waar doen jullie boodschappen?'

Hij keek haar bevreemd aan. 'Wij doen bijna alles zelf. We willen natuurlijk zo min mogelijk importeren.'

'Maar waar dan?' Nergens was een boerderij of moestuin te bekennen. En hoe kwamen ze aan hun kleding en auto's? En lag hier niet het grootste deel van het jaar sneeuw?

'Dat komt nog wel. Eerst maar eens kennismaken. We rijden nu naar het gastgezin.'

'Gastgezin?'

'De snelste manier om te integreren is bij de mensen thuis.'

Nee. Ze wilde niet bij vreemde mensen in huis. Waarom had ze zich niet wat beter voorbereid? Ze had toch minstens kunnen vragen wáár ze zou gaan wonen? Maar nee, ze was zo blij geweest dat het gelukt was, dat ze niet verder had durven vragen. Bij mensen in huis. Nu moest ze helemaal oppassen.

'Je hebt geluk. Je mag een tijdje bij mij en mijn gezin komen wonen.'

10

Ira

Odins woning stond vrij solitair aan de rand van het dorp. Ernaast stond een opvallend grote kastanjeboom. Het imposante houten huis was zwart geschilderd met groene en rode details en had een bordje op de gevel met daarop het jaartal 1910 vermeld. Waarschijnlijk hadden de grootte en de kleur van het huis iets met zijn status te maken. Ze vermoedde dat hij lid was van de Yari, die de leiding had over Het Noors Genootschap. Hij had ook als een van de weinigen een auto, zo leek het. Langs de weg naar de kerk had ze er geen enkele geparkeerd zien staan. Sterker nog, er waren geen parkeerplaatsen bij de huizen aangelegd. Zou dat iets te maken hebben met hun beleid? Auto's waren natuurlijk wel vervuilend. Zelfs elektrische.

Odin parkeerde de auto naast het huis en liet haar uitstappen. Hij gebaarde haar te wachten en haalde de koffer uit de achterbak. Ineens schoot haar te binnen dat de oplader van haar telefoon nog in de koffer zat.

'Die kan ik zelf wel tillen hoor,' zei ze op verontschuldigende toon.

'Natuurlijk niet,' zei hij kortaf.

Geen discussie dus.

'Mijn vrouw komt zo met onze jongste zoon naar huis. De andere kinderen komen later kennismaken. Die wonen allemaal al zelfstandig.' Er klonk trots door in zijn stem.

Ze liep in de richting van de trap die naar de voordeur leidde. 'Hoeveel kinderen heeft u eigenlijk? Als ik dat mag vragen,' voegde ze er haastig aan toe.

'Zes. Kjell, Lisebet, Solveig, Ivar, Nils en Odin junior.'

'Leuk, zo'n groot gezin.'

Wat moest ze anders zeggen? Zo groen zijn jullie dus niet. Weet je wel hoeveel CO_2-uitstoot zo'n kind veroorzaakt? Eigenlijk wist ze dat zelf ook niet. Gelukkig woonde er nog maar één kind thuis. Minder pottenkijkers.

'Wij zijn werkelijk gezegend, ja. Kom binnen.'

Hij liet haar voorgaan, een ruime hal in, waar in de nok een grote kroonluchter hing, gemaakt van de stangen van een gewei. Ze bleef even staan om rond te kijken. De binnenkant van het huis was helemaal van onbewerkt hout. Rechts van haar liep een trap omhoog naar de eerste verdieping.

'Het is een oud jachthuis,' lichtte Odin toe. 'De kroonluchter hangt hier al vanaf het moment dat het gebouwd werd in 1910.' Hij knikte naar de koffer. 'Ik zal deze voor je naar boven tillen, want ik vrees dat jij hem niet omhoogkrijgt op deze steile trap.' Hij grinnikte. Het was een vreemde, schelle lach uit de mond van zo'n robuuste man. Bovenaan de trap links was een balustrade vanwaar je de hele hal kon overzien. Aan weerskanten van de trap was een gang. 'Jij slaapt links. In de oude kamer van Solveig.' Ze volgde hem een sobere, nette kamer in. Houten vloer met een wollen tapijt. Bed, bureau en stoel allemaal van witgeschilderd hout. De sprei en de gordijnen waren van rode stof, bedrukt met Noorse motieven. Weer precies wat ze verwacht had. Achter haar een kledingkast. Gelukkig. Zouden hier ooit posters hebben gehangen of andere, typische meidenspulletjes hebben gelegen? Het rook wat muffig. Zou de lucht vroeger vervuld zijn geweest van de geur van parfum of nagellakremover? O nee, dat mocht natuurlijk allemaal niet. Ze moest echt goed oppassen dat ze zich niet zou verspreken over zulk soort dingen. Zaken die voor haar heel gewoon waren, maar hier echt niet konden. Ze keek rond in de kamer, het was net alsof er nooit eerder iemand had geslapen.

'De vrouwenbadkamer is hiertegenover.' Hij wees naar een punt in de gang. 'Fris je maar even op, dan drinken we zo beneden koffie.' Odin was de kamer al uit. Hij had de koffer bij de kledingkast gezet. Wel zo makkelijk.

Ze deed de deur snel dicht. Vrouwenbadkamer? Daar had ze Lieneke niet over gehoord. Het hele huis, de hele atmosfeer, het voelde alsof ze vijftig jaar terug was gegaan in de tijd. Ze liet zich op het bed ploffen en keek door het raam naar buiten. Een grasveld leidde naar een rij naaldbomen, die ongeveer twintig meter van het huis af stonden. Daarachter werden de witte huisjes met de oranje daken zichtbaar. En links, boven op de helling de witte kerk, die boven het dorp uittorende. Er kwam een vrouw aangelopen met een jonge man aan haar zijde. Dat waren vast Odins echtgenote en zoon. Ze volgde hen, terwijl ze steeds dichter bij het raam kwamen. De vrouw was gekleed in een lange, groene rok die nog ver onder haar groene mantel uitstak. Haar haar was bedekt met een hoofddoek, passend bij de rest van haar kleding. Ze zag er statig uit. De man had gemillimeterd blond haar met een vlassig blond sikje, dat de naam baard niet waardig was. Hij was fors, net als zijn vader, alleen dan op een onaantrekkelijke manier, misschien eerder vadsig. Hij droeg een zwarte pantalon en een halflange, bijpassende jas.

Ze sprong op. Eerst die oplader wegwerken. Ze klapte de koffer open en haalde hem eruit. Beneden ging een deur open. Er klonken stemmen in de hal. Snel propte ze de kabel onder haar matras en trok de sprei weer recht. Daarna deed ze haar trui uit en trok een schoon bloesje aan met een bijpassend vestje. Haar natgeregende haar kamde ze in een keurige scheiding.

Ze liep de trap af. De houten treden kraakten onder haar gewicht. Beneden was de vrouw van Odin net haar mantel aan het ophangen. Ze draaide zich om. 'Dag Ira, welkom in ons huis,' zei ze in het Noors.

Ira stapte de laatste trede af en stak haar hand uit. 'Ira de Wild. Fijn dat ik hier mag logeren. Dank u. Mijn Noors is niet zo goed helaas.' Ze had de taal als klein meisje wel een beetje van haar moeder geleerd en later ook cursussen gevolgd, maar in de loop der jaren was het allemaal steeds meer weggezakt.

'Mette Olsen. En mijn Engels is ook niet zo geweldig, dus ik spreek wel Noors tegen jou, dan spreek jij Engels tegen mij. Dat maakt het voor ons allebei wat makkelijker.' Ze glimlachte vriendelijk. Ze had een zacht, rond gezicht en verrassend weinig rimpels voor een vrouw van haar leeftijd. Ze moest toch wel een eind in de zestig zijn met al die volwassen kinderen.

'Kom, we gaan in de keuken zitten, dan kunnen we kennismaken.' Ze ging Ira voor. 'Op zondag zetten we koffie volgens het recept van Dorothea Christensen. Een verre voorouder van mijn man.'

'Wat bijzonder. Zit er iets speciaals in dat recept?'

Mette pakte allerlei attributen uit verschillende kastjes en lades en stalde ze uit op het aanrecht. 'Twee liter water, vier grote eetlepels hele koffiebonen en...' Ze hield haar twee zilverkleurige geschubde reepjes voor. 'Vissenhuid.'

Nu rook ze het. Gadver. 'Waarom vissenhuid?'

'Om het mengsel te klaren. Wil jij de koffiebonen malen?' Ze wees naar een koffiemolentje dat voor haar stond.

'Dat heb ik eerlijk gezegd nog nooit gedaan. Wij gebruiken thuis altijd filterkoffie.'

'Geeft niets. Het is heel makkelijk.' Ze gooide de bonen in het schaaltje dat bovenop bevestigd was. 'En nu gewoon draaien. De koffie komt in het bakje hieronder terecht.'

'O, dat is inderdaad niet moeilijk.' Ze nam het molentje over en begon te draaien.

Toen alle bonen fijngemalen waren, haalde Mette het laatje eruit en gooide de koffie in de pan met kokend water. Daarna ging de vissenhuid erbij. 'Nu even tien minuutjes wachten. Ga anders lekker zitten.' Ze gebaarde naar de eethoek.

Ira liet zich op een van de houten stoelen zakken die rondom de grote, vierkante tafel stonden. Het leek wel een zithoek in een Duitse *Stube*. 'Komen de mannen niet?'

'Om twaalf uur. Dat is bij jullie toch ook zo?'

'Ja, natuurlijk.' Jezus, wat een blunder.

Mette rommelde verder in de keuken. Misschien had ze haar aarzeling helemaal niet opgemerkt. Ze haalde een cakevorm uit de koelkast en wipte de inhoud op een houten snijplank. Elke plak werd zorgvuldig afgesneden. Zo op het oog precies even dik.

'Ben je al eens eerder in Noorwegen geweest?'

'Nog nooit. Mijn ouders zijn vroeger weleens naar de bijeenkomsten hier geweest,' voegde ze er snel aan toe.

'Dat begreep ik van Odin.'

Wat zou hij over haar hebben verteld? Dat haar ouders lid waren in Nederland? Gelukkig was er bijna nooit contact tussen de Yari en de gewone leden in het buitenland. De vreemde mengeling van koffie- met visgeur begon de keuken te vullen.

'De koffie is zo klaar. Precies op tijd.' Ze begon kopjes met schoteltjes klaar te zetten. 'Kun je me helpen met inschenken? Ik zal het voor je overgieten in de koffiekan.'

'Komen alle kinderen?'

'Jazeker. Met hun gezin. De kinderen gaan uiteraard naar hun eigen plek. Net als bij jullie.' Ze keek Ira even kort aan, alsof ze haar reactie wilde peilen.

'Natuurlijk.' Ze stond op. 'Laat mij de koffie maar inschenken.'

De bel ging. 'Daar zijn ze.' Mette liep naar de gang om de deur open te doen.

Hoe was het mogelijk? Ze had helemaal niets gehoord, geen

kinderstemmen buiten, geen voetstappen in de gang van Odin en Odin junior. Maar ineens was iedereen er. Tegelijk. Ze hoorde nu stemmen, korte gesprekken van mensen die elkaar gedag zeiden. Ze ging zo rustig mogelijk door met koffie schenken. Toen kwamen ze achter elkaar de keuken binnen.

11

Ira

Het duizelde haar. Alle namen en gezichten leken in elkaar over te vloeien tot een wazige brij. Had ze zich wel op de juiste manier gedragen? Handen schudden bij de mannen, hen niet in de ogen kijken. Bij de vrouwen juist wel. Naast de gastvrouw gaan zitten. De vrouwen aan de linkerkant van de tafel, de mannen aan de rechter. Dat was allemaal goed gegaan. Maar al die vragen daarna. Over haar leven in Nederland, het genootschap daar. Haar familie. Odin deed net of hij druk in gesprek was met zijn zonen en schoonzonen, maar ze had het gevoel dat hij alles hoorde wat zij zei. Als ze de belangrijkste regels en gebruiken maar in acht nam, een kleine afwijking hier en daar zouden ze hopelijk wijten aan het cultuurverschil of de taalbarrière.

'... morgen beginnen?'

'Sorry, wat zei je?' Was het nou Solveig of Lisebet?

'Waar je morgen gaat beginnen,' herhaalde ze.

'Ik weet het nog niet, ik heb het nog niet met je vader besproken.'

'Je zou toch gaan werken voor meneer Berg?'

'Ik dacht het wel, ja.' De laatste slok koffie kwam weer omhoog. Ze moest moeite doen om niet te kokhalzen. Hopelijk dronken ze dat smerige visspul niet elke dag.

'Dan zal die Gertrud Hagman daar ook wel naartoe gaan met meneer Hansen,' zei ze.

'Dat weet je toch niet, Solveig,' zei Mette.

Degene met de lange blonde vlecht was dus Solveig. De oudste van de twee. Die andere met het donkerblonde steile haar moest dan wel Lisebet zijn. Goed onthouden nu.

'Waarom hebben ze eigenlijk een assistent nodig?'

'Niet zo brutaal, Lisebet.' Mette keek haar bestraffend aan.

'Het is maar een vraag,' durfde ze nog in te brengen, terwijl ze vluchtig opzijkeek naar haar vader.

Die was nu druk in gesprek verwikkeld en leek de berisping niet te hebben opgemerkt.

'Ik ga het morgen allemaal horen, denk ik. Is Gertrud de andere kandidaat?' vroeg Ira aan Mette.

'Ja, dat klopt. Een Duitse. Komt uit Schwerin, een van de strengste gemeenten daar.'

Ze zag dat Solveig met haar ogen rolde. Die had duidelijk geen hoge pet op van Gertrud. Dus ze had een concurrente. Dit maakte het allemaal een stuk ingewikkelder, voor hetzelfde geld kon ze na een paar dagen haar spullen weer pakken. Ze moest ervoor zorgen dat zij degene werd die voor meneer Berg mocht werken.

'Tijd om op te ruimen, dames.' Mette stond op en pakte een dienblad uit de keuken. De dochters en schoondochters volgden. De mannen bleven rustig zitten.

Alles werd met de hand afgewassen. Mette had een pan met water op de houtkachel gezet, het water was inmiddels genoeg opgewarmd voor de afwas.

'Ga maar alvast met de andere vrouwen mee, Ira. Lisebet en ik doen de vaat vandaag.'

'Kom.' Solveig pakte haar hand en leidde haar via de gang naar een zitkamer, waar de kinderen braaf spelletjes aan het doen waren.

Na het avondeten verontschuldigde ze zich en ging naar boven. Odin en Mette begrepen wel dat ze een goede nachtrust nodig had na die lange reis en wensten haar welterusten. Odin was verder weinig mededeelzaam, dus moest ze maar afwachten wat er morgen voor haar op het programma stond. Om zeven uur werd ze bij het ontbijt verwacht.

Lieneke had haar uitgelegd dat ze vanwege het milieu twee keer per week mochten douchen. Op zaterdagavond, zodat ze gereinigd waren voor de dag van samenkomst, en op woensdag. Natuurlijk was het uitgerekend vandaag zondag. Ze voelde zich geradbraakt en had zich echt verheugd op een warme douche. Nu zou ze zich maar moeten behelpen met een washandje en warm water. Ze zocht in het badkamerkastje naar een washandje en een handdoek. Op de bovenste plank lagen twee pakken maandverband, een tandenborstel die zo te zien gebruikt was en een nieuwe tube tandpasta. Op de onderste plank lagen de handdoeken en nog een voorraad honingzeep. Ze schoof de handdoeken opzij om te kijken of de washandjes daar misschien lagen. Uiteindelijk vond ze nog één verfrommeld washandje tussen de handdoeken.

Toen ze terugliep naar haar kamer, kwam Odin junior net de trap op gelopen. Ze droeg een in haar ogen zedige nachtjapon met lange mouwen, maar haar benen waren bloot vanaf haar knieën. Zijn diepliggende ogen lichtten op in zijn pafferige gezicht terwijl hij haar bekeek. Hij zag natuurlijk nooit blote benen, hoogstens die van zijn zussen toen ze nog thuis woonden, schoot het door haar heen. Hij leek dwars door haar kleding heen te kijken, terwijl hij stap voor stap de trap omhoog liep.

Ze wendde haar gezicht abrupt af en mompelde: 'Welterusten'.

Hij glimlachte, maar zei niets terug. Zijn rechterhand rustte op zijn broek, ter hoogte van zijn kruis.

Ze ging snel naar haar kamer en liet zich op het bed zakken. Haar hart bonkte. Odin junior deed haar denken aan een jongen op een zeilkamp waar ze ooit mee op vakantie was. Heette hij niet iets van Michel of Michiel? Die had haar ook zo bekeken, of beloerd, beter gezegd. Alsof hij wilde inschatten of ze een makkelijke prooi was. Eén keer had hij het geprobeerd. Hij had de badkamerdeur op slot gedraaid en haar klemgezet in een hoek. Zijn zure, stinkende adem in haar gezicht. Ze rook het weer als ze eraan dacht. Hij was misschien twee jaar ouder dan zij, maar een stuk groter. Ineens waren zijn handen in haar onderbroek. Hij had vast verwacht dat zo'n tenger klein meisje als zij geen partij voor hem was. Maar de afdruk van haar tanden had nog wekenlang in zijn arm gestaan. Ze proefde zijn bloed weer op haar tong. Vrij snel daarna werd hij naar huis gestuurd en had ze hem nooit meer teruggezien. Odin junior daarentegen zou weleens wat meer problemen kunnen opleveren.

12

Odin

Hij liep de trap op. Mette volgde zijn voetstappen. Bovenaan de trap blikte hij even opzij naar de kamer van Solveig. Twee jaar geleden had zij hier nog geslapen. Nu was ze een gehuwde vrouw en niet langer zijn verantwoordelijkheid, al voelde het soms nog wel zo. Die man van haar was een stuk minder geschikt dan hij had gehoopt. Hij had Mats geselecteerd uit zijn Blauwe Brigade omdat hij blijk had gegeven van gehoorzaamheid, betrouwbaarheid én als het nodig was: meedogenloosheid. Plus hij kwam uit een goed nest. Maar de laatste tijd was hij vooral laks. Het leek wel of hij dacht dat nu hij Odin als schoonvader had, hij op zijn lauweren kon rusten. En eerlijk gezegd leek Solveig ook niet bijzonder gelukkig met hem. Misschien had hij haar toch moeten laten studeren, zoals sommige andere intelligente vrouwen binnen hun gemeenschap. Maar dan was ze waarschijnlijk niet meer aan de man gekomen en ze wilde zo graag een gezin. Al had hij nog steeds niets gehoord over een eventuele zwangerschap. Het zou vast goedkomen. Meestal als er kinderen werden geboren, waren de vrouwen daar druk mee en leek de rest minder belangrijk.

Hij schoof naast Mette onder de lakens en gaf haar een kus.

'Ze doet me aan haar denken,' zei Mette, nadat ze zijn kus beantwoord had.

Hij hoefde niet te vragen wie ze bedoelde. Hun gedachten bleven verder onuitgesproken. Hij sloot zijn ogen. Zoals altijd had ze het nachtlampje uitgeknipt om tien uur en was ze binnen een paar minuten helemaal weg. Hij luisterde naar haar diepe ademhaling die hem doorgaans rustig maakte, maar nu kon hij de slaap niet vatten.

Freya was opgegroeid als een van hen, met het juiste Noorse bloed dat door haar aderen stroomde. Haar voorouders waren er zelfs bij geweest toen Het Noors Genootschap werd opgericht en Viken slechts een gehucht was dat bestond uit drie boerderijen. Als kinderen hadden ze veel samen gespeeld. Ze waren toen nog een bescheiden gemeente, met hoogstens veertig leden, waarvan meer dan de helft uit kinderen bestond. Van aparte klassen voor jongens en meisjes was geen sprake geweest. En misschien was dat toen ook niet nodig, omdat het leven veel overzichtelijker was.

Freya had hem als kind al aangetrokken en tegelijkertijd afgestoten. Ze leek zo vrij van geest, alsof ze niet bij hen hoorde. Met die bos rood haar en die felle, gloeiende ogen leek ze wel een wilde bosnimf. Ze was weliswaar een jaar of zeven jonger dan hij, maar ook later, toen ze ouder werd, gedroeg ze zich anders. Het was niet zo dat ze zich niet aan hun regels hield, maar die regels leken altijd met haar mee te bewegen. En dat was wat hem eveneens beangstigd had; ze was ongrijpbaar. Wanneer ze werd buitengesloten omdat ze iets verkeerd had gedaan, leek ze dat eerder als een gunst op te vatten dan als een straf. Als ze werd getuchtigd door haar vader omdat ze hem niet gehoorzaamde en haar oudste broertje Leif daarover huilend verslag kwam doen bij de andere kinderen omdat hij het zo zielig vond, liep zij later doodleuk weer naar buiten om te spelen. Dan zei ze tegen Leif dat hij op moest houden met huilen.

Ze was beloofd aan Fridtjof. Als oudste dochter van een van de drie oprichters, moest zij met de toekomstige leider trouwen. En dat had ze gedaan.

Mette draaide zich naar hem toe en stak haar hand uit. Ze streelde zachtjes over zijn haar.

'Ik dacht dat je sliep.'

'Dat deed ik ook. Maar ik voel het als je ligt te malen, dat weet je nu inmiddels toch wel?'

Hij glimlachte. Dat was ook zo.

'Kom, ga slapen. Wat gebeurd is, is gebeurd.' Ze bleef over zijn hoofd aaien totdat hij in slaap viel.

13

Ira

Toen haar wekker afging, had ze bijna tien uur geslapen. Ze voelde zich uitgerust. Ondanks het vreemde voorval van de vorige avond was ze meteen in slaap gevallen. Ze zou vandaag haar grijze wollen rok met blouse aantrekken. Grijs kwam bescheiden over volgens Solveig. En dat was goed in haar vaders ogen. Bovendien had ze gehoord dat Het Noors Genootschap strikte kledingvoorschriften had, die afweken van de Nederlandse regels, zo had Lieneke al uitgelegd.

Tussen de regels door had Ira begrepen dat Solveig niet zo erg gesteld was op Gertrud. Ze kenden elkaar van de jaarlijkse evenementen. Gertrud was de dochter van een van de leiders, oftewel de Yari, van een Duitse gemeenschap. Elk jaar kwamen de Yari met hun vrouwen en kinderen naar Tromsø om conferenties bij te wonen. Ze kampeerden dan drie weken lang op een groot terrein in de buurt van het conferentieoord. Lieneke had haar er ook over verteld.

Ze ging naar beneden en liep de keuken in. Odin senior en junior zaten al aan tafel, Mette was nog druk bezig in de keuken. 'Goedemorgen. Kan ik u helpen, Mette?'

'Nee, ga zitten. Ik zet zo de havermout op tafel. Je kunt vast een snee brood nemen. We hebben ook zelfgemaakte jam.' Ze knikte vriendelijk naar de tafel, waar nog twee gedekte plekjes vrij waren.

‘Goedemorgen Ira, goed geslapen?’ vroeg Odin.

‘Prima, dank u.’ Ze ging aan de linkerkant van de tafel zitten. Het was een vreemd gezicht. Tussen haar en de mannen in waren aan weerskanten nog vier stoelen vrij.

‘Mooi, dan kunnen we zo meteen van start gaan. We gaan eerst naar het klooster. Je kunt een klein tasje met basisbenodigdheden meenemen, je krijgt daar verder alles wat je nodig hebt.’

Welk klooster? Ze had nergens iets gezien wat ook maar in de verste verte op een klooster leek toen ze hier gisteren naartoe waren gereden. Lieneke had daar ook niets over verteld. En waarom moest ze een tas meenemen?

‘Wil je ook een bakje havermout?’ Mette stond naast haar met een dienblad.

‘Graag, dank u.’ Voorzichtig nam ze een hap. ‘Dit is heerlijk,’ riep ze blij verrast uit. De herinnering aan de koffie met vissenschubben van gisteren stond haar nog levendig bij.

‘Fijn. Goed om te horen. De havermout en granen komen uit een van onze gemeenten boven Oslo. Zo hebben we allemaal onze specialiteiten.’

‘Ik vertel dat straks wel, Mette, laat haar maar even rustig eten.’

Mette sloeg haar ogen neer en ging tegenover Ira zitten met haar kommetje havermout. Had ze iets gemist? Of was het soms niet de bedoeling dat ze bij het ontbijt spraken? Daar had ze het ook niet met Lieneke over gehad. Voor de zekerheid zei ze niets meer, ze moest maar afwachten wat er ging gebeuren.

Om acht uur precies hield Odin de deur voor haar open en liet haar voorgaan. Hij was net als gisteren gekleed in een zwart pak en bijbehorende schoenen. Zijn grijze haar en baard waren keurig gekamd. Hij liet haar instappen in de auto en ging naast haar zitten. Het viel haar nu pas op dat zijn hoofd bijna het dak van de auto raakte als hij rechtop zat. Tot nu toe had hij nog geen woord met haar gewisseld, behalve dan het goedemorgen bij het ontbijt. Hij rook naar de honingzeep die ook in de vrouwenbadkamer lag. Het was een zoete, wat weeïge geur. Ze reden Viken uit, de bergen in. Ze herkende de provinciale weg die ze de vorige dag vanuit Tromsø hadden gereden, alleen gingen ze nu precies de andere kant op. Na een minuut of tien nam Odin een afslag en slingerden ze omhoog tegen de berg op. 'Kijk.' Hij wees naar rechts. 'Daarbeneden.'

Nu zag ze het. Onder hen, in een komvormig dal, lag het klooster. Het zag er groot en wit uit, ook hier lagen oranje dakpannen op het dak. De gebouwen stonden in een rechthoek geplaatst rondom het hoofdgebouw, dat twee opvallende, spitse torens had. Het kloosterterrein lag te midden van grote, groene weides, waar ze in gedachten paarden, koeien en schapen zag grazen. Ze passeerden een bos, waardoor haar uitzicht even belemmerd werd. Na nog een kwartier rijden werd de begroeiing opener en zag ze het dal weer liggen. Via een hobbelige en bochtige zandweg gingen ze naar beneden. De onderkant van de Tesla schraapte een aantal keren over een stuk rots, maar Odin leek er geen erg in te hebben. Vreemd dat zo'n op het oog mooi onderhouden klooster zo'n beroerde toegangsweg had.

Ze kwamen bij een poort waar twee mannen op wacht stonden. Beiden waren gekleed in blauwe katoenen pakken, een warme overjas en gevoerde leren laarzen. Om hun middel droegen ze een soort gereedschapsgordel. Een van de mannen kwam naar de auto toe. Donker haar en blauwe ogen, duidelijk niet haar broer.

'Goedemorgen, meneer Olsen. We laten u erdoor.'

Odin knikte. De man draaide zich om en ineens leek het zwarte uitstekende ding in zijn gordel wel erg veel op een holster van een pistool. Zouden ze bewapend zijn? Waarom? Odin leek haar gedachten te lezen. 'Het is hier vrij afgelegen zoals je ziet. Sommige mensen wonen hier permanent en die vinden het een prettig idee dat er over hen gewaakt wordt.'

Ze knikte. 'Dat begrijp ik. Misschien zijn hier ook wel wolven?' Ze had weleens gehoord dat in de buurt van Tromsø nog wolven leefden. Dat zou de wapens kunnen verklaren, ze kon zich niet voorstellen dat je in Noorwegen zomaar met een pistool mocht rondlopen.

Odin lachte. 'De enige wolven die hier binnenkomen, zijn die vermomd in schaapskleren. Maar je hebt gelijk, er leven wolven en ook beren in dit gebied.' Hij stapte uit de auto en hield het portier voor haar open. 'We gaan naar het hoofdgebouw, dan kun je kennismaken met Gertrud Hagman en meneer Hansen.'

Ze glimlachte beleefd naar Odin. 'Ik wil haar graag ontmoeten.'

Boven de ingang van het hoofdgebouw stond in een boog de tekst: LEDIGHEID IS DES DUIVELS OORKUSSEN in het Noors. Odin opende een van de zware houten deuren en liet haar voorgaan door de lange hal. Die was indrukwekkend. De muren waren beschilderd met prachtige fresco's van landbouwtaferelen en typische kloosterwerkzaamheden. Van boeren met ploegende paarden, en vrouwen die fruit plukten in een boomgaard, maar ook van monniken die in boeken schreven. De hal kwam uit in een soort eetzaal, waar ruimte was voor minstens tweehonderd man. Aan een van de tafels zat een stug uitziende man en naast hem een jonge vrouw met twee bruine staarten, die haar een wat kinderlijk aanzien gaven.

'Goedemorgen Rudolf,' begroette Odin de man. 'Dag Gertrud.' Odin stak zijn hand naar de vrouw uit. 'En dit is Ira de Wild. Ira, meneer Hansen en Gertrud.'

Gertrud gaf haar een stevige hand. Verbeeldde ze het zich, of kneep dat mens net iets harder dan nodig was? Ze keek in Gertruds ietwat uitpuilende lichtblauwe ogen. Die bleef stoïcijns terugkijken. Ze lieten elkaars hand los en gingen aan tafel zitten. Odin gebaarde naar achteren en uit het niets kwam een vrouw in een grijs tenue op hen afgelopen. 'Wilt u wat bestellen?'

‘Koffie?’ Odin keek hen vragend aan. ‘Doe maar een rondje,’ zei hij toen iedereen bevestigend had geknikt. ‘Goed, laat ik meteen ter zake komen. Jullie krijgen zo een rondleiding door het klooster en de tuinen. De komende week mogen jullie hier namelijk werken en slapen.’ Hij wachtte op de vrouw die hen bediende, die met neergeslagen ogen de kopjes op tafel zette, en vervolgde zijn verhaal. ‘Samen met meneer Hansen en zuster Nilsson gaan we deze week bekijken wie van jullie het beste bij welke functie past. Daarvoor willen we ook een beeld van jullie als persoon vormen en zien hoe jullie functioneren in onze gemeenschap.’ Hij knikte naar meneer Hansen.

‘Ja, dat klopt. Daarnaast zullen meneer Olsen en ik jullie natuurlijk na deze week weer thuis opvangen, waardoor we jullie nog beter leren kennen. En werk is er genoeg, dus het komt hoe dan ook goed.’ Hij kuchte even. ‘Zullen we zo dan maar gaan, Odin?’

14

Freya

De bergen werden omringd door mistflarden en in het dal hing een vochtige, kille lucht. Ze huiverde en trok de kraag van haar jas verder omhoog. Haar passen werden zwaarder, met elke stap die ze dichterbij kwam. Die avond had Fridtjof iedereen bij elkaar geroepen in het gemeenschapshuis. Hij liet er geen gras over groeien. De oude leider was begraven: tijd voor de volgende generatie.

De hele dag had gevoeld alsof het zwaard van Damocles boven haar hoofd hing, ze voelde dat er iets stond te gebeuren. Dat dit het begin van een nieuw tijdperk zou zijn. Fridtjof was geen charismatische man zoals zijn vader was geweest. Hij moest zijn macht op de een of andere manier veiligstellen. De vraag was nu hoe hij dat ging doen. Haar vader was nog het enige overgebleven lid van de oude Yari. Odins vader was al jaren eerder overleden. En nu kwam de nieuwe generatie aan de macht. Zij telde als oudste dochter niet mee, dus haar jongere broer Leif zou lid worden van de Yari. Maar hij was geen partij voor Odin en Fridtjof, hij was veel te zachtaardig. Daarmee bleven straks in feite alleen Odin en Fridtjof over. Ze voelde hoe de haartjes op haar armen weer overeind gingen staan.

De gemeenschap bestond uit zo'n honderd gezinnen die al jaren trouw waren aan Het Noors Genootschap. Velen waren net als zij van de tweede generatie en opgegroeid in de gemeenschap. Ze zaten op klapstoelen naast elkaar in afwachting van wat er zou gaan gebeuren. Ze zat vooraan, natuurlijk naast Odin en Mette. Die hadden al vier kinderen, onder wie een tweeling, en de vijfde was op komst. Het leek wel alsof Mette een konijn was, zo gemakkelijk kreeg ze kinderen. Bij haar en Fridtjof wilde het maar niet lukken. Niet dat ze daar rouwig om was, want ze wilde helemaal geen kind met hem, maar de druk van de gemeenschap om een opvolger te baren was groot. Ze voelde dat de mensen naar haar keken, merkte dat gesprekken verstomden als zij dichterbij kwam. Ze waren nu al vier jaar getrouwd en nog altijd was er geen enkel teken van haar vruchtbaarheid. Fridtjof hing naar de buitenwereld het verhaal op dat ze wilden wachten tot ze meer gesetteld waren, en kweekte daarmee veel sympathie. De mensen dachten dan dat hij haar in bescherming nam, dat het aan haar lag. Maar als hij alleen met haar was, kwam zijn ware aard naar boven.

Eindelijk, daar kwam Fridtjof. Hij was expres later gekomen, zodat hij zijn entree kon maken, wist ze. Daarin was hij totaal anders dan Odin, die vond dat te laat komen een teken van onbetrouwbaarheid was. Ze keek even opzij en zag dat Odin moeilijk keek. Die was er dus niet blij mee. Ze had altijd beter met Odin kunnen opschieten dan met Fridtjof, ook al begreep Odin haar eigenzinnigheid niet. Hij was iemand die gezag makkelijk accepteerde, zonder zelf aan geloofwaardigheid in te boeten. Mensen hadden respect voor zijn rotsvaste geloof in hun gemeenschap en in God. Maar zou hij ook zo blijven wanneer haar vader dood was? Als hij en Fridtjof het écht alleen voor het zeggen hadden? Macht corrumpeert, dacht ze met een bittere smaak in haar mond.

Fridtjof was voor in de zaal gaan staan om hen toe te spreken. Hij besteedde een kort moment aan het overlijden van zijn vader, en excuseerde zijn moeder, die er vanavond helaas niet bij kon zijn. Toen knikte hij even naar haar. De echtgenote van de nieuwe leider. De steen in haar maag werd groter. 'Als jullie nieuwe leider, wil ik graag onze boodschap verder verspreiden. We hebben natuurlijk onze gemeenschappen in landen als Duitsland, Nederland en

Denemarken, maar dat bedoel ik niet. Ik zie een toekomst waarin wij ons eigen dorp hebben, misschien wel meerdere dorpen hier in Noorwegen, zonder heidenen of afvalligen om ons heen.' Hij gebaarde even naar Odin.

Het viel Freya op dat de naam van haar vader, Einar, werd overgeslagen in Fridtjofs verhaal. Aan zijn norse blik te zien had hij dat zelf ook in de gaten. Ze onderdrukte een glimlach. Net goed. Ze haatte hem nog altijd om het feit dat hij haar had gedwongen met Fridtjof te trouwen.

'Samen zullen wij een strategie bedenken om zo veel mogelijk geld binnen te halen, zodat we onze droom kunnen verwezenlijken,' riep Fridtjof. 'Als alle huizen in Viken van ons zijn, is het dorp ook van ons!' Hij keek afwachtend naar het publiek, dat eerst aarzelend en toen steeds luider begon te klappen.

Binnen een paar weken was het leven in hun dorp drastisch veranderd. Alle boeken werden gecensureerd of weggehaald. Fridtjof wilde dat er alleen nog eigen boeken en lesmateriaal op school werden gebruikt. De kinderen moesten naar de school van Het Noors Genootschap. Hiervoor had Fridtjof in een recordtempo het oude en vervallen klooster in de bergen laten verbouwen, waar Freya vroeger werkte. Freya had al haar dierbare boeken van Shakespeare, Austen en Brontë weg moeten doen, maar ook de kinderboeken die ze had bewaard voor als ze zelf kinderen zou krijgen. Karrenvrachten met boeken waren op het plein voor de kerk neergegooid. Fridtjof had er een punt van gemaakt om van alles één grote brandstapel te maken en die in de fik te steken. De hele gemeenschap moest erbij aanwezig zijn, want dit was een symbolische nieuwe start. Ze had met gebalde vuisten en tranen in haar ogen toegekeken, terwijl hij riep dat dit het begin was. Dat er soms eerst offers moesten worden gebracht. Dat er soms iets moest verdwijnen om iets nieuws te laten groeien. Hij probeerde haar blik te vangen en bleef die met zijn ogen vasthouden.

Zijn ogen glansden terwijl hij met een bezeten stem sprak.

Niet lang daarna werden de eerste bedrijven van vooraanstaande leden 'opgekocht' door Het Noors Genootschap. Oude vrienden van haar vader werden gedwongen hun bedrijf af te staan voor een symbolisch bedrag, in ruil voor een zorgeloos leven in de gemeenschap. Een leven waarin je werkte voor het grote goed en waarin alles gedeeld werd. Opvallend veel mensen die niet bij hun gemeenschap hoorden, verkochten ineens hun huis in Viken, totdat er op een gegeven moment niemand meer woonde die niet bij hen hoorde. Dit was ook het moment waarop Odin de Blauwe Brigade in het leven riep.

15

Ira

Toen ze de eerste zaal betraden, keken zo'n dertig kinderen hen verbaasd aan. Ze was zelf zo mogelijk nog meer verbaasd, want ze had geen enkel geluid gehoord dat op de aanwezigheid van een kind kon duiden. Net als eerder, bij Odin.

'Hier geven onze zusters les aan meisjes van zes tot negen jaar. Ze krijgen les in de Noorse en Engelse taal, rekenen, milieukunde, aardrijkskunde, geschiedenis, onze cultuur en godsdienst, plantenkunde, huishoudkunde en dierverzorging.' Het was een grote ruimte en nu ze goed keek, zaten er zelfs wel meer dan veertig kinderen en inderdaad, alleen meisjes. Ze droegen allen dezelfde rode katoenen jurkjes met bijpassend wollen vest. Ze zaten keurig twee aan twee aan ouderwetse, houten schoolbankjes waarbij het bankje zelfs aan de tafel vastzat. Die gebruikten ze in Nederland begin vorige eeuw, schoot het door haar heen. Aan de muren hingen grote wandkaarten met planten en bloemen. Verder een landkaart van Noorwegen, waarop een grote cirkel was getrokken om de plek waar ze zich nu bevonden. '70 graden noorderbreedte' stond erbij geschreven. De zusters die lesgaven waren gekleed in het grijs. Zij droegen ook een rok met blouse met daaroverheen een grijze wollen trui. Odin stak zijn hand op naar de zusters om hen te bedanken, en liet haar en Gertrud voorgaan naar de hal. Het was duidelijk dat hier geen mannen werkten, behalve dan in de bewaking. En misschien bij de dieren? Als Simon hier was en ze wilde hem vinden, dan moest ze waarschijnlijk in Viken of Tromsø zijn.

De volgende ruimte was gereserveerd voor de jongens, die allemaal in het blauw waren gekleed. Een andere kleur blauw dan de bewakers overigens. Ook deze klas was goedgevuld. Aan kinderen blijkbaar geen gebrek bij Het Noors Genootschap. Zouden de oudere kinderen hier ook naar school gaan, of zouden die in Tromsø zitten? Haar vraag werd snel beantwoord toen ze het volgende vertrek binnengingen. De lucht was vervuld van die typische pubergeur, zweet vermengd met hormonen en ja, daar was het weer, de honingzeep. Ze moest zich inhouden om niet haar neus dicht te knijpen. De jongens keken nieuwsgierig naar hen. Twee vreemde jonge vrouwen, dat was waarschijnlijk ook wel een primeur. Daar konden ze nog weken op teren. Ze gingen weer verder, naar de meisjes van tien tot dertien jaar.

De zaal die ze daarna binnentraden, was gevuld met lange tafels zonder kinderen. In plaats daarvan stonden de tafels vol met grote pannen en zag ze langs de wand links enorme kasten met gevulde weckpotten staan. Een twintigtal vrouwen stond de lege weckpotten vol te scheppen met groenten en fruit dat uit grote pannen kwam. Het rook er heerlijk zoet.

'Hier worden allerlei soorten groenten en fruit geweckt. Onze verbouw is goed voor het levensonderhoud van ons eigen dorp Viken en daarnaast voor een externe verkoop aan de andere Noorse Genootschappen in Noorwegen, met een omzet van ruim drie miljoen kronen.' Odin keek trots de zaal rond. 'En alles is op biologische wijze verbouwd en geteeld. Het is een behoorlijke uitdaging om hier groenten en fruit te verbouwen, maar de middernachtzon heeft een positieve invloed. De aardappelen en knolgewassen zijn extra lekker, en aardbeien die hebben gerijpt onder de middernachtzon zijn gewoon zalig,' besloot hij zijn promotiepraatje.

Dat was inderdaad indrukwekkend. Om een heel dorp hiermee in levensbehoeften te voorzien en nog omgerekend zo'n driehonderdduizend euro aan omzet te draaien. Al ging die omzet waarschijnlijk meteen op aan alle kosten die ze moesten maken. Of zouden de werknemers hier werken tegen kost en inwoning? Ze gingen weer verder naar de volgende zaal. Kwam er dan geen einde aan?

'En waar verblijven de oudere kinderen eigenlijk?'

'Die krijgen les in Tromsø en omstreken, zodat ze ook werkervaring kunnen opdoen bij bedrijven. We hebben nu de verschillende benedenzalen gehad. Die, zoals jullie hebben gezien, dus deels worden gebruikt als school, en deels als kantoorruimten, maar ook voor het inmaken van de groenten en het fruit die in de keukens worden bereid,' vertelde Odin.

'En wat bevindt zich op de eerste verdieping, als ik vragen mag?' Hij had al eerder aangegeven dat ze daar niet naartoe zouden gaan, maar dat maakte haar des te nieuwsgieriger.

'Opslag en dat soort zaken, niets interessants dus. We gaan naar buiten.'

Ze had het gevoel dat er meer was dan Odin wilde loslaten, maar besloot niet aan te dringen. Gedurende de hele rondleiding had ze de ogen van Gertrud in haar rug voelen prikken, maar ze hadden geen woord met elkaar gewisseld. Wel had Gertrud regelmatig iets in het Duits tegen meneer Hansen gezegd, die waarschijnlijk zelf van oorsprong Duits was, gezien zijn vlekkeloze accent, waarop Odin geïrriteerd had gereageerd of ze het bij het Noors of Engels wilden houden. Gertrud keek beledigd, maar had gehoorzaam geknikt.

'Ik breng jullie nu naar zuster Nilsson. Zij zal jullie de juiste kleding geven en, wanneer nodig, schoenen.' Odin bekeek haar van top tot teen. 'Jouw blouse kan begeerte opwekken, Ira, het is goed als je er in je proeftijd net zo uitziet als alle andere vrouwen hier. En daarna is het een vereiste.' Tegen Gertrud zei hij niets, alhoewel zij ook een overhemd droeg met het bovenste knoopje geopend. Blijkbaar wekte zij geen lustgevoelens op.

Odin leidde hen naar de wasruimte, waar ze al tijdens de rondleiding waren geweest. Meteen kwam daar een vrouw aangelopen. Ze was lang en struis en droeg haar grijze haren in een gevlochten knot. Haar diepliggende ogen en ouderwetse bril gaven haar het uiterlijk van iemand met wie je het niet graag aan de stok zou willen krijgen. 'Goedemorgen Gertrud en Ira, ik ben zuster Nilsson,' zei ze, terwijl ze haar hand uitstak.

'Dag zuster Nilsson, prettig om kennis te maken,' antwoordde ze beleefd.

Toen ook Gertrud zich had voorgesteld gingen ze door de wasruimte een andere kamer binnen. Hier hingen aan weerszijden drie lange stangen vol met blauwe kleding voor de jongens en rode kleding voor de meisjes. Naast elke stang hing een bordje met daarop een leeftijdsaanduiding. Onder voor de kleinsten, in het midden voor de tieners. Helemaal bovenin hing de grijze kleding voor de vrouwen in het klooster.

'Welke maat draag jij, Gertrud?'

'Maat tweeënveertig, zuster Nilsson.'

Ze pakte een lange houten stok met een haak eraan en plukte heel behendig een setje kleding van de bovenste stang. 'Alsjeblieft. Ga je daar maar omkleden.' Ze wees naar de achtermuur waar een klein bankje tegenaan stond. 'Ik leg ook nog kleding klaar die jullie voor het werk kunnen gebruiken.'

'En jij, Ira?'

'Maat zesendertig, zuster Nilsson.'

'Alsjeblieft. Voor jou geldt hetzelfde. Als jullie klaar zijn, komen jullie naar de gang. Je kunt je eigen kleding opgevouwen meenemen, die stop ik in een tas voor jullie, bij de werkkleding.'

'Dank u.' Er was een voordeel aan deze kleding, ze zou straks niet meer opvallen tussen de andere grijze muizen hier.

Gertrud stond in haar witte onderbroek en beha met maillot. Ira ging met haar rug naar Gertrud staan en trok haar blouse uit. Ze voelde dat Gertrud haar bekeek en verwachtte dat ze een opmerking zou krijgen over de brandwonden op haar onderarmen, maar in plaats daarvan zei Gertrud: 'Jij draagt zwart ondergoed.' Er klonk een afkeurende ondertoon in haar woorden door.

Stom stasi-mens. Ze had haar degelijke huidkleurige bh aan en een zwarte slip, maar zelfs dat was dus niet zedig genoeg. Ze zou nog moeten oppassen voor Gertrud, zodra ze ook maar een klein foutje maakte zou die erbovenop springen. Ze was duidelijk gretig, wilde te graag. Misschien was dat tevens haar valkuil. Gertrud had zich snel omgekleed. Ira moest een lach onderdrukken. Ze zag eruit als een amishvrouw, alleen het hoofddoekje ontbrak nog. Ze beende weg, naar de gang waarschijnlijk, waar zuster Nilsson hen zou opwachten.

'Dat is lekker vlot,' hoorde ze zuster Nilsson zeggen. Snel trok Ira de trui over haar hoofd en reeg haar veterschoenen dicht. Het voelde een beetje alsof ze zojuist de eerste ronde verloren had.

16

Ira

Ze staarde naar het plafond, dat vaag verlicht werd door de lantaarns van de binnenplaats. Naast haar lag Gertrud te slapen. Af en toe snurkte ze even, maar wanneer Ira naar haar floot werd ze weer stil. Zij was klaarwakker en had het gevoel dat dat voorlopig ook niet zou veranderen. Het gedeelte van het bijgebouw waar zij en Gertrud sliepen, was voor de vrouwen die altijd in het klooster woonden en werkten. Het was niet met zoveel woorden gezegd, maar hier verbleven de 'kneusjes', diegenen die niet waren uitgekozen als echtgenote of die niet slim genoeg waren om te studeren en met hun kennis de gemeenschap te verrijken, zoveel was ze vandaag wel te weten gekomen. Er werkten ook wel mannen op het terrein, maar die mochten zich niet met de vrouwen bemoeien. Ze waren er voor de bewaking van het klooster en voor de zwaardere klussen, zoals het land bewerken, helpen met oogsten en het verrichten van reparaties.

Als ze toch niet kon slapen, dan kon ze misschien wel op onderzoek uit...

Nee, geen goed plan. Straks werd ze betrapt en dan kon ze meteen rechtsomkeert maken, terwijl ze nog helemaal niet de kans had gehad om Simon te zoeken.

Maar misschien waren er daarboven wel vreselijke dingen aan de hand. Ze had toch niet voor niets onderzoeksjournalistiek gestudeerd? Ze moest ook risico's durven nemen, moedigde ze zichzelf aan. Gertrud zou vast nog wel even doorslapen, het waren de bewakers voor wie ze op moest passen. Ze pakte haar trui, die opgevouwen op de stoel aan haar voeteneinde lag en trok hem over haar hoofd. Had ze nu maar een joggingbroek of iets dergelijks. Een maillot in het donker aantrekken was echt niet te doen.

Dan maar een beetje kou lijden. Het was tenslotte maar een klein stukje van het bijgebouw naar het hoofdgebouw. Zonder Gertrud te wekken lukte het haar om beneden te komen. Voorzichtig opende ze de houten toegangsdeur naar de binnenplaats. Het geluid van de piepende scharnieren leek door haar hele lichaam te resoneren. Kon ze nóg meer lawaai maken? Ze wachtte even en luisterde. Toen het een tijdje stil was geweest, stak ze haar hoofd door de kier en keek naar buiten. Niemand. Misschien kon ze de deur maar beter open laten staan, dan hoefde ze hem niet nog een keer open en dicht te doen. Ze schoot naar buiten en rende zo stil als ze kon in de beschutting van het hoofdgebouw naar de ingang.

Ze drukte de klink omlaag en duwde. Er gebeurde niets. De deur was op slot. Verdomme! Waarom was deze deur wel gesloten en die van het bijgebouw niet? Misschien was er een zijingang bij de keuken? Meestal was dat wel het geval, zodat de goederen aan de zijdeur geleverd konden worden, of zodat het afval makkelijk kon worden verwijderd. Eigenlijk had ze daar vandaag niet zo op gelet bij de rondleiding. Ineens hoorde ze gelach. De bewakers, ze kwamen weer haar kant op! Ze moest terug om de deur van het bijgebouw te sluiten, anders hadden ze meteen in de gaten dat er iets niet klopte. Snel rende ze terug en glipte weer naar binnen. Ze duwde de piepende deur zo zacht mogelijk dicht. Met haar oor tegen de deur gedrukt bleef ze staan wachten en luisterde.

Hoelang duurde het nog? Ze wreef over haar benen, die ijskoud waren geworden. Zouden ze op het lumineuze idee zijn gekomen om pauze te houden? Of had iets anders hun aandacht getrokken? Ineens hoorde ze een schuifelend geluid achter zich. Ze draaide zich abrupt om. In de trapopgang zag ze een lichtschijnsel tegen de muren weerkaatsen, dat steeds helderder werd. Nu hoorde ze ook voetstappen. Waar moest ze zich verstoppen? Buiten konden de bewakers elk moment langslopen en hier was geen andere ruimte waar ze naar binnen kon. Ze kon niets anders doen dan afwachten. Vol spanning volgde ze het licht.

Een zaklamp scheen ineens recht in haar gezicht. Even werd ze verblind, ze kneep haar ogen dicht. Toen verdween het licht. Ze deed haar ogen open. Voor haar stond Gertrud. Haar uitpuilende ogen leken nog boller in het schijnsel van de lamp. Ze keek triomfantelijk.

'W-wat doe je hier?' stamelde Ira.

'Dat kan ik beter aan jou vragen. Waarom sta je hier bij de buitendeur, midden in de nacht?'

'Ik kon niet slapen en wilde een frisse neus halen.'

'Weet je dan niet dat je 's nachts binnen moet blijven, tenzij er een noodgeval is?' Gertrud keek haar vorsend aan. 'Zuster Nilsson heeft dat vanmiddag nog uitdrukkelijk gemeld.'

God, waar bemoeide dat mens zich mee? Het liefst zou ze haar zeggen waar het op stond. Maar dat was nu niet handig. Voor je het wist briefde ze alles door en werd haar kans om Simon te vinden gereduceerd tot nul procent.

'Sorry, ik was een beetje van slag. Al die veranderingen. Als ik thuis ben en ik kan niet slapen, loop ik vaak even een rondje. Het is een automatisme, denk ik.'

'Nou, laten we snel weer gaan slapen, we krijgen het morgen nog druk genoeg,' zei Gertrud ineens overdreven moederlijk.

'Goed idee. Ik denk dat het nu wel lukt.' Ze zou het zich allemaal laten welgevallen, zolang Gertrud haar mond maar hield.

Ze schrok wakker van de klokken die werden geluid. Dan was het al zeven uur. Ze voelde zich alsof ze een nacht was doorgezakt. Misschien had ze nog drie uur geslapen, meer was het niet. Vandaag mocht zij meehelpen bij het verzorgen van de dieren. Net als Lieneke, schoot het door haar heen. Gertrud was ingedeeld bij de keukenbrigade, godzijdank. Dan was ze eindelijk even van haar verlost. Eerst moest ze zich melden in de eetzaal bij zuster Nilsson. Toen ze met Gertrud de zaal binnenkwam, waren alle tafels aan de linkerkant van de ruimte al bezet met kinderen. Hoe waren die hier in vredesnaam zo vroeg gekomen?

'O kijk, wij zitten daar.' Gertrud wees naar een tafel vlak bij het raam, waar ze gisteren ook met Odin hadden gezeten. Er zaten al een aantal vrouwen in grijze kleding te eten, dus waarschijnlijk had ze gelijk. In sommige opzichten was het wel fijn dat Gertrud zo'n betweter was. Toen ze bij de tafel kwamen, zeiden de vrouwen hartelijk goedemorgen en mochten ze aanschuiven. Het ontbijt werd rondgebracht. Havermout met bessen of roggebrood met Noorse bruine kaas en allerlei vissoorten. Daar was het haar nog iets te vroeg voor. Voor de zekerheid nam ze thee bij het ontbijt. Ze kon tenslotte niet weten of er hier ook zo'n oud koffierecept rondslingerde. De lange dunne vrouw naast haar heette Inger. Haar blonde opgestoken haar werd al een beetje grijs op sommige plekken. Ze had een vriendelijk gezicht met lachrimpeltjes naast haar grijze ogen. Ira schatte haar begin zestig.

'Ik werk al jaren bij de dieren. We hebben onlangs nog nieuwe geitjes aangeschaft en binnenkort moet een van onze merries bevallen,' vertelde ze enthousiast.

'Wat leuk, daar mag ik straks ook gaan werken. Is het eigenlijk de bedoeling dat we ons nog omkleden?' Ze had haar 'werkkleding' aan, maar die verschilde nauwelijks van haar gewone kleding. Het enige verschil was de dikkere maillot en het wollen ondershirt dat ze vandaag voor de zekerheid maar had aangetrokken. Ze had weinig zin om ook nog naar stallucht te ruiken nu ze maar twee keer per week mocht douchen.

'We hebben warme jassen, overschorten en goede laarzen die je aan kunt trekken. En al zijn we milieubewust, we houden ook van reinheid, dus dat komt wel goed.' Ze glimlachte geruststellend.

'Mogen we alle dieren verzorgen?' Ze hoopte vooral op de paarden. Ze miste het paardrijden op haar manege in Friesland nu al.

'Zeker. Ik laat je straks alles zien.' Inger bleef haar aankijken.

'Is er iets?'

'Nee, het is alleen... Je gezicht. En jouw rode haar. Je doet me aan iemand denken die ik vroeger kende.'

Ze voelde een schok door haar lichaam heen gaan. De andere vrouwen die zojuist nog druk aan het praten waren, vielen ineens stil. Ook Gertrud luisterde belangstellend mee.

Ira glimlachte krampachtig. 'Misschien heeft u mijn moeder ontmoet toen ze hier voor de conferenties was? Ze is weleens een keer in Noorwegen geweest. Lang geleden.' Dat was niet eens gelogen.

'Nee. Het is niets. Laten we zo maar eens aan de slag gaan.' Inger stond abrupt op, waardoor ze haar lege beker omstootte. Ze zette hem snel weer overeind. 'Ik ben zo terug, wacht je hier even?'

'Dat is goed.' Wat was dit? Zou Inger haar moeder soms gekend hebben? Als ze hier al haar hele leven woonde, dan kon dat bijna niet anders. Haar moeder zou nu eenenzestig zijn geweest.

'Gaat het een beetje? Je ziet er zo geschrokken uit.'

Gertrud. Dat mens ontging ook niets. 'Zoals je weet heb ik nogal kort geslapen. Verder gaat het prima.'

'Ga je mee? Wij gaan vandaag groenten wecken,' zei een vrouw met ronde, blozende wangen, wier naam Ira was ontschoten, maar die ze nu al eeuwig dankbaar was omdat ze haar verloste van Gertrud.

Inger kwam er ook net aan. Hopelijk kon ze tijdens het uitmesten van de stallen nog wat meer te weten komen over het verleden van Het Noors Genootschap.

17

Ira

De bel luidde. Het was de tweede dag. Ze kwam half overeind en tastte naast zich op het nachtkastje. Geen telefoon, alleen een oude wekker die ze was vergeten aan te zetten. Natuurlijk, hoe kon ze het vergeten? Ze liet zich weer achteroverzakken. De drang om steeds op een scherm te kijken begon al iets minder te worden, maar 's ochtends moest ze nog wel elke keer tot dezelfde realisatie komen. Toch gaf het ook veel rust. En tijd. Ze had nu zeeën van tijd. Tijd om te werken, tijd om te eten en tijd om te slapen. Eigenlijk gebeurde er niet veel anders op deze plek.

Gisteren was ze de hele dag met Inger meegelopen. Ze hadden met een team van zes vrouwen tot negen uur 's avonds de dieren verzorgd. Stallen uitgemest, koeien en geiten gemolken, eieren geraapt, paarden geroskamd en met ze rondgelopen. Het werk werd alleen onderbroken door eetpauzes en bedrust. Om één uur werd er geluncht en om zes uur werd het avondeten opgediend. Verder kon je tussendoor drinken en fruit pakken, maar niet vaker dan twee keer. Niet gek dat ze hier nog niemand met overgewicht was tegengekomen. Het leven was sober, maar wel gezond.

'*Komm, aufwachen*,' zei Gertrud hard, terwijl ze het licht aandeed.

'*And goodmorning to you too!*' Ze gaapte nadrukkelijk terwijl ze Gertrud aankeek. Er lagen donkere schaduwen onder haar ogen en haar haar zag er vettig uit. Gelukkig mochten ze morgen onder de douche, zij kon er zeker wel een gebruiken.

'Ga je vandaag weer met Inger mee?' Er klonk iets verwijtends in haar stem, terwijl ze stug Duits bleef praten. Dat zou ze tegen de anderen vast niet durven.

'Ja. We doen de hele week hetzelfde werk, toch?'

'Ik had het anders wel leuk gevonden om wat verschillende taken te krijgen. Om een goede indruk op te doen natuurlijk.'

Was dat een verkapte vorm van kritiek?

'Wat doe je normaal gesproken voor werk?' Ze schatte Gertrud in als iemand die werkte als secretaresse bij zo'n conservatief Duits bedrijf, dat natuurlijk eigendom was van Het Noors Genootschap.

'Ik deed de administratie voor ons windmolenpark Kraft GmbH.'

'Dus je weet al het een en ander over windenergie?' Ze balanceerde op één been om haar wollen maillot aan te trekken.

'Het is me met de paplepel ingegoten, mijn ouders hebben het bedrijf opgericht en grootgemaakt.' Ze glimlachte geforceerd. 'En waarom ben jij eigenlijk hier?'

Ze verloor bijna haar evenwicht. Het was handiger om op het bed te gaan zitten om dat rotding aan te trekken. 'Ik? Het leek me een geweldige uitdaging. Een duurzaam bedrijf helpen bekend te worden en de Noorse taal beter te leren spreken. In deze mooie omgeving bij ons moedergenootschap,' voegde ze er snel aan toe.

'Voor mij en mijn familie is Viken het allerhoogste wat je kunt bereiken. Om de Yari van ons moedergenootschap te mogen ondersteunen...' Ze sloeg haar ogen ten hemel, alsof ze de grote leider ter plekke op een wolk uit de hemel zag dalen.

'Ja, dat is natuurlijk ook een enorme eer.'

Gertrud keek haar ineens heel serieus aan. 'En ik doe er álles voor.' Toen draaide ze zich om en liep de kamer uit.

Inger had een verrassing voor haar. Vandaag mochten ze paardrijden, want de dieren moesten af en toe ook bereden worden. Er waren echter niet veel leden die dat konden, dus Inger was blij verrast geweest om te horen dat Ira ervaring had. Toen ze de gebruikelijke taken hadden vervuld, konden de paarden worden opgezadeld. Inger reikte haar een paar laarzen aan en gaf haar een cap. 'Daar hangen jassen die je kunt gebruiken.' Ze wees naar de muur waar aan een houten kapstok dikke, met schapenbont gevoerde jassen hingen. 'Jij mag op Alva, ik begreep dat je zelf ook een Fries paard hebt?'

Ira had het prachtige dier al zien staan en voelde hoe haar hart een sprongetje maakte. Ze wist dat merries vaak eigenzinnig waren, maar ze hield wel van een uitdaging. 'Geweldig! Ik heb een hengst, Hannibal, maar die is een watje vergeleken met Alva, vermoed ik.' Ze liep naar de box waar Alva stond en liet het paard eerst aan haar snuffelen. Daarna leidde ze het kalm aan de halster naar de plek waar de zadels hingen. Alva bleef rustig staan, terwijl ze haar optuigde. Ira zwaaide een been over het zadel. En hoorde iets scheuren, die verrekte rok! Hoe kon een mens ook in vredesnaam met een rok paardrijden? Het dier begon ineens onrustig te bewegen en brieste. Snel stroopte ze de stof van de rok zo veel mogelijk op, zodat ze kon gaan zitten. Inger reed al een stukje voor haar uit en draaide zich om. 'Gaat het? Alva kan soms wat chagrijnig zijn.'

'Ja, prima hoor. Het is altijd even wennen op een nieuw paard.' En met zo'n achterlijke rok aan, dacht ze. Inger verwachtte vast dat ze niet anders gewend was.

'Daarom gaan we eerst een paar rondjes inrijden hier op het veld en daarna het bos in.' Inger lachte. 'Is dit niet het ultieme gevoel van één zijn met de natuur? Op de rug van zo'n prachtig dier in deze mooie omgeving?'

Ja, daar had ze gelijk in. Misschien was Inger wel hier omdat ze het echt fijn vond. Hoeveel mensen gingen er tegenwoordig niet in een tiny house wonen, of back to basic? Hier had je zo'n soort leven. Maar waarom waren haar moeder en Lieneke dan gevlucht? En waarom vertelde Lieneke dan zulke andere verhalen?

Inger onderbrak haar gedachten. 'Kom, we gaan het bospad op.' Ze naderden een houten hek, dat toegang gaf tot de bossen. Inger stapte af en hield het voor hen open. Het pad liep tussen hoge sparren en kale loofbomen door. De grond knisperde onder de paardenhoeven op plekken waar het afgevallen blad nog bevroren was. Ze passeerden een stromende beek. Even verderop liet Inger haar paard op een ondiep gedeelte door het water stappen en stak ze over. Ira liet Alva erachteraan gaan. Dit zou ze met Hannibal in Friesland niet hoeven te proberen, die haatte koud water. Zelf genoot ze met volle teugen, nooit had ze in zo'n mooi landschap gereden. De besneeuwde bergtoppen om haar heen, de naaldbossen en het mooie kloostergebouw, het was net alsof ze in een ansichtkaart rondreed. Ze werd verwarmd door de flanken van het paard; het dier leek nu helemaal in haar element te zijn. Pas toen ze een kilometer of vijf over een zandpad door het bos hadden gedraafd, kwamen ze onderaan een weg uit. Inger stond abrupt stil. Ze stonden voor een hoog metalen hek met afschrikwekkende punten.

'Wat doet dat hek hier?'

'Dat is er ter bescherming van ons terrein. In het verleden zijn we weleens lastiggevallen door buitenstaanders.'

'En hebben jullie toen het hele terrein omheind?'

Inger keek haar een beetje bevreemd aan. 'Natuurlijk niet. Alleen op de plekken waar mensen makkelijk het terrein op kunnen komen staan hekken.'

'Wat kwamen die inbrekers hier dan doen?'

'De boel opruien, herrie schoppen. Ze hadden de dieren losgelaten uit de stallen en de ruiten ingegooid van het klooster.'

'Waarom in vredesnaam?'

'Ik weet het niet,' zei Inger ontwijkend. 'Er zullen altijd mensen zijn die er andere ideeën op na houden.'

'Het is dus niet bedoeld om de mensen binnen te houden?' Ze zei het zo luchtig mogelijk. Inger reed voor haar, dus ze kon haar gezichtsuitdrukking niet zien.

'Natuurlijk niet. Wij zijn hier uit eigen vrije wil. Om te leven zoals God en Moeder Natuur het willen.'

Het pad werd breder en ze ging naast Inger rijden, die rustig aan deed. Ze had gisteren verteld dat ze vorig jaar door een paard was afgeworpen en haar heup had gebroken. Sindsdien was ze een beetje angstig. 'Zijn er weleens mensen die de gemeenschap hebben verlaten? Om een ander leven te gaan leiden bedoel ik?'

Inger keek haar onderzoekend aan. 'Waarom vraag je dat?'

'Ik vroeg het me gewoon af. Bij ons is er ook een keer een gezin weggegaan, omdat ze zich niet meer konden vereenzelvigen met onze levensstijl,' fantaseerde ze.

'Hier in het klooster zijn we tevreden met ons leven.' Inger spoorde haar paard aan en begon plotseling een stuk harder te draven. 'Tijd om terug te gaan,' riep ze over haar schouder.

Haar angst om te vallen leek ineens vergeten.

18

Ira

Ze was er inmiddels achter gekomen dat Gertrud één keer per nacht naar het toilet ging, en dat was vaak rond twaalf uur. Daarna sliep ze als een blok. Ze lag doodstil in bed en ademde zo rustig mogelijk. Gertrud trok het toilet op de gang door en schuifelde weer haar kant op. Een zwakke lichtstraal verlichtte de kamer voor een kort moment. Toen was het weer pikdonker. Het bed kraakte licht toen Gertrud erin stapte. Nadat ze zich een paar keer had gedraaid hoorde Ira haar al vrij snel regelmatig ademen. Nog heel even wachten. Na een minuut of tien kwamen de snurkgeluiden. Dat was het teken dat ze diep in slaap was.

Voorzichtig kwam ze haar bed uit. Ze had zonder dat Gertrud het doorhad haar maillot aangehouden in bed. Ze trok een warme trui over haar nachthemd aan en pakte haar schoenen. Buiten was het guur, dus alle warmte was welkom. Toen ze de deur opendeed draaide Gertrud zich ineens om. Geschrokken bleef ze stilstaan. Het gesnurk stokte. Gespannen keek Ira naar het gezicht van Gertrud, dat nu verlicht werd door het vage schijnsel van het licht in de gang.

Ze sliep door. Zachtjes sloot Ira de deur achter zich. Op kousenvoeten sloop ze de trap af. Pas bij de buitendeur durfde ze haar schoenen aan te trekken. Het was een geluk dat zij en Gertrud aan deze kant van het gebouw sliepen, dat alleen voor gasten leek te zijn. De andere vrouwen sliepen aan de rechterzijde, waar ze een aparte ingang hadden.

Ze opende de zware deur en liet die op een kleine, bijna onzichtbare kier staan. Een ijzige wind blies dwars door haar wollen trui. Het was een heldere en koude nacht. Ze stak vlug het binnenplein over om in de schaduwen van het hoofdgebouw te kunnen verdwijnen. De zijingang van de keuken bevond zich ongeveer in het midden van deze vleugel, had ze de dag daarvoor ontdekt. Het gebouw werd deels verlicht door de lantaarns die op het plein stonden. Ze passeerde twee zijdeuren en bereikte de keukendeur. Zachtjes duwde ze de klink omlaag. De deur bewoog mee. Opgelucht glipte ze naar binnen. Daar was het aardedonker. Het rook er nog naar de gebakken uien en kool die ze eerder die avond geserveerd hadden gekregen. Ze tastte met haar hand langs de rechtermuur, die koud aanvoelde en schuifelde voorzichtig vooruit. Ze was nog niet eerder in deze ruimte geweest en had geen idee hoe die eruitzag. Ineens schopte ze met haar voet tegen iets hards, nog voordat ze haar hoofd stootte. Ze vloekte binnensmonds en wreef over haar voorhoofd.

Het was een houten deur met een hoge stenen drempel. Buiten hoorde ze de bewakers die hun ronde deden. Er gebeurde zo weinig bij het klooster dat ze een beetje gemakzuchtig waren geworden. Ze rekende erop dat ze de deur die op een kier stond niet zouden opmerken. Toch aarzelde ze even. Voorzichtig keek ze om het hoekje. De mannen waren alweer omgedraaid, ze zag hen van haar weglopen. Snel ging ze de eetzaal in. Hier scheen door de hoge ramen het licht van de maan naar binnen. Eindelijk kon ze weer iets zien en wist ze waar ze naartoe moest. Ze rende de zaal door naar de gang. Ineens sprong het licht automatisch aan. Ze stond abrupt stil en keek om zich heen. Er waren geen ramen in de hal. De kans was klein dat iemand het gezien had.

Vlug nam ze de trap naar boven, die uitkwam op een galerij met meerdere deuren. Wat zou daarachter zitten? Ze had begrepen dat dit gebouw 's nachts leeg was, maar wat als ze het mis had? Eigenlijk was ze zonder plan hier naar binnen gegaan en zo ver gekomen. Maar nu ze voor al die deuren stond leek het alsof ze meedeed aan Russisch roulette, als ze pech had, dan... Niet aan denken. Ze was hier gekomen om Simon te vinden en moest elk spoor volgen. Ze opende de deur waar een één op stond.

Deze ruimte werd vast weinig gebruikt. Overal stonden spullen, meubels met lakens eroverheen, kasten gevuld met dozen. Zonder zaklamp was het onbegonnen werk om alles hier goed te kunnen bekijken. Misschien waren het oude schoolspullen die hier werden opgeslagen. Ze durfde het licht niet aan te doen, omdat dit vanbuiten te zien zou zijn. Snel ging ze naar kamer nummer twee. Ook hier stonden oude spullen opgeslagen. Kamer nummer drie: hetzelfde verhaal. Ze onderdrukte een nies. Haar gevoel van opwinding begon af te nemen. Ze had gehoopt iets te ontdekken, maar het leek erop dat dit de stoffige rommelzolder van het klooster was. Misschien had ze Odin wel verkeerd geïnterpreteerd en bedoelde hij er helemaal niets mee. Misschien wilde ze gewoon dingen zien die er niet waren.

Toch liep ze het rijtje deuren af tot ze de hele galerij had gehad. Er was niets bijzonders te zien. Teleurgesteld wilde ze de trap naar beneden nemen, toen er ineens een gedachte opborrelde. Aan deze kant van het klooster bevond zich een van de twee torens. Alleen was ze nog geen trap tegengekomen. De toren zou vanuit haar positie rechts in de hoek moeten zijn. De adrenaline begon weer door haar aderen te stromen. Ze moest weten wat er in die toren was. Vlug liep ze terug naar de kamer die zich in de rechterhoek bevond. Nummer vijf. Ze had eerder de deur opengedaan en vluchtig naar binnen gekeken, maar ook daar stond het vol met troep. Daarom was ze niet verder de kamer in gelopen. Ze bewoog zich tussen de meubels door naar drie hoge kasten. Nu ze er beter naar keek stonden ze als een soort schild in de hoek gegroepeerd. De middelste kast stond schuin in de hoek en de kasten aan weerszijden blokkeerden een raam. Vreemd om ze zo te positioneren. Ze probeerde achter de kasten langs te komen, maar daar was geen ruimte. Zich tussen de kasten door wringen lukte zelfs haar niet, ook al was ze tenger.

Ze trok de doek van de middelste kast af. Haar ogen waren inmiddels gewend aan het donker en ze kon de contouren van de kast onderscheiden. Het was een buffetkast. Het onderste deel was iets dieper dan het bovenste. Ze keek om zich heen. Een stoel moest ze hebben. Ze vond er een en schoof hem naar de kast toe, waarna ze op het onderste deel van de buffetkast klom. Het was een robuust ding, ze zou er vast overheen kunnen klimmen. Alleen, hoe kwam ze dan weer terug? Dat was een zorg voor later. Ze zwaaide haar been eroverheen. Het was moeilijk om iets te zien in de donkere hoek, maar één ding was zeker: er was een trap omhoog. Ineens bedacht ze dat ze via de vensterbank bij het raam op een van de buitenste kasten zou kunnen klimmen om weer terug te komen. Ze moest het er maar op wagen.

Ze hing nu aan de achterkant van de kast en liet zich vallen. Met een bons belandde ze op de harde stenen vloer. Ze hield haar adem in en luisterde. Niets. Haar handen vonden de koude stenen van de buitenmuur. Het rook er naar het oude buikkastje van haar oma, dacht ze onwillekeurig. Terwijl ze met een hand de muur volgde, schuifelde ze verder tot haar voeten op weerstand stuitten. Voorzichtig tilde ze een voet op. Een trap. Voetje voor voetje ging ze naar boven en telde de treden. Drieëndertig. Toen was ze boven. Ze hield haar handen voor zich uitgestrekt en stuitte ineens op weerstand. De deur naar de toren! Ze tastte het hout af op zoek naar de deurklink. Een pijnlijke steek in haar vinger deed haar haar hand terugtrekken. Ze zoog aan de zere vinger. Een splinter. Die ging er niet zomaar uit, daar moest ze morgen maar naar kijken. Ze tastte voorzichtig verder, bang voor nog meer splinters. Eindelijk voelde ze iets. Een sleutel. Ze draaide hem naar rechts en de deur ging open met luid piepende scharnieren. Ze luisterde gespannen.

19

Ira

Het bleef stil.

Ze stapte de torenkamer binnen, die deels werd verlicht door de maan. Rechts tegen de wand kon ze een opgemaakt bed met een nachtkastje ernaast onderscheiden. Tegen de wand ertegenover een linnenkast. Ze trok hem open. Er lag een stapel linnengoed op de plank. Aan de hangers hingen een jurk en een nachtjapon. Onwillekeurig rook ze eraan. Ze trok haar neus op, de kledingstukken waren stoffig en muf. Ze liet haar hand over de plank gaan en pakte de stapel linnengoed eraf. Met een luide bonk viel iets op de houten vloer. Even bleef ze met haar oren gespitst luisteren, had iemand het gehoord? Toen ze na twintig tellen niets hoorde, ging ze op zoek naar het voorwerp. Het was onder de kast terechtgekomen. Op haar knieën tastte ze de vloer af. Daar was het. Iets hards en glads. Ze kraste er met haar nagel langs en rook eraan. Het was een stuk zeep. Een vage geur van kastanjebloesem drong haar neusgaten binnen. De geur van haar moeder.

Hoe kon dat? Wat had dat te betekenen? Opgewonden zocht ze verder in de kast. Misschien lag er nog iets op de bovenste plank, achterin? Ze tastte verder, maar er kwam niets bijzonders tevoorschijn. Ze ging met opgetrokken knieën op het bed zitten en leunde met haar rug tegen de muur. Door de stoffige atmosfeer in de kamer leek ze steeds sterker een zweem van kastanjebloesem te ruiken. Ze ging liggen en drukte haar gezicht in het kussen.

Mama.

Ze was vergeten hoe ze eruitzag en hoe ze praatte, maar die geur vergat ze nooit...

'Ira, eten!'

Mama schreeuwde vanuit het trapgat naar boven, zoals elke dag, en iedere keer weer schrok ze. Haar kamer was recht boven de trap, dus ze hoefde helemaal niet zo te schreeuwen. Ze had helemaal geen zin in eten, ze was net zo lekker aan het tekenen. Maar mama had er een hekel aan als ze niet meteen kwam, dus legde ze haar potloden snel keurig op kleur terug in de doos en liep de trap af naar de keuken. De stoel van haar broer was nog leeg. 'Waar is Simon?'

'Die is weer eens te laat. Zit vast ergens bij een vogelnest te dromen.' Haar moeder schoof Ira's stoel aan en kuste haar haar, een vleugje parfum bleef om Ira heen hangen. Het rook net zoals wanneer de kastanjebomen bloeiden.

'Te laat, is de hond in de pot. Jammer voor Simon.' Haar vader ging zitten en begon het gebed.

Ira opende stiekem haar ogen. Ze had er een hekel aan om haar ogen te sluiten terwijl ze wakker was. Er stonden drie figuren in zwarte, zondagse pakken in de keuken. Het waren enge mannen. Ze hadden hun gezichten verborgen achter zo'n zwarte muts met een kijkgat. Een van de mannen droeg een vreemde jongen in zijn armen, met donker haar. De jongen bewoog niet. Snel kneep ze haar ogen weer dicht.

'Here, zegen deze spijze, amen,' zei papa.

Mama begon te gillen.

Ze waren echt!

Toen ging alles heel snel. Een van de mannen sloeg papa op zijn hoofd. Hij schreeuwde van de pijn. Er liep een straaltje bloed over zijn wang. De man sloeg nog een keer. Papa zakte voorover met zijn gezicht in het bord met spaghetti. Ze hoorde een harde bonk naast haar. Mama was van haar stoel gevallen en kroop naar de buitendeur, een van de zwarte mannen ging achter haar aan. Een andere man zette de vreemde jongen op Simons plek aan tafel. Ze moest naar de gang, naar de wc. Snel de deur op slot doen! Ineens zag ze twee zwarte broekspijpen voor haar. Ze keek omhoog, in het gat vanwaaruit zijn ogen haar aanstaarden. Toen ze zich omdraaide om weg te rennen, voelde ze een harde klap tegen haar achterhoofd.

De pijn explodeerde in duizenden sterretjes.

Met een schok kwam ze weer bij haar positieven.

Haar moeder kon hier zijn geweest, lang geleden. Maar waarom? Wat hadden ze met haar gedaan? Ze legde het kussen weer terug en trok het laatje van het nachtkastje open. Het was leeg. Of... Helemaal achterin voelde ze iets. Een papiertje. Ze pakte het eruit en hield het in het licht bij het raam. Het was een foto. Er stonden twee volwassenen op. Ze kon hun gezichten niet zien in het donker. Ze stopte de foto in haar maillot, bij haar buik. Het kastje onder het laatje was leeg. Ze voelde onder het matras, keek onder het bed, in de vensterbank. Niets.

Tijd om naar bed te gaan. Misschien kon ze nog een keer terugkomen en een lamp meesmokkelen. Ze sloot de torenkamer weer af en ging voorzichtig naar beneden. Achter de linker kast vond ze ruimte om in de vensterbank te klimmen. Ze hees zichzelf erop. De kast begon vervaarlijk te wiebelen en helde naar voren. Ze probeerde de kast in evenwicht te houden door snel de bovenkant van de buffetkast ernaast met beide handen vast te grijpen, maar het was al te laat. De boekenkast waar ze op zat helde voorover en viel. Ze strekte haar linkerbeen zo ver mogelijk uit om de klap een beetje op te vangen. Haar voet raakte de grond en de dreun waarmee de kast viel resoneerde door haar hele lichaam. Haar kaken klapten hard op elkaar, terwijl ze van de kast op de houten vloer viel. Ze bleef even stil op haar buik liggen om te luisteren of er iemand op de herrie afkwam. Haar hele lichaam tintelde van de spanning en de pijn.

Toen ze een tijdje gewacht had, probeerde ze voorzichtig overeind te komen. Ze voelde aan haar linkerenkel, die pijnlijk dubbel was geklapt. Ze kon er gelukkig nog op staan. Ze keek naar de kast die aan haar voeten lag. Hoe kreeg ze die in vredesnaam weer overeind? Ze was al niet de grootste en zeker niet de sterkste. Ze moest er maar op gokken dat hier voorlopig niemand kwam, ze moest nu echt terug! Moeizaam hinkend probeerde ze zo zacht mogelijk de trap af te dalen en door de keuken naar de buitendeur te bewegen.

Toen ze buiten kwam zag ze het ineens. Boven haar bewogen groene en paarse strepen grillig door elkaar, alsof ze samen een ingewikkelde dans uitvoerden. Als betoverd bleef ze staan kijken. Haar moeder las haar vroeger een sprookje voor over Aurora, een meisje dat speciale krachten had en de hemel kon betoveren met de meest prachtige kleuren. Dit was de eerste keer dat ze het noorderlicht zag. Waarschijnlijk was ze de andere keren dat het er was al aan het slapen geweest. Het liefst zou ze hier gaan liggen en naar de hemel blijven kijken tot het licht werd, maar haar lichaam zei iets anders. Haar enkel begon te steken en haar tanden klapperden.

Toen hoorde ze mannenstemmen. De bewakers kwamen er weer aan! Ze keek om zich heen. Op het binnenplein was niemand te zien. Zo snel als ze kon met haar zere enkel hinkte ze naar het slaapgebouw. Waarom was ze ook niet meteen doorgelopen? Gertrud lag nog in diepe slaap toen ze terugkwam in hun slaapkamer. Ira schoot onder het warme dekbed. Ze was zo opgegaan in haar zoektocht en daarna in dat prachtige noorderlicht, dat ze nu pas merkte hoe door en door verkleumd ze was.

Haar tenen begonnen pijnlijk te tintelen en te gloeien. Langzaam verspreidde de warmte zich weer door haar lichaam. Ze was ineens uitgeput, maar haar hoofd was nog niet moe genoeg om in slaap te vallen.

Haar moeder had onder dezelfde hemel geleefd, met dat prachtige noorderlicht en had het waarschijnlijk talloze keren gezien. Het was alsof ze even één was geweest met haar, alsof ze weer bij haar was. Ze veegde haar wangen droog. Ze kon nu niet toegeven aan haar verdriet, ze moest verder met haar onderzoek. Pas als ze Simon had gevonden en hem had overgehaald om mee te gaan, was er tijd om haar emoties de vrije loop te laten. Ze draaide zich op haar andere zij en probeerde zich over te geven aan de slaap. Het was hopeloos; de vragen bleven door haar hoofd spoken. Zou haar moeder echt in die torenkamer hebben gezeten? En was ze daar vrijwillig geweest of niet? Ze wist zeker dat als ze kon achterhalen wat er met haar moeder was gebeurd, ze Simon ook terug zou vinden.

20

Odin

Het was al aan het schemeren, nog even en de zon ging onder. Hij had nooit gehouden van de winters in Noorwegen, nat, koud en donker. En straks waarschijnlijk weer bergen sneeuw om op te ruimen. Hij keek op zijn horloge. Iets voor halfvijf. Tijd om naar Kristofer te gaan.

Na de laatste grote bijeenkomst waren er nog een paar losse eindjes overgebleven. Hij had nu van verschillende leden van de Blauwe Brigade gehoord dat Pedersen niet van plan was zich aan de afspraken te houden. Sterker nog, hij had geld achtergehouden en een luxeauto voor zichzelf gekocht. Was die man dan echt zo'n dom varken? Nou moest hij weer ingrijpen, alsof hij niets beters te doen had dan voor politieman en rechter te spelen. Als ze nu niet ingrepen, dan was het er straks niet meer één, maar een hele gemeente. Voor je het wist gingen de mensen doen waar ze zelf zin in hadden.

Hij zou Kristofer onderweg oppikken, zijn huis lag op de route aan de rand van het dorp. Hij parkeerde voor de bescheiden gele woning met de houten veranda. Nog zoiets waarin de broers verschilden als dag en nacht: hun voorkeur in comfort. Haakon bezat naast een woning hier in het dorp een luxeappartement in Oslo, waar hij vaker verbleef dan zakelijk nodig was. Dit was overigens iets wat niemand buiten hem, Haakon en Kristofer hoefde te weten. Kristofer daarentegen had niet veel nodig, hij wilde graag in de buurt van de bergen en de fjorden zijn, en had een hekel aan de stad. Odin verwachtte dat hun stijl van leidinggeven ook net zo zou verschillen. Hij voelde dat Haakon liever als een zakelijke manager opereerde en zich vooral op Grønncorp wilde storten, in plaats van met de gemeenschap en het geloof bezig te zijn. Al zou hij dat natuurlijk nooit toegeven, want hij wilde zijn kansen op het leiderschap – en de macht – niet verspillen. En misschien was een frisse wind ook wel goed voor hun gemeente. Maar Kristofers aard paste beter bij hun gedachtegoed en hij bezat daarnaast ook al het charisma waaraan het hun vader Fridtjof ontbroken had. Dat laatste had hem veel ellende bezorgd, dus in die zin was het weer beter als...

De deur zwaaide open. Kristofer was een man van afspraken, niet zoals Haakon. Die deed alles in zijn eigen tempo, in zijn eigen tijd, net als zijn vader. Kristofer droeg een zwart pak met een wollen mantel eroverheen. Zijn halflange, naar achteren gekamde haar en zijn getrimde baard gaven hem een verzorgde en moderne uitstraling. Hij trok zijn leren handschoenen aan.

'Goedemorgen,' zei Kristofer terwijl hij instapte.

'Jij ook goedemorgen.' Het voelde prettig als Kristofer bij hem in de buurt was. Zodra hij naast hem kwam zitten, kwam er een soort rust over Odin heen.

'We wachten nog even op de Blauwe Brigade.'

'O? Waarom? Ik dacht dat we met z'n tweeën naar Pedersen zouden gaan?'

'Hij heeft zijn kans gehad.'

Kristofer keek voor zich uit en zei niets. Odin wist wat hij dacht. Kristofer had altijd een hekel aan geweld gehad. Of misschien wilde hij er liever niets van weten. Maar dat hoorde ook bij het leiderschap. Durven oordelen en durven straffen, net als God. Het werd tijd dat hij dat leerde.

In zijn buitenspiegel zag hij het blauwe busje aan komen rijden. Hij stak zijn hand op door het raam naar de vier mannen achter hem en reed voor hen uit de weg op.

Odin zag Johannes uit het busje stappen en aanbellen bij de woning van Ivar Pedersen, zoals ze hadden afgesproken. Pedersens kinderen waren allemaal al lang het huis uit, maar hij en zijn vrouw woonden nog steeds in de riante, vrijstaande woning. Ook iets waarover sommige leden hadden geklaagd. Pedersen hoorde zijn woning af te staan aan een groot gezin zodra de kinderen het huis uit waren en hij minder ruimte nodig had. Dat was altijd zo gegaan. Zijn vrouw deed open. Zodra ze hen zag staan sloeg ze haar ogen neer. Ze praatte even met Johannes, daarna liep ze naar binnen om haar man te roepen. Pedersen liep gedwee mee en stapte achter in het busje. Zijn vrouw deed snel de deur achter hem dicht.

Odin reed achter de Blauwe Brigade aan naar de plek waar ze hadden afgesproken. Na een minuut of tien sloeg het busje af en reed een hobbelige zandweg op. Aan het einde van deze weg was een vervallen schuurtje, dat vroeger voor houtopslag werd gebruikt. Er stonden nog een paar oude tuinmeubels die de vorige eigenaar had achtergelaten. Odins schoonzoon Mats trok Pedersen het busje uit en plantte hem op een van de verroeste stoelen. Johannes, Stan en Sverre pakten ieder een schop uit het busje en begonnen een paar meter verderop een gat te graven in de halfbevroren aarde. Het zou nog wel een tijd duren voor ze daarmee klaar waren.

Odin ging tegenover Pedersen staan. Ondanks de kou liepen er zweetdruppels over zijn voorhoofd. Zijn haren zaten aan zijn kalende schedel vastgeplakt alsof er behangplaksel op was gesmeerd.

'Wat jammer dat we elkaar nu zo moeten treffen, Ivar. Ik dacht dat we afspraken hadden gemaakt?' Vanuit zijn ooghoek keek hij naar Kristofer, die er verschrikt, maar ook een soort van gebiologeerd naar stond te kijken.

‘Ik… ik ben ermee bezig. Echt waar. Nog even geduld. We hebben het hele jaar toch nog?’

Die smekende blik in zijn uitpuilende, schijnheilige ogen. Odin keek naar Mats en knikte. Die had een ijzeren stang gevonden tussen de rommel bij het schuurtje en liep naar Pedersen toe. Hij gaf hem een harde klap in zijn zij.

Pedersen schreeuwde het uit en boog voorover van de pijn. ‘Wacht, stop…’ kreunde hij.

‘Wat zei je, Ivar?’ Odin knikte weer naar Mats. Hij hoorde Kristofer naar adem snakken. Toen Mats de volgende klap toediende, deze keer tegen Pedersens rug, blies Kristofer hard uit. Er kraakte iets. Een rugwervel waarschijnlijk. Pedersen gilde.

‘Alsjeblieft…’

‘Hoe zit het met die nieuwe auto van je, Ivar? Ik hoor dat je net een elektrische Volvo hebt gekocht. Nieuwste model. En vorige week ineens weer verkocht. Dacht je dat we er niet achter zouden komen?’ Hij wreef over zijn baard. ‘Even denken, hoe zat het ook alweer? Je hebt dit jaar niet voldaan aan de eisen, omdat… omdat jullie tegenslagen hadden gehad. Dat was het toch?’ Hij knikte weer naar Mats.

Mats stapte naar voren en maakte een enorme zwaai met de stang.

Pedersen schreeuwde van angst. ‘Stop! Ik doe alles!’

Net een paar centimeter voor het gezicht van Pedersen hield Mats stil. Hij keek vragend naar Odin. Die gebaarde dat Mats kon stoppen. Er kroop een glimp van teleurstelling over zijn gezicht. Toen zette hij een stap naar achteren.

‘Het gaat ons niet zozeer om de bijdrage van de gemeenschap waar jij verantwoordelijk voor bent en waarvan jij geld achterover hebt gedrukt. Het gaat ons er ook niet zozeer om dat jij een dure auto wilt rijden, of dat je niet wilt verhuizen naar een gepaste woning.’ Hij pauzeerde even. Liep voor Pedersen langs. Heen en weer, zogenaamd in gedachten verzonken.

'Nee, het gaat niet zozeer om het geld. Of om het feit dat je je zoons hierbij betrokken hebt.' Hij ging voor Kristofer staan en keek hem recht in zijn ogen. 'Kristofer, waar gaat het volgens jou om?' Hij dacht in Kristofers ogen iets te herkennen van zijn eigen gevoel. Van opwinding en sadisme, een zucht naar bevrediging.

Kristofer nam het woord. 'Pedersen, de geest van afvalligheid heeft bezit van jou genomen. Jij bent niet langer een van ons. Je hebt jouw positie misbruikt en daarmee anderen misschien op het idee gebracht dat jij het juiste pad volgde. Maar jouw pad leidt naar hebzucht, ijdelheid en godslastering en eindigt bij het ergste: afvalligheid.' Kristofer klonk rustig en beheerst, maar in zijn ogen blonk iets.

Pedersen liet zich op zijn knieën zakken. 'Nee, nee. Ik weet dat ik een fout heb gemaakt, geef me een kans... Ik doe alles voor onze gemeente.'

Nu knikte Kristofer naar Mats. Het begin van een glimlach verscheen op Kristofers gezicht en verdween even snel als deze gekomen was. Hij wilde zich zo niet laten kennen. Maar Odin wist genoeg. Hij was tevreden.

Deze keer kwam de klap op Pedersens nek terecht. Hij viel voorover en kon alleen nog maar een schor gejammer voortbrengen.

Odin was klaar hier. 'Kom, Kristofer. We gaan. De Blauwe Brigade handelt het verder wel af.'

'En zijn vrouw dan?'

'Daar wordt voor gezorgd. Zij zal niet praten, ze is een goede zuster.'

21

Ira

Hier in de badkamer was het licht het beste. Ze bestudeerde de foto voor de zoveelste keer. Ze kon het gewoonweg niet geloven. Waarschijnlijk had ze de huwelijksfoto van haar moeder gevonden! Ze had van Lieneke begrepen dat er sporadisch foto's werden gemaakt en dat de foto's die er waren allemaal van officiële momenten waren, zoals een bruiloft of geboorte. De vrouw die erop stond was overduidelijk haar moeder, in een 'feestelijke' witte jurk. Het was een stijf geval, zoals in die jaren populair was, met ruches en pofmouwen. Het leek wel wat op die van Lady Di, alleen dan met een hooggesloten hals en zonder sleep. Haar moeder was op de foto waarschijnlijk een jaar of twintig, schatte ze. Achter haar stond een man in pak met zijn handen op haar schouders. Hij was maar een halve kop groter dan haar moeder en moest schuin achter haar staan om zijn gezicht op de foto te krijgen. Ze keken beiden serieus de lens in. Zijn gezicht kwam haar niet bekend voor. Hij was best knap om te zien, met een symmetrisch gezicht en een duidelijke kaaklijn. Zijn ogen daarentegen stonden hard en donker, als kraaienogen. Die man was ongetwijfeld haar ex-man, voor wie ze was gevlucht. Ze probeerde zich het gesprek met haar tante Lien voor de geest te halen toen ze het kistje van haar moeder kwam brengen.

Tante Lien kwam op bezoek bij het pleeggezin waar Ira destijds woonde, in een klein dorp op het Friese platteland. Haar pleegouders, Nienke en Bauke, hadden haar van tevoren gewaarschuwd dat ze niet te veel waarde moest hechten aan de verhalen van haar tante. Toen Ira had gevraagd waarom en of de zus van haar vader dan een leugenaar was, hadden ze alleen gezegd dat ze geen terugval mocht krijgen. Ira kon zich niet herinneren dat haar tante ooit eerder was langsgekomen in de twaalf jaar dat ze daar woonde, dus ze was vooral heel nieuwsgierig en had veel vragen.

In het begin had ze geprobeerd duidelijk te maken dat haar broer Simon niet dood kon zijn, dat hij nog ergens rond moest lopen. Dat ze hem moesten zoeken. Toen ze in het pleeggezin van Nienke en Bauke werd opgenomen, hadden die erop gestaan dat ze therapie zou volgen om haar trauma te verwerken. Volgens hen had ze het verhaal van de drie in het zwart geklede mannen en het andere kind dat ze in hun armen droegen verzonnen, omdat ze de gebeurtenis niet kon verwerken. Dat ze niet kon accepteren dat ze door een ongeluk haar ouders en broer was kwijtgeraakt. En haar thuis. Ze was erin meegegaan, want Nienke en Bauke waren goede mensen, die het beste met haar voorhadden. Ze was ook nog zo jong geweest toen de brand uitbrak, misschien had ze het zich echt allemaal maar verbeeld.

Met grote tegenzin werd ze door haar pleegouders alleen gelaten met haar tante. Toen ze op de bank zaten, haalde haar tante iets uit een boodschappentas. 'Nu je achttien bent geworden, wilde ik je dit kistje van je moeder geven.' Het was een houten kistje, beschilderd met Noorse taferelen: prachtige rendieren die een slee met twee mensen voorttrokken, langs huisjes bedekt met sneeuw en op de achtergrond de bergen. De tekening liep door over het hele kistje. 'We hebben je moeder nooit goed gekend, maar weten wel van wat je vader heeft verteld, dat ze bij een soort sekte heeft gewoond.'

'Een sekte? U bedoelt bij van die weirdo's die alles doen voor een of andere charismatische leider?' Ze had haar tante niet-begrijpend aangekeken.

'Volgens mij was het meer een soort strenggelovige gemeenschap.'

'Maar jullie zijn toch ook gelovig?'

'Dit was anders. Ze leefden met elkaar in een dorp en mochten alleen contact hebben met mensen uit hun eigen kringen. Het was... Ik weet het ook niet precies.'

'Wat is er dan gebeurd? Waarom is ze weggegaan?'

'Ik weet alleen dat ze is gevlucht, samen met je broer.'

'Simon?' Op dat moment had ze het gevoel alsof iemand een betonblok op haar liet vallen. Alsof ze werd verpletterd. Met moeite kon ze iets uitbrengen. 'Heeft Simon een andere vader dan ik?'

Haar tante ging onverstoorbaar verder, zonder rekening te houden met de impact die haar woorden op haar nichtje hadden. 'Je vader was zo goed om haar in huis te nemen en met haar samen te wonen. Dat ze nog ergens een man had, maakte blijkbaar niet uit.' Ze keek afkeurend. 'Nog geen twee jaar later ben jij geboren.'

De klap van even daarvoor dreunde nog na, maar ze moest erbij blijven. Eindelijk kon iemand iets over haar familie vertellen. Ze besloot de nare opmerking daarom te negeren. Alsof haar vader haar moeder uit een soort barmhartigheid in huis had genomen, hoe durfde ze? Haar ouders hadden van elkaar gehouden, ze wist het zeker. 'Hoe zit het dan met die ex-man? Is hij hen niet komen zoeken?'

'Dat weet ik niet. Ze heeft haar naam veranderd, misschien kon hij haar niet meer vinden.'

Ira voelde dat ze iets verzweeg. 'Waarom hebben jullie mij niet in huis genomen, toen mijn ouders er niet meer waren?' Het was een vraag die haar al twaalf jaar bezighield.

'We waren al te oud om nog aan kinderen te beginnen en hadden ook niet genoeg geld. En de gezondheid van je oom...'

Het kwam er allemaal te snel uit. Ze zag in haar tantes ogen dat ze niet de hele waarheid wilde vertellen. Het had ook geen zin meer, het was te lang geleden. 'Waarom hebben jullie mijn voornaam veranderd in Ira?'

'Dat leek ons beter. Een nieuw begin.'

'Maar waarom alleen mijn voornaam?'

'Een achternaam verander je niet zo makkelijk. Bovendien is Glastra hier een veelvoorkomende naam.'

'Denk je dat ze haar hebben vermoord?'

Haar tante stond ineens op. 'Ik moet gaan. Dit is alles wat ik weet. Misschien dat je nog antwoorden vindt in je moeders kistje. Van je vader heb ik alleen nog dit oude horloge.' Ze gaf Ira een zwartfluwelen zakje. 'Jij mag het hebben, ik heb het lang genoeg bij me gehad.'

Ze haalde het horloge uit het zakje. Het was een prachtige oude Omega met een parelmoerkleurige wijzerplaat en zilverwitte wijzers, het bruine leren bandje was kaal gesleten door haar vaders pols. Ze luisterde of het nog tikte. Rook eraan. Een zweem van zweet en leer leek haar neusgaten binnen te dringen. Of verbeeldde ze zich dat maar?

'Ik ben bang dat het niet meer werkt,' zei haar tante.

Ira haalde haar schouders op. 'Het is in ieder geval een aandenken. Dank u.' Voorzichtig maakte ze het horloge om haar pols vast. Het bandje was veel te ruim natuurlijk, maar ze nam zich voor het horloge de rest van haar leven bij zich te dragen.

Gertrud bonkte op de deur. 'Kom je de badkamer nog eens uit? Je weet toch dat je maar drie minuten mag douchen?'

'Jaja, ik kom al.' Ze stopte de foto snel weer in haar maillot en trok haar rok en wollen trui aan. Ze griste haar andere kleding van de haakjes aan de deur en liep met de handdoek om haar haar gewikkeld de deur uit.

'Nou, dat werd tijd zeg. Ik moet ook nog douchen, had je daar wel aan gedacht?' Gertrud keek haar verontwaardigd aan.

'Sorry, ik was even de tijd vergeten.'
'Dat zal wel.' Ze smeet de deur achter Ira dicht.

Toen ze naar buiten stapte werd ze overweldigd door een witte wereld. Dat er in zo'n korte tijd zoveel sneeuw kon vallen! Opgetogen liep ze de binnenplaats op, waar tussen de gebouwen een gure wind stond. Ze moest de neiging om sneeuwballen te gaan gooien onderdrukken en liep door naar het hoofdgebouw. Haar enkel was licht opgezwollen geweest, maar deed gelukkig nauwelijks nog pijn na haar avontuur van de vorige nacht.
Na het ontbijt vroeg Inger haar om eerst te helpen op de binnenplaats die geveegd moest worden. Ze waren halverwege toen de zilverkleurige Tesla van Odin aan kwam rijden. Hij en zijn zoon Odin junior stapten uit. Wat zouden die hier komen doen? Odin liep op haar af.
'Zo, Ira, hoe bevalt het hier? We komen even poolshoogte nemen.'
'Het gaat goed. De rust hier is overweldigend en daarnaast ligt het klooster in een prachtige omgeving natuurlijk.'
'Ik dacht wel dat je ervan zou genieten. En wat vind je van het Friese paard? Dat heb ik speciaal hiernaartoe laten komen, het zijn harde werkers.'
'Ja, geweldig. Het is een prachtig paard.'
Odin junior kwam naast zijn vader staan en bekeek haar alsof hij door haar dikke laag kleding heen kon kijken. 'Dus het werken met hengsten bevalt je wel?'
Zijn vader trok zijn wenkbrauwen op, maar zei niets.
'Alva is een merrie,' negeerde ze zijn insinuatie. 'Ik heb thuis wel een hengst, Hannibal.' Vernoemd naar een seriemoordenaar die jou wel even te grazen mag nemen. Ze lachte geforceerd. 'Rijd jij ook paard?'
'Ik?' Hij keek ineens een beetje gegeneerd. 'Dat is voor boeren, daar heb ik niets mee.' Hij draaide zich om en liep naar het

hoofdgebouw. 'Ik ga koffie halen. U ook, vader?'

'Zaterdag kom ik je ophalen. Je kunt je dan reinigen en op zondag je eerste dienst meemaken. Hier in Noorwegen dan,' voegde hij er snel aan toe.

'Fijn, ik kijk ernaar uit.' Niets was minder waar. Hier voelde ze zich nog een beetje anoniem en had ze niet zo door dat ze in een geloofsgemeenschap leefde, ook al was ze in een klooster. Bovendien moest ze nog van alles uitzoeken over Simon en wat er in dat kamertje was gebeurd. Ze zou haast moeten maken met het uithoren van Inger, want die verborg iets, dat wist ze zeker. 'Komen de mensen van hier ook naar de dienst?'

'Nee. Ze hebben hier alles wat ze nodig hebben. Al komen ze wel naar de bijeenkomsten in het conferentiecentrum natuurlijk.' Hij wreef in zijn handen. 'Ik ga naar binnen en kijken hoe Gertrud het in de keuken doet. Ik spreek Inger nog over jouw werk. Tot zaterdag.'

Na de lunch kwam Inger naar haar toe. 'Ik heb Odin Olsen net gesproken, over een paar dagen komt hij je alweer ophalen. Jammer, ik kan je hulp goed gebruiken met de paarden.'

'Ja, ik vind het ook erg leuk met ze te werken.'

'Odin zei wel dat als het goed loopt bij Grønncorp, je wellicht in de weekenden hier kan komen voor de paarden.'

Dus hij zag het wel zitten met haar. Misschien dat Inger nu ook wat openhartiger werd, als Odin zijn vertrouwen in haar had uitgesproken. 'Gaan we vandaag nog rijden?'

'Er ligt best veel sneeuw, maar daar hebben Voss en Alva geen moeite mee. We kunnen als al het werk gedaan is nog wel een tochtje maken.'

'Het wordt natuurlijk wel vroeg donker.'

'Dan zorgen we dat al het werk dat niet kan blijven liggen klaar is en maken we daarna de rest af.' Inger klonk opgewekt, ze had er duidelijk ook zin in.

‘Prima, ik ga verder met de binnenplaats sneeuwvrij maken, dan help ik je na het rijden met de stallen, is dat goed?’

‘Ja, ik zie je zo.’

22

Freya

Freya gooide haar jas over een stoel en zette een ketel met water op de houtkachel. Haar moeder had een longontsteking en was er slecht aan toe. Ze lag boven in de slaapkamer met de deur gesloten, maar haar hoestbuien waren desondanks duidelijk te horen. Het was net alsof een verstokte roker hoestte, en dat terwijl haar moeder nog nooit in haar leven een sigaret had opgestoken. Haar vader had in het voorbijgaan maar kort kunnen vertellen wat er aan de hand was, want hij moest halsoverkop weg voor een vergadering met de Yari. Hij had er vermoeid uitgezien. En oud. Het had haar geraakt. Ook al had ze geen goede band met hem, hij was toch haar vader.

Haar ouders woonden nog altijd in het huis waarin zij was opgegroeid. Alleen haar zusjes woonden nog thuis, maar die moesten tegenwoordig na schooltijd werken bij het klooster en waren dus lange dagen weg. Het water kookte. Ze goot het in de theepot en deed er verse gember en tijm bij. Toen de thee getrokken had, schonk ze een grote mok in en voegde een theelepel honing toe. Ze deed de kroonluchter in de gang aan en liep de trap op met de beker thee. Voorzichtig deed ze de slaapkamerdeur open. Ze trok onwillekeurig haar neus op. Er hing een bedompte lucht in de ruimte, de geur van ziekte. 'Dag moeder, ik ben het.'

Haar moeder kreunde als antwoord. Ze zette de mok thee naast haar op het nachtkastje. 'Zal ik u een beetje rechtop zetten?'

Haar moeder knikte en begon weer hevig te hoesten. Freya gaf de zakdoek aan die klaarlag op het nachtkastje. Toen haar moeder de zakdoek teruggaf zag ze dat er bloedvlekken op zaten. Ze keek haar moeder vragend aan.

'Het is… ik word niet beter, Freya,' zei haar moeder hijgend.

'Bent u al bij een dokter geweest?' bracht Freya uit. Ze kon toch niet zomaar doodgaan? Aan een gewone longontsteking?!

'Het is de wil van God.'

'Maar u mag toch wel naar een dokter!' riep ze ontzet.

'Kom zitten,' fluisterde haar moeder. 'Het… het heeft geen zin, alles is anders geworden.'

'Wat bedoelt u?'

'Fridtjof. Hij zegt dat we alleen gebruik mogen maken van natuurlijke geneesmiddelen, we moeten vertrouwen op wat onze aarde ons biedt en op de wil van God.'

'Hij is gek!' flapte ze eruit. Ze sloeg verschrikt een hand voor haar mond. 'Maar onze huisarts, die mag toch wel helpen? Hij is lid.'

'Ja. Hij is hier geweest. Volgens hem is het fataal.'

'Hè?' Haar hoofd duizelde. Hoe kon die dokter dat weten? En waarom mocht haar moeder niet naar een ziekenhuis? Ze waren er nooit zo happig op geweest om door buitenstaanders behandeld te worden, maar in noodgevallen was het wel toegestaan.

'Fridtjof wil dat we alles zelf gaan doen. Natuurgeneeskunde mag wel gebruikt worden, maar daarvoor is nu nog niemand bij ons opgeleid.' Ze begon weer te hoesten.

'Neem wat thee, die is nu wel afgekoeld. Ik ga met Fridtjof praten, hij kan je toch niet zomaar dood laten gaan?!' Haar haatgevoelens jegens hem groeiden met de dag. Ze liep naar de badkamer van haar ouders om een washandje nat te maken. En om haar boosheid onder controle te krijgen. Wat dacht hij wel niet? Gaf hij dan helemaal niets om haar en haar familie? Ze wrong het washandje uit en liep terug naar de slaapkamer. Ze ging op het bed zitten en depte haar moeders gezicht.

'Dank je. Freya...' Haar moeder trok haar naar zich toe en fluisterde iets in haar oor. Toen deed ze haar ogen dicht.

Ze sliep. Haar ademhaling klonk zwaar. Freya kreeg het er zelf benauwd van. Ze trok de deken over haar moeder heen en drukte een kus op haar voorhoofd. Toen ze naar buiten liep veegde ze met een woest gebaar de tranen uit haar ogen.

23

Ira

Ze had dubbel zo hard gewerkt om alles af te krijgen, zodat ze nog even met Inger kon rijden. Omdat ze graag nog een kop warme thee en iets te eten wilde voordat ze wegging, haastte ze zich naar de keuken. Ze schopte haar laarzen schoon tegen het stoepje bij de zijdeur en schudde de sneeuw van haar jas. In de keuken stond Gertrud groenten te snijden.

'Wat kom jij doen?' Gertruds bolle ogen keken haar wantrouwig aan.

'Niets. Een kop thee halen en wat fruit.' Ze liep langs haar heen en pakte een mok uit de kast.

'Je hebt het mooi voor elkaar, of niet?'

'Wat bedoel je?'

'Met meneer Olsen. Het is gewoon geen eerlijke situatie.'

Waar had dat mens het over? Ze had gewoon haar best gedaan met haar werk, maar ze nam aan dat Gertrud alles nog tien keer beter deed. Die was zo'n eersteklas streber. 'Wat is er niet eerlijk volgens jou?'

'Jij had al vanaf het begin het voordeel dat je bij meneer Olsen in huis zat en niet bij die boer Hansen. En je mocht iets doen waar je goed in bent. Ik sta hier de hele dag in de keuken schoon te maken en groenten te snijden.'

'O, ben je niet tevreden met het leven hier? Ik dacht dat je het een eer vond om voor Het Noors Genootschap te mogen werken.'

Gertrud verschoot van kleur. 'W-wat? Ga jij mij terechtwijzen? Jij met je zwarte hoerenondergoed. Je bent er gewoon op uit om Odin junior te versieren. Ik hoorde wel hoe hij over je sprak!'

Ira deed alsof ze geschokt was. 'Hoe kun je zoiets zeggen? Ik zal maar doen alsof ik dit niet gehoord heb.' Ze pakte een appel van de fruitschaal en vulde haar mok met de thee uit de grote thermoskan die de hele dag door werd bijgevuld. 'Bedankt voor de thee. En snijd jezelf niet in de vingers, Gertrud.'

'Ik heb jou wel door. Je bent geen ware gelovige, ik voel het. En ik ga ervoor zorgen dat iedereen het weet.'

Ze liet de keukendeur achter zich dichtvallen. Ze had geen idee wat Gertrud allemaal had opgevangen, maar blijkbaar was het in haar voordeel. Alleen moest ze nu nog meer oppassen voor dat Stasi-mens.

Inger stond haar op te wachten in de stal. Ze had hun paarden alvast opgezadeld. 'We kunnen zo vertrekken, ik heb alles voorbereid.'

'Wat fijn, dank je.' Ze slikte het laatste hapje van haar appel door en gooide het klokhuis in de biobak in de hoek. 'Heb je misschien nog iets extra's om aan te trekken over mijn benen? Alleen een maillot is best koud.'

'We kunnen voor één keer wel de overbroeken gebruiken.' Ze keek een beetje schichtig om zich heen. 'Die zijn nog van vroeger, toen waren er ook mannen die in de stallen werkten, nu zijn de meesten druk met geld verdienen.'

Hoorde ze daar een kritische ondertoon in Ingers stem? Dit moest een enorme stap voor haar zijn, want ze leefde duidelijk graag volgens de regels en had waarschijnlijk nooit een broek gedragen. 'Dat is goed. We zijn toch de meeste tijd uit beeld, dus het valt vast niet op,' zei Ira bemoedigend. Ze pakte de overbroek die er het kortste uitzag en probeerde hem aan over haar kleding. Ze schoot in de lach.

Inger had inmiddels ook een broek aangetrokken en keek haar aan. Ineens begon ze onbedaarlijk te lachen. 'We zien er niet uit!' Ze kon niet meer stoppen, de tranen gleden over haar wangen.

Het werkte aanstekelijk, Ira kreeg ook de slappe lach. Toen ze eindelijk een beetje tot rust waren gekomen, leidden ze de paarden naar buiten en stapten op.

'Ik heb in tijden niet zo gelachen,' zei Inger. 'Sterker nog, ik denk dat de laatste keer was toen...' Ze brak haar eigen zin abrupt af.

Ira deed alsof ze het niet doorhad. 'Het is voor mij ook lang geleden dat ik de slappe lach had. Heerlijk!' Ze glimlachte naar Inger. 'Wat wilde je net eigenlijk zeggen?'

'O, het is niets.'

Ze zag Inger twijfelen. 'Je kunt het mij wel vertellen hoor, ik ken hier toch niemand.'

'Dat is ook zo. En het is ook niets verkeerds. Vroeger had ik een heel goede vriendin, we waren allebei gek op dieren en mochten samen in de stallen gaan werken. Zij was zo anders dan anderen, zo... vrijgevochten, dat is het denk ik. Met haar kon ik vreselijk lachen.'

'En nu niet meer?'

'Nee, ze trouwde en moest in het dorp gaan wonen.'

'Zie je haar nog weleens? Met de diensten misschien?'

'Nee, nooit.'

Ze voelde haar hart sneller kloppen. Zou het heel misschien over haar moeder gaan? Had Inger daarom zo op haar uiterlijk gereageerd toen ze haar voor het eerst zag? 'Wat is er gebeurd?'

'Ik... ik weet het niet precies. Ik weet alleen dat ze bij ons is weggegaan.' Ze verschoot ineens van kleur. 'Vergeet maar wat ik heb gezegd. Ze leeft niet meer, dat bedoelde ik.' Ze spoorde Voss aan en ging voor Ira rijden.

Ze wilde haar niet meer aankijken, daarom ging ze voor rijden.

Wat wist Inger over haar moeder? Ze zou het liefst doorvragen, maar had het gevoel dat Inger dan helemaal dicht zou klappen. In plaats daarvan zei ze: 'Geen probleem, als je er liever niet over wilt praten begrijp ik dat.'

Deze keer namen ze een andere route door het bos. Ze staken het riviertje een stuk verder bergafwaarts over, waar een bruggetje was. Het zou voor de paarden ook te belastend zijn als ze door dat ijskoude water moesten lopen. Inger volgde een ruiterpad door het bos en spoorde haar paard aan tot draf. Ira liet Alva volgen. Het was een lieve merrie, maar met een sterke wil. Ze merkte dat ze het dier echt moest laten voelen dat zij de baas was. Heerlijk, ze hield wel van een beetje uitdaging. Ze ademde de vrieskou diep in en blies haar uit in wolkjes. Het ritmische geluid van de neerkomende paardenhoeven dat werd gedempt door de sneeuw had een rustgevende werking. Zou ze het niet beter kunnen laten rusten? Gewoon verdergaan met haar leven, terug naar Ronne, haar paard en haar vrienden thuis? Dit zien als één grote, ietwat onorthodoxe vakantie, waar ze wellicht nog een artikel over kon schrijven? Ze liet de gedachte even toe en genoot van de prachtige omgeving.

Toen moest ze er weer aan denken dat ze op haar school verteld had over haar broer. Ze woonde inmiddels bij haar pleegouders en was opnieuw begonnen, met een andere voornaam. Ze heette nu Ira, Yfke was verleden tijd. De kinderen vroegen of ze nog broers of zusjes had. Daarop had ze verteld over Simon, haar grote broer die was verdwenen, maar die nog wel leefde. De juf had haar na de les apart genomen en had gezegd dat ze de waarheid moest accepteren, dat haar broer dood was. En dat ze er niets meer over mocht zeggen, omdat ze de andere kinderen zou afschrikken met haar fantasieverhalen. Het was het beste om de hele gebeurtenis maar zo snel mogelijk te vergeten, vond haar juf.

Inger hield plotseling stil. Voor hen was het hek dat het terrein begrensde. 'Ik weet een mooie route door de weilanden. We moeten alleen een klein stukje door het bos.'

'Dat lijkt me geweldig.'

'Er is geen pad, dus we rijden heel rustig zodat de paarden zich niet verstappen.'

'Oké. Ik volg je wel.'

Vreemd dat ze ineens van het pad af durfde, eigenlijk was dit al de tweede keer vanmiddag dat ze de regels overtrad.

De paarden manoeuvreerden stapvoets tussen de bomen door. Ze kwamen bij een gedeelte waar veel jonge berken dicht op elkaar stonden. Ze verwachtte dat de paarden zouden stoppen, maar ze gingen dwars tussen de smalle stammetjes door, zodat de takken langs haar benen striemden. Gelukkig had ze die overbroek aangetrokken. Het leek wel of de paarden dit vaker hadden gedaan, ze bleven zo rustig. Na een minuut of tien kwamen ze bij de bosrand. Ze ging naast Inger staan en keek uit over een prachtige, witte vlakte.

'Dit bedoelde ik dus.'

'Het is schitterend. Ik vind het fantastisch om door de sneeuw te rijden. Om de eerste sporen te maken in een maagdelijk witte weide,' riep ze enthousiast.

'Laten we dan gaan.'

Ze draafde achter Inger aan. Ineens realiseerde ze zich dat het hek hier ophield, dat het terrein niet overal was afgezet. Toen ze omkeek zag ze dat het helemaal in de verte weer begon, halverwege het bos waar ze net doorheen waren gereden. Het was dus inderdaad alleen op de makkelijk toegankelijke plekken omheind, zoals Inger had verteld.

Ze naderden een pittoresk huis, een soort boerderijtje met een oude schuur ernaast. 'Wie woont daar, weet je dat?'

'Er woont niemand meer.'

'En vroeger dan?'

'Een Nederlander, net als jij. Het was zijn vakantiehuisje.'

'Heeft hij het dan verkocht?'

'Ik weet het niet precies. Hij is al een jaar of twintig geleden gestorven. Sindsdien staat het leeg.'

'Kende je die man?'

'Nee,' antwoordde Inger kortaf. 'We gaan terug, het wordt donker.'

Ira liet haar paard keren en liet Inger voorgaan. Had ze iets verkeerds gezegd?

24

Ira

Het was lawaaiig in de eetzaal. Blijkbaar had iedereen iets te vertellen. De paar mannen die als bewaker werkten zaten in een hoek van de eetzaal, gescheiden van de vrouwen. Meestal was het rond de lunch nog rumoeriger, wanneer de kinderen meeaten. Die mochten dan eindelijk hun mond opendoen en dat deden ze het liefst allemaal tegelijk. Gelukkig gingen ze voor het avondeten naar huis. Zuster Nilsson schalde de bel.

'Stilte graag. Laten we beginnen.'

Iedereen stond tegelijk op.

Zuster Nilsson droeg het gebed voor. Ira had begrepen van Inger dat zij als vrouw een uitzonderingspositie had binnen Het Noors Genootschap. Zij was de enige die het gebed mocht uitspreken; dat voorrecht was verder alleen voorbehouden aan de leider en de mannen die bij de Yari hoorden. Zuster Nilsson was in deze positie gekomen vanwege het gebrek aan mannen met de juiste status op deze plek, maar had ook de goede neutrale houding, volgens Inger. Wat ze daarmee bedoelde was Ira niet helemaal duidelijk. Misschien was het haar seksloze uitstraling? Zij woonde al haar hele leven in dit klooster. Opgevoed door de nonnen die vroeger in het klooster verbleven, maar die inmiddels waren overleden of verhuisd naar het zusterhuis voor gepensioneerden in Oslo. Zuster Nilsson was nog vrij jong geweest en had graag willen blijven toen Het Noors Genootschap het klooster kocht. Uit gewoonte was iedereen haar zuster blijven noemen. Zij had zich moeiteloos gevoegd naar de normen en waarden van Het Noors Genootschap, en was misschien wel de meest 'zuivere gelovige' volgens Inger.

Tijdens het moment van stilte, dat nog even voortduurde net na het gebed, vlak voordat het eten werd opgediend, trok Gertrud ineens haar mond open.

'Zag ik jou en Inger vandaag nou paardrijden met een broek aan?' Ze lachte er een beetje ongelovig bij, alsof ze niet doorhad dat iedereen binnen een straal van vijf meter meeluisterde. Het bleef stil. Inger begon ongemakkelijk te schuiven op haar stoel en kuchte. 'En ik hoorde Mats zeggen dat er twee vrouwen buiten het terrein waren gesignaleerd.'

'Geen idee wat jij hebt gezien, Gertrud,' antwoordde Ira. Ze boog zich snel voorover om een hap van haar eten te nemen, zodat ze Gertrud niet aan hoefde te kijken. In haar borst werd iets heel hard samengeknepen tot een stevige bal. Met moeite slikte ze de hap door.

Zuster Nilsson kwam naar hun tafel toegesneld. 'Inger, is dat waar?' Ze praatte afgebeten en binnensmonds, alsof ze zo minder hoorbaar was in de zaal waar iedereen nu helemaal doodstil was.

Inger liep rood aan. 'Excuses, zuster Nilsson, het was zo koud en de paarden...' Ze viel stil. Waarschijnlijk vanwege de blik van de zuster.

'Je weet dat we dat hier niet tolereren. Juist jij.' Zuster Nilsson keek haar verontwaardigd aan. 'Meekomen.' Ze gebaarde naar de hal.

Ira stond op en liep met Inger mee achter zuster Nilsson aan. In het voorbijgaan zag ze nog net dat Gertrud naar haar knipoogde. Vuile stasi. Ze liep met haar blik vooruit gericht de zaal door. Niemand zei iets, maar ze voelde de afkeuring die zich als een kille hand om haar keel sloot. Wat als ze haar kans om voor meneer Berg te werken had verspeeld voor een middagje plezier? Ze kon zichzelf wel wat doen.

'Kom, naar binnen.' Zuster Nilsson hield de deur van haar werkkamer voor hen open. 'Ga daar zitten.'

Ze nam plaats naast Inger op een oude houten kerkbank die zuster Nilsson tegen de wand tegenover haar bureau had laten plaatsen. Zij was duidelijk degene die hier in het klooster de regie had. Ira's oog viel op een serie archiefkasten. Zou hier misschien informatie te vinden zijn over haar moeder en broer? Ze schrok op doordat zuster Nilsson haar ineens heel hard begon toe te spreken, alsof ze tegen een slechthorende sprak.

'Ira, jij weet toch dat het dragen van een broek in Gods ogen een zonde is? Dat is door ons geloof ingegeven.'

'Ja, zuster Nilsson,' zei ze gedwee. Ze hoopte dat ze schuldbewust keek.

'Waarom heb jij dan gezondigd?'

'Het is...'

Inger onderbrak haar. 'Het is mijn schuld. Ik zag dat ze het koud had en we wilden zo graag even met de paarden naar buiten. Ze krijgen erg weinig beweging in de winter. En...'

'Stilte! Had ik jou wat gevraagd?' Ze richtte zich weer tot haar. 'Nou, Ira?'

'Ik had het heel erg koud en vroeg Inger of ze misschien iets had om aan te trekken. Maar...'

'Genoeg!'

Zuster Nilsson stond op en ging voor Inger staan. Die week instinctief naar achteren toen zuster Nilsson zich met uitgestoken vinger naar haar vooroverboog.

'Wat is dat voor verhaal dat jullie buiten het terrein zijn geweest? Had je daarvoor toestemming gevraagd? Je weet wat er de laatste keer gebeurd is toen jij de regels overtrad. Ik moet een voorbeeld stellen, zodat ook de huidige generatie weet dat wij leven naar de regels van God en dat je niet naar believen kunt komen en gaan. Ik neem het jou kwalijk dat je Ira in jouw zonden hebt betrokken. Jullie worden naar behoren gestraft.'

'Jij kunt gaan. Vanavond sla je het eten maar over.' Ze wuifde Ira weg alsof ze een irritante vlieg was. 'Ik zal meneer Olsen op de hoogte stellen. De rest van de week kun je in de keuken gaan werken, samen met Gertrud. De stallen zijn voor jou vanaf nu verboden terrein.'

'Jij blijft hier,' zei ze tegen Inger.

Toen ze de kamer verliet ving ze Ingers blik. Ze keek intens verdrietig. Wat stond haar te wachten? Het was alsof ze het zelf al wist. Die ogen...

Ze schudde met haar hoofd en schouders. Alsof het dan wegging. Ze liep door de voordeur naar buiten om het gebouw heen, zodat ze niet meer langs al die volgzame schapen in de eetzaal hoefde. Weer een punt achterstand op Gertrud. Het enige voordeel was dat ze in de kamer van zuster Nilsson was geweest. Het was wel duidelijk dat dat mens hier langer werkte dan wie dan ook, zij had alle kennis hier. Zou ze die misschien ook hebben opgeslagen in haar archieven?

25

Ira

De deur van de slaapkamer klapte tegen de muur. Ze schrok wakker uit haar halfslaap.

'O sorry, heb ik je wakker gemaakt?' Gertrud deed geen enkele moeite om haar leedvermaak te verbloemen. 'Je ligt natuurlijk allang te slapen.' Ze knipte het licht aan haar kant van het bed aan. 'Dit moet even, anders zie ik niets.'

'Welterusten Gertrud.' Ira draaide zich om.

'Ik had niet gedacht dat zuster Nilsson zo boos zou worden,' zei Gertrud.

Natuurlijk. Vuile verrader. Ze gaapte luidruchtig. 'Het is al goed. Slaap lekker.'

'Die Inger staat nog wat te wachten, blijkbaar heeft ze wel vaker de regels overtreden. Wat doet zo iemand hier, vraag ik me dan af.' Ze zuchtte diep. 'Nou ja, jij komt er in elk geval makkelijk vanaf en mag bij mij in de keuken gaan werken,' zei ze met een tevreden klank in haar stem.

Ira klemde haar kaken op elkaar en trok de deken zo ver mogelijk over haar oren. Zuster Nilsson had ook al zoiets laten vallen. Wat zou Inger vroeger hebben gedaan? Ze lag nog een tijdlang wakker nadat Gertrud in slaap was gevallen. Ze moest voor zaterdag het kantoor van zuster Nilsson in zien te komen, zonder dat die stasi het doorhad. Zou ze er misschien tussenuit kunnen glippen tijdens haar keukendienst? Het zou wel een stuk gemakkelijker zijn als ze al in het gebouw was, dan wanneer ze 's nachts weer op pad moest. Ze peinsde nog een tijd verder en viel uiteindelijk in slaap.

In de keuken heerste een georganiseerde chaos. Althans, zo zag het er in haar ogen uit. Koken was nooit haar hobby geweest en van de bediening had ze zich ook altijd afzijdig gehouden, uit angst om dingen te laten vallen. Nu moest ze met dienbladen vol schaaltjes havermoutpap met bessen tussen de tafels door laveren. 'Laat het in godsnaam goed gaan,' prevelde ze. Met haar achterwerk duwde ze de deur open, het blad stevig in haar handen geklemd. Eerst maar achteraan beginnen bij de mannen van de bewaking, zoals haar was opgedragen. Gertrud had haar uitgebreide instructies gegeven, zichtbaar genietend van haar zelfbenoemde rol als toezichthouder.

Toen ze terugliep naar de keuken zag ze Inger ineens zitten. Die had ze blijkbaar net gemist, omdat ze zo gefocust was op het rechthouden van haar dienblad. Ze zat alleen aan een grote tafel. Was dat soms haar straf? Uitsluiting? Hun blikken kruisten elkaar. Inger knikte nauwelijks waarneembaar naar haar, de donkere kringen onder haar ogen vertelden Ira dat ze weinig geslapen had. Ze knipoogde naar haar in het voorbijgaan. Als ze haar maar even zou kunnen spreken...

Ze duwde de keukendeur open en Gertrud drukte haar meteen een nieuw blad in haar handen. 'Hier, verder werken. Van achteren naar voren.'

Toen ze klaar waren met eten moest de keukenploeg de afwas ophalen, die in de daarvoor bestemde bakken bij de keuken was achtergelaten. Het geluid van servies dat op elkaar werd gestapeld werd overstemd door het geklets van de vijf andere vrouwen die keukendienst hadden. Zelfs Gertrud was druk aan het meepraten.

Zuster Nilsson kwam binnen. Ineens viel iedereen stil. 'Jullie mogen verder met het wecken van de groenten en het fruit. Vandaag en de komende dagen doet Ira de afwas. In haar eentje.' Ze draaide zich om en liep de keuken weer uit.

'Zo, dat is wel een klus. Helemaal met de lunch,' zei de vrouw met de blozende wangen, die Maria heette. En daarna wat zachter: 'Inger moet de komende maand de was doen, naast haar werk in de stallen. Plus een maand totale uitsluiting.'

'Echt?' Gertrud keek steels haar kant op. 'Dan heeft ze nauwelijks tijd om te slapen.'

'Nou, dat wil ze waarschijnlijk ook niet, want ze slaapt voor straf in de stallen en de bewaking loopt daar 's nachts ook rond. Je weet maar nooit...' besloot Maria, haar wangen nog roder dan anders.

'Wat bedoel je?' liet Ira zich ontvallen.

'Nou, die mannen zijn gewoon veel van huis. Ze hebben ook hun behoeften.'

'Maar dat kan toch niet, dat is tegen de regels,' riep Gertrud geschokt uit.

Wat afschuwelijk dat Inger mede door haar schuld in deze situatie was beland. Het kon toch niet zo zijn dat de mannen zich hier straffeloos aan de vrouwen mochten vergrijpen? Wat was dit voor een middeleeuwse gemeenschap?

'Het is de Blauwe Brigade, daarvoor gelden andere regels. Je moet er als vrouw maar gewoon voor zorgen dat je niet in de gevarenzone terechtkomt,' zei Maria schouderophalend.

De andere vrouwen knikten instemmend en verdwenen naar de weckruimte. Ze keek naar het aanrecht, dat vol stond met de afwas van minstens honderd mensen en begon met spoelen. Misschien werd het nu wel tijd om die gevarenzone te betreden.

26

Odin

Hij legde de telefoon neer en bleef uit het raam naar buiten staan kijken. Het gure vieze weer had inmiddels plaatsgemaakt voor sneeuw. Onder het raam strekte de witte vlakte zich uit, om enkel onderbroken te worden door de rij sparren die hij daar jaren geleden had geplaatst. Hij voelde dat Mette achter hem kwam staan. Haar armen sloten zich om zijn borst, haar hoofd leunde tussen zijn schouderbladen.

'Is er iets gebeurd?' Er klonk bezorgdheid door in haar stem.

'Een voorval met Ira en Inger bij het klooster. Niets ernstigs.' Hij draaide zich om.

'Met Inger? Wat was er dan?' Haar stem klonk schor.

'Ze hadden gisteren een overbroek aangetrokken bij het paardrijden. En ze waren buiten het hek... Zuster Nilsson heeft ze een gepaste straf gegeven.'

Haar gezicht ontspande zich. Wat had ze dan gedacht? Ze leidden al zo lang gescheiden levens dat hij soms vergat dat Inger haar zus was. Hij wilde er ook niet naar vragen, voor je het wist rakelde hij van alles op. Hij had nu andere zorgen.

'Moet je nog weg?'

'Naar Haakon. Ik heb zo een bespreking in Tromsø.'

'Ben je thuis met eten?'

'Natuurlijk.' Hij kuste haar op haar wang. 'Ik ga zo mijn spullen pakken.'

'Is goed. Ik ben in de keuken.' Hij keek haar na. Ze was sterk, zijn Mette. De enige die hij echt vertrouwde. Hij vroeg zich weleens af wat ze de hele dag deed hier in huis. Ze was een van de weinige vrouwen die niet werkten, vanwege haar positie. Soms dacht hij dat dat eerder een straf voor haar was dan een beloning, ook al klaagde ze nooit.

Hij parkeerde de auto in de bijna lege parkeergarage en ging via de trappen naar de verdieping waar Grønncorp zetelde. Haakon stond op toen hij binnenkwam en schudde zijn hand. Zijn anders wat wilde rode haar was netjes naar achteren gekamd, zijn baard keurig getrimd. Hij leek iets meer kleur op zijn smalle gezicht te hebben dan anders. Hij had zich blijkbaar goed voorbereid op de gesprekken met de investeerders.

'Alles goed, Odin?'

'Prima hoor, met jou?'

'Zeker. Ik heb ze binnengehaald.' Hij keek triomfantelijk.

'Echt? Ik had niet gedacht dat ze zo snel zouden toehappen. Heb je het zwart op wit?'

Haakon schoof een stapel papier naar hem toe. 'Het voorstel.'

Hij keek er vluchtig doorheen. Het zag er goed uit. Weer nieuwe investeerders voor hun windmolenpark. Nu moesten ze nog één partij binnen zien te halen en dan konden ze beginnen met de bouw.

'Knap gedaan, Haakon.'

'Bedankt.'

'Ik neem het wel mee naar huis, dan lees ik het rustig door.'

'O, kun je het niet beter nu doorlezen? Ik wil het zo snel mogelijk afronden. Je weet maar nooit of ze zich bedenken.' Haakon haalde zijn hand door zijn haar.

Was hij nou nerveus of leek het zo? Misschien was het ook de spanning van de deal. 'Het is goed, ik vertrouw erop dat je het goed hebt gedaan. We lopen er anders straks wel even samen doorheen.'

'Fijn, dan kan ik ook verder. Heb je nog iets gehoord van die assistentes?' Haakon schonk intussen koffie voor hen in. 'Alsjeblieft. Zwart, toch?'

Haakon zette het kopje voor hem op tafel. Odins ogen werden als vanzelf naar Haakons gezicht getrokken. Stonden zijn ogen helder? Had hij iets gebruikt, of was hij clean?

'Ja, zaterdag haal ik Ira op. Ira gaat voor Kristofer werken, heb ik besloten. En Gertrud gaat jou helpen. Je kunt wel iemand gebruiken voor de administratie, toch? Ik begrijp dat ze een heel goede is. Ze heeft hart voor onze gemeenschap en kennis van zaken. Haar ouders hebben een eigen bedrijf in groene energie waarvoor ze al jaren de administratie doet.'

'Dat klinkt goed. En die Ira, wat is dat voor iemand?'

Ineens viel alles op zijn plek. Gertrud kon mooi een oogje op Haakon houden, zij was echt een goede (en zedige) zuster en zou het hem laten weten als Haakon zich te veel met andere zaken bezighield. Haakon was veel in Oslo en Odin had van betrouwbare contacten daar iets vernomen over onzedige feestjes en geldverspilling. 'Een waar Sodom en Gomorra' had een van hen het genoemd. Odin liet zijn afkeer niet blijken, dat gesprek kwam nog wel. Die geruchten moesten eerst de kop in worden gedrukt, voordat ze algemeen bekend werden. Gertrud kon hem daarbij helpen. Ja, dit was goed. 'Sorry, ik was even in gedachten. Ira... wat zal ik zeggen. Ik weet niet zoveel over haar. Ze heeft iets ongrijpbaars. Misschien komt het doordat ze niet van hier is, of doordat er een taalbarrière is, ik weet het niet. Maar het lijkt me goed als zij Kristofer gaat helpen. Zij heeft tenslotte communicatie gestudeerd en heeft gewerkt op de communicatieafdeling van een groot bedrijf, dus dat sluit goed aan.'

Haakons nieuwsgierigheid was gewekt, merkte Odin. 'O, ik zou anders ook wel een communicatieassistent kunnen gebruiken.'

'Laten we het nou eerst maar zo proberen.' Ira hield hij om de een of andere reden liever wat meer in het oog. Bovendien had Haakon een bepaalde reputatie met vrouwen en wilde hij Ira misschien wel voor Odin junior bewaren. Wat dat betreft vertrouwde hij meer op Kristofer dan op Haakon. 'Iets heel anders, heb je je al voorbereid op je toespraak?'

Haakon keek hem niet aan toen hij antwoordde. 'Ik ben ermee bezig, het komt goed.' Hij schudde zijn schouders los, alsof hij zo het ongemak wilde laten verdwijnen.

'Je weet dat je om hulp mag vragen hè? Ik heb Kristofer ook geholpen met zijn voorbereiding.'

'Het is al goed. Ik ga nog wel even langs vader, misschien dat hij het leuk vindt om het er samen over te hebben.'

'Prima, dan laat ik het verder aan jou over.' Duidelijker kon hij niet zijn. Hij zei het nooit, maar Odin voelde dat Haakon hem verweet dat hij zijn vader Fridtjof afgedankt had. En ook dat hij Kristofer voortrok. Maar hun vader was gewoon niet langer capabel als leider, hij was dement. Het grootste deel van de tijd wist hij niet meer wie wie was en soms rakelde hij ineens verhalen uit het verleden op. Verhalen die niet voor ieders oren bestemd waren, verhalen waarmee hij Het Noors Genootschap in gevaar bracht.

Odin was altijd de rechterhand van Fridtjof geweest en de hoeder van hun genootschap. Hij had de Blauwe Brigade nota bene opgericht en ervoor gezorgd dat ze meegingen met de tijd door het conferentiecentrum te laten bouwen en Grønncorp op te richten. Zonder hem was Fridtjof nergens, kwam er geen cent binnen. Het was een man met weinig charisma en zakelijk inzicht, die zijn rol alleen toebedeeld had gekregen vanwege zijn bloedlijn. Maar híj, Odin, zou ervoor zorgen dat er weer een goede leider kwam. En als dat betekende dat hij Fridtjof, zijn oude vriend, op een zijspoor moest zetten, dan was dat niet anders.

27

Ira

Ze trok weer een velletje van haar wijsvinger af. Haar handen zagen er rood en gerimpeld uit na dagenlang afwassen. Ze had last van contacteczeem en droeg thuis daarom altijd handschoenen als ze met een schoonmaakmiddel in aanraking kwam. Maar ze zou er niet om vragen. Ze wilde hun in geen enkel opzicht het idee geven dat ze onder haar straf leed. Dat gunde ze die stasi en zuster Nilsson niet. Ze droogde het laatste bord af en zette alles terug in de servieskast. Iedereen was al klaar in de keuken en naar het slaapgebouw vertrokken. Ze wilde zo graag naar Inger toe. Het was waarschijnlijk de laatste kans om haar te spreken te krijgen, want morgen kwam Odin haar ophalen. Maar als ze nu ging, zou iemand haar misschien over de binnenplaats zien lopen, de mensen die in de stallen werkten waren vaak later klaar. Ze moest nog even geduld hebben en het later vanavond proberen, als iedereen sliep. Ineens schoot haar een gedachte te binnen. Ze zou nu wel kunnen kijken of het kantoor van zuster Nilsson open was.

Ze draaide de keukendeur die naar buiten ging op slot. Dit was de enige deur die de hele nacht openbleef, had ze inmiddels ontdekt. Mocht er iemand naar binnen willen, dan kreeg ze even respijt. Ze deed de deur naar de eetzaal open. Daar was het pikdonker en stil. Ira sloop door de eetzaal naar de gang, waar het automatische licht net als de vorige keer aansprong. Laat zuster Nilsson in godsnaam al in het slaapgebouw zijn, bad ze in stilte.

In de gang waar zuster Nilssons werkkamer was, was het gelukkig donker. Ze liep op haar tenen naar de deur waarachter de kamer zich bevond en luisterde. Niets. Behoedzaam drukte ze de klink omlaag en stapte naar binnen. Voor de zoveelste keer wenste ze dat ze haar telefoon had zodat ze de zaklampfunctie aan kon zetten, maar ze moest het met het beetje licht doen van de lantaarns buiten dat naar binnen scheen. Of... misschien had dat mens nog wel een ouderwetse kaars die ze aan kon steken? Ze scande de ruimte. Daar, in de boekenkast, stond een dikke kaars op zo'n kleine kandelaar met een krul eraan. Ze zag ineens voor zich hoe zuster Nilsson met haar lange witte nachtjapon en een slaapmuts op hiermee rondliep door de gangen en onderdrukte een zenuwachtige gniffel. Er lag keurig een pakje lucifers naast. Ze streek met een lucifer langs het doosje en stak de kaars aan. Met haar hand beschermend om de kaars, om de vlam niet uit te laten gaan, liep ze snel naar de archiefkasten die in de andere hoek stonden. Ze zette de kandelaar erbovenop. En nu maar hopen dat ze iets kon vinden over haar moeder, of Simon. Haar handen trilden toen ze de bovenste lade opentrok. Met haar vingers gleed ze langs de letters die in het flikkerende licht van de kaars net leesbaar waren. Ze trok een willekeurige kaart tevoorschijn waarop een mannennaam stond: Arvid Kristiansen. De kaart was helemaal volgeschreven met informatie over deze Arvid. Van wat ze zo snel begreep was er van alles vastgelegd. Van zijn geboorte tot zijn huwelijk, wie zijn kinderen waren, zijn ouders, voorouders en wanneer hij was overleden. Haar oog viel op een saillant detail: helemaal onderaan het document stond genoteerd wat de man in zijn leven had bijgedragen aan de gemeenschap, uitgedrukt in Noorse kronen. Ze stopte de kaart vlug terug en trok de volgende lade open. Haar moeders meisjesnaam was Stark geweest. Hoe dichter ze bij de letter s kwam, hoe heftiger het bloed in haar oren gonsde. Met klamme handen drukte ze de andere kaarten opzij en trok een kaart met de naam Stark tevoorschijn. Einar Stark, geboren op 7 januari 1938, overleden in 1991. Ze schudde haar hoofd, maar las toch vluchtig de kaart door. Daar, bij zijn kinderen stond ze: Freya Stark!

Dan moest die Einar haar opa zijn! Met hernieuwde interesse las ze de kaart. Hij had zes kinderen gekregen. Die zouden dan nog in de gemeenschap moeten wonen. Ooms en tantes, nichten en neven, ze had nog familie! Het zenuwachtige gevoel in haar buik sloeg om in opwinding. Snel bladerde ze door de andere Starks heen, maar geen Freya. Ze pakte de kaart van haar opa er nog een keer bij en keek naar de namen van haar ooms en tantes. De oudste oom heette Leif. Weer bladerde ze door de bak. Geen Leif. Vlug ging ze op zoek naar de volgende naam. Ook die ontbrak. Een angstig gevoel overspoelde haar. Wat als er niets meer te vinden was dan dit? Wat betekende het dat alle naamkaarten van haar familie waren weggehaald, behalve die van haar opa? Waren ze die soms per ongeluk vergeten te verwijderen?

Ze veegde haar handen af aan haar rok en haalde diep adem. Ze moest terug voordat het zou opvallen. Ze wist ook niet zo goed waar ze verder nog naar kon zoeken. Of zou er in deze bakken nog wat te vinden zijn over Fridtjof Berg? Informatie over de leider van Het Noors Genootschap zou misschien nog van pas kunnen komen als ze hierover ging schrijven. Vlug schoof ze de bovenste lade open en gleed weer met haar vingers door de kaarten. Berg, Fridtjof, daar was hij. Ongelooflijk. Ze had eigenlijk niet verwacht dat de gegevens van de leider ook in deze bak bewaard zouden worden.

Plotseling hoorde ze iemand met gedempte stem praten. De bewaking! Zouden ze het kaarslicht hebben zien branden? Snel blies ze de kaars uit en dook achter de kast. De twee archiefkaarten die ze nog in haar handen had stopte ze in haar hemd.

Ze hoorde een zachte, doffe bonk tegen het glas. Voorzichtig keek ze om de kast heen. Daar stond iemand, met zijn voorhoofd tegen het raam gedrukt! Ze schoot terug op haar plek. Haar hart bonsde in haar oren en haar ademhaling sloeg op hol. Niet hyperventileren, kort in- en lang uitademen. Ze moest zichzelf onder controle krijgen, dit was niet het moment om in paniek te raken.

'Niets. Je ziet ze vliegen, man,' klonk het gesmoord door het glas.

Ze hadden haar niet gezien. Dat besef zorgde ervoor dat ze weer normaal kon ademen. Ze blies langzaam uit. En nu wegwezen hier. Ze controleerde nog een keer voorzichtig of de man echt weg was, en sprintte toen naar de deur, de gang op.

28

Ira

Ze rende de binnenplaats over en sloot de deur zo zacht mogelijk achter zich. Gelukkig. Ze had echt geen zin in een confrontatie, of om uitleg te geven waarom ze daar nog rondliep. Ze sloop op haar tenen de trap op en deed de slaapkamerdeur open.

'Nou, dat was een hele klus zeker.' Gertrud keek haar zogenaamd meelevend aan. 'Volgens mij heb ik nog nooit zoveel afwas gezien.'

'Ja, ik ben doodop en ga lekker slapen,' antwoordde ze. Ira zag een glimp van teleurstelling over het gezicht van Gertrud trekken, waarschijnlijk omdat ze niet op haar getreiter inging. Ze trok haar schoenen, haar rok en haar maillot uit, en ging met haar rug naar Gertrud toe staan om haar trui en blouse uit te doen. Die mocht in geen geval zien wat ze in haar hemd had gestopt. Maar waar liet ze die kaarten? Gertrud moest ook niet het gekraak van het papier horen als ze in bed lag. Ze zou zich in de badkamer om moeten kleden. Ira pakte haar nachthemd en liep de kamer uit.

'Ben je ineens zo zedig geworden dat je je niet meer hier durft om te kleden?' riep Gertrud haar na.

Ze deed de badkamerdeur achter zich op slot en haalde de kaarten uit haar hemd. Nu kon ze misschien ook nog iets lezen over haar opa en die Fridtjof Berg. Ze bestudeerde eerst de kaart van haar opa. De NAW-gegevens waren duidelijk, evenals het geldbedrag dat haar opa had opgeleverd. Ze werd plotseling overmand door een dieptriest gevoel. Het was toch vreselijk als je waarde werd afgemeten in geld? Zou de rest van haar familie te weinig hebben opgebracht en daarom niet in de kaartenbak van zuster Nilsson zijn beland? Ze begreep verder weinig van de tekst die op de kaart stond. Ze kon het Noors beter spreken en verstaan dan lezen, zoveel was duidelijk. Op de kaart van Fridtjof Berg was een naam doorgekrast. Hij had twee zonen, Kristofer en Haakon. Wat vreemd, dit kwam haar bekend... Ze werd onderbroken door een luide bons op de deur. Haar hart schoot in haar keel.

'Ira, ik moet naar de wc. Schiet eens op.'

Rot stasi. 'Ja, ben bijna klaar.' Ze trok snel haar nachthemd aan en stopte de kaarten tussen de uitgetrokken kleding. 'Nog even plassen,' riep ze.

Ze had liggen wachten tot Gertrud sliep en de klok twaalf uur sloeg. Dit was misschien wel haar laatste kans om Inger te spreken. Ze zou haar moeten uithoren over wat er met de familie Stark was gebeurd. Maar hoe kon ze dat doen zonder dat ze zichzelf blootgaf?

Toen ze zeker wist dat Gertrud in diepe slaap was, stond ze op, stopte de kaarten weer in haar hemd onder haar nachtjapon en schoot haar warme trui aan. Ze pakte haar schoenen en sloop naar beneden.

Ira had inmiddels een patroon ontdekt in de werkwijze van de bewaking. Na het avondeten begonnen ze bij het hek, daarna liepen ze hun ronde, die ongeveer dertig minuten in beslag nam. Om twaalf uur 's nachts werden de wachten gewisseld en bleven ze vaak wat langer bij het hek staan praten. Ze sloop zo lang mogelijk onder de galerij door, waar ze uit het zicht van de lantaarns kon blijven. Het laatste stuk moest ze wel de binnenplaats oversteken wilde ze bij de stallen komen. Het knerpende geluid van haar schoenzolen in de sneeuw klonk oorverdovend in de stilte. Zou iemand haar hebben gehoord?

Ze duwde de deur naar de stallen zachtjes open en probeerde haar ogen te laten wennen aan het donker. De vertrouwde geur van paardenmest en hooi drong haar neus binnen. Waar zou Inger slapen? Ze liep op haar tenen tussen de boxen. Ineens klonk er een luid gesnuif. Ira schrok en stootte iets om met haar elleboog. Ze bukte zich om het voorwerp op te pakken. Het was een bezem. Toen ze zich oprichtte voelde ze iets scherps in haar rug prikken.

'Wat kom je hier doen?' Het was Inger.

'Ik moet met je praten,' fluisterde ze.

'Heb je me nog niet genoeg ellende bezorgd?' Haar stem klonk vermoeid.

'Ik draai me nu om, oké?' Ze keerde zich naar Inger toe. 'Gaat het een beetje? Hebben die mannen je nog niet lastiggevallen?'

'Mij?' Inger stootte een lach uit. 'Ik ben veel te oud zeg, hoe kom je daarbij?'

'Die vrouwen in de keuken...'

'Ach ja, die hebben ook niets beters te doen dan roddelen. Eindelijk gebeurt er hier eens iets, dat vinden ze geweldig.'

'Kun je wel een beetje slapen?'

'Ik lig heerlijk bij Voss in de box. Die heeft de tijd van zijn leven. En jij, wat is jouw straf?'

'Afwassen in mijn eentje, dus dat valt mee.' Ze moest een beetje haast maken, over niet al te lange tijd kwamen de mannen langs voor hun ronde. 'Inger, ik moet je iets vragen. Ik ga zaterdag al weg en daarna krijg ik misschien nooit meer de kans om je te spreken.'

'Je brengt ons allebei in gevaar door hier te komen, weet je dat?'

'Sorry. Het is alleen... Ik heb het gevoel dat ik jou kan vertrouwen. Dat ik op de een of andere manier een band met je heb. En ik neem een enorm risico door naar je toe te komen, je kunt me elk moment verraden.'

'Wat bedoel je?'

'Heb jij vroeger een Freya gekend?'

Net op het moment dat Inger haar antwoord wilde geven, klonken buiten mannenstemmen. De bewakers waren hun ronde aan het lopen.

Inger fluisterde: 'Ik ken geen Freya. Je moet weg!'

Wat nu? Ze hoorde de mannen al de stal in lopen, hun zaklampen beschenen de paardenboxen bij de ingang. 'Waar moet ik heen?' fluisterde ze terug.

'Naar achteren, daar is een uitgang.' Ze wees met haar vinger naar de achtermuur. 'Het slot is open. Doe zachtjes, de deur kraakt.'

Terwijl Inger terugsloop naar de box van haar paard Voss, liep Ira zo stil mogelijk naar de achterdeur. De mannen waren nu in het midden van de stal en begonnen steeds harder te praten, alsof ze Inger wakker wilden maken.

'Die ouwe taart is precies waar ze thuishoort, tussen de beesten.' De man begon hard te lachen om zijn eigen grap.

'Het is dat er bijna geen dierverzorgers te krijgen zijn, anders hadden ze haar toch al lang geloosd?' reageerde zijn partner.

'Ja, dan heeft ze toch geluk dat ze de zus is van Mette.'

Mettes zus? Had ze Inger dan zo slecht ingeschat? Ira wilde graag verder luisteren, maar de mannen kwamen nu zo dichtbij dat ze weg moest. Voorzichtig opende ze de deur en stapte naar buiten, de koude nacht in.

29

Ira

Ira deed de deur van haar slaapkamer achter zich dicht en liet zich op het bed vallen. Odin had haar na het ontbijt opgehaald, samen met Odin junior, die haar continu had aangestaard vanaf de achterbank. Ze had zijn ogen in haar nek voelen prikken.

Inger had ze niet meer gezien sinds de vorige avond. Ze had een groot risico genomen door haar naar haar moeder te vragen. Inger was de zus van Mette, hoe had ze zo onvoorzichtig kunnen zijn? Ze kon het nog steeds niet geloven. Wat nu als ze haar zus op de hoogte zou stellen van hun gesprek? Wat zou er dan met haar gebeuren?

Haar hoofd bonkte aan alle kanten. De verbrande huid op haar onderarmen stond strak. Dat was altijd zo, maar als ze gespannen was leek haar huid daar op de een of andere manier erger te trekken.

Ze moest haar telefoon te pakken zien te krijgen, zodat ze Ronne kon bellen. Ze had zo'n behoefte aan een vriendelijke stem. Ze zou hem foto's kunnen sturen van de archiefkaarten, misschien kon hij haar helpen met de vertaling, bedacht ze ineens.

Ze schoot recht overeind toen er luid op de slaapkamerdeur gebonsd werd. 'Ira, we gaan zo lunchen.'

De nasale stem van Odin junior deed haar lichaam nog verder verstrakken. Ze had hem helemaal niet aan horen komen, zo was ze in gedachten geweest. Waarom kwam hij dat überhaupt vertellen, ze wist toch dat de lunch altijd op dezelfde tijd was? Ze ging op de rand van het bed zitten en groef met haar vingers in de matras. Het bleef stil. Stond hij daar nog steeds? Wat als hij naar binnen kwam en haar iets aan probeerde te doen? Vlug ging ze met haar ogen de kamer door, op zoek naar een voorwerp waarmee ze zich kon verdedigen. Ze kwam niet verder dan een stoel of een klerenhanger.

De deurklink bewoog langzaam omlaag.

Snel sprong Ira van haar bed af en ze ging achter de deur staan. Zodra Odin de deur probeerde te openen zou ze er een harde duw tegenaan geven, hopelijk schrok dat hem af. Het liefst brak ze zijn neus. Ze was benieuwd hoe hij zich daaruit zou lullen.

Ineens klonk de stem van Mette. 'Junior? Je vader wil je spreken.'

De deurklink ging weer omhoog. Ze hoorde het gekraak van Odin juniors voetstappen op de oude houten vloer wegsterven.

Ze haalde diep adem en opende de deur. Deze keer was ze er goed vanaf gekomen.

Na het eten vroeg Odin haar te blijven zitten. 'We moeten even doornemen hoe jouw programma er de komende week uit gaat zien. En morgen is het zondag, dus dan hebben we het daar niet over.'

'Dat is goed.'

Hij nam tegenover haar plaats. 'Ik heb met Kristofer Berg afgesproken dat je voor hem gaat werken als communicatieassistent voor Grønncorp bij het conferentiecentrum. Gertrud zal daar in eerste instantie gaan werken als administratiemedewerker voor Haakon Berg.'

'Dank u. Daar ben ik blij mee,' antwoordde ze naar waarheid. Ze herinnerde zich ineens de kaart die ze in het archief gevonden had. Haakon moest de broer zijn van Kristofer. Ze had Odin nog niet eerder over Haakon gehoord, maar durfde ook niet goed te vragen wat hij voor rol had binnen Het Noors Genootschap. Blijkbaar was Kristofer degene die zijn vader zou opvolgen, zoveel had ze van Gertrud begrepen. Die aanbad hem alsof hij een rockster was.

'Zoals je weet, hebben wij een gesloten internetsysteem. Hierdoor zijn we veilig voor verkeerde invloeden van buitenaf,' vervolgde Odin zijn verhaal. 'Alle genootschappen gebruiken dit systeem. We gebruiken hiervoor een speciaal filter. Wanneer je berichten naar buiten wilt sturen gaat dat via mij. Dus jij kunt je volledig bezighouden met het schrijven van de communicatieplannen en het uitwerken daarvan. Ik zorg ervoor dat alles naar de betreffende adressen gestuurd wordt.'

Ze knikte instemmend, terwijl Odin door bleef praten. Hij moest eens weten hoe makkelijk Ronne in het systeem had kunnen komen. Misschien was dat wel een manier om met hem te communiceren, via het intranet!

'Kan ik wel interne berichten sturen, als ik een vraag heb?'

'Uiteraard. Alle leden van de Yari hebben een computer. Ook het hoofd van de Blauwe Brigade heeft er een.'

Dat was Mats, als ze het goed onthouden had. Al was dat eigenlijk maar een schijnfunctie, want het was wel duidelijk dat Odin de echte leiding had. 'En hoe weet ik wie er lid zijn van de Yari? Ik heb niet alle namen uit mijn hoofd geleerd,' zei ze op verontschuldigende toon.

Odin lachte zijn schelle lach. 'Dat verwachten we ook niet hoor. Er is een lijst van de Yari van alle gemeenschappen, die staat op de computer opgeslagen.'

'O, dat is fijn,' zei ze, terwijl ze met moeite een glimlach produceerde. Ze wist niet waarom, maar elke keer als hij lachte, gingen bij haar de haartjes op haar armen rechtovereind staan.

30

Freya

Freya stond op de slecht verlichte begraafplaats bij het klooster naar de steen te staren waarop het leven van haar moeder was samengevat in niets meer dan een paar letters en cijfers.

HIER RUST IN VREDE
HELGA STARK
DIERBARE ECHTGENOTE EN MOEDER
* 3-6-1940 † 1-12-1990

Ze keek omhoog. Daar begon het weer. Sinds haar moeder vijf nachten geleden was gestorven had het licht elke avond voor haar gedanst. Alsof haar moeder haar iets wilde zeggen. Ze ging op een bankje vlak bij het graf zitten en staarde naar de lucht. Boven haar was een groene gloed, het helderste licht dat ze ooit had gezien. Het leek alsof de stralen vanuit één punt naar beneden vielen, boven op haar, alsof een engel haar omarmde.

Haar moeders woorden echoden al dagen na in haar hoofd. 'Vlucht, Freya, alles wordt anders.' En toen had ze met heel veel moeite dat laatste woord uitgesproken: 'Sorry.'

Het was misschien niet veel, maar voor Freya betekende het alles. Haar moeder had het erg gevonden dat ze met Fridtjof moest trouwen. Ze had zich altijd geschikt naar haar mans wil, maar was het niet met hem eens geweest. Dit had Freya wel gevoeld, maar het had haar niet kunnen helpen. Ze voelde aan haar buik, waarin nieuw leven groeide. Net nu ze had besloten om weg te gaan, was er een wonder gebeurd. Het was het slechtste moment dat ze had kunnen bedenken. Ze had het Fridtjof nog niet verteld. Dat gunde ze hem niet.

Toen ze tegen hem was uitgebarsten omdat hij haar moeder hulp ontzegde, had hij gezegd dat het de wil van God was. Dat haar moeder geen waarde had voor de gemeenschap en dat God haar daarom tot zich had genomen. In de hemel zou ze veel beter af zijn. Ze had tegen Fridtjof geschreeuwd dat hij een onmens was, dat hij zijn gemeenschap alleen maar uit wilde melken. Daarop had hij haar vijftig zweepslagen gegeven met zijn riem. Ze had drie dagen nauwelijks kunnen zitten, maar was vooral zo bang voor het kind in haar buik. Zou het nog gezond zijn? Misschien had ze tegen Fridtjof moeten zeggen dat ze zwanger was, dan had hij haar vast niet geslagen. Maar dat gunde ze hem niet. Ze wilde dit geheim zo lang mogelijk voor zichzelf houden. 'Nu zijn we nog even met z'n tweetjes,' fluisterde ze zacht tegen haar buik.

Ze richtte haar aandacht weer op de steen. Het was misschien wel beter dat haar moeder niet meer leefde. Haar vader was een marionet van Fridtjof en volledig van hem afhankelijk geworden. In de afgelopen maanden had Fridtjof met hulp van Odin de goedlopende bedrijven van de rijkste leden opgekocht. Uiteindelijk wilde hij dat alle bedrijven 'in de gemeenschap waren', zoals hij het noemde. Hij bood de eigenaren een schijnbedrag en zette dat vervolgens om in een lening aan Het Noors Genootschap, waardoor niemand daadwerkelijk geld kreeg. Met het tegoed van de lening konden de leden hun verplichte maandelijkse bijdrage betalen. Hoe rijker je was, hoe meer je moest afdragen. Zo was iedereen ineens financieel afhankelijk geworden van Het Noors Genootschap.

31

Ira

Samen liepen ze naar de grote, houten deuren die toegang gaven tot de kerk. Sneeuw knisperde onder haar zolen. Boven de ingang stond in het Noors: 'EEN VLIJTIG MENS VERWERFT GEZAG, LUIHEID LEIDT TOT SLAVERNIJ'. Ze had erover gelezen en herkende de woorden inmiddels. Odin liet haar voorgaan. Heel even aarzelde ze. Toen stapte ze de marmeren dorpel over.

De hele kerk zat vol. Honderden ogen waren op haar gericht. Overal waren mannen in zwarte pakken. Jezus! Ze slikte. Een kilte trok door haar binnenste, terwijl haar handen steeds zweteriger werden. Zouden hier de mannen tussen zitten die die avond naar de boerderij waren gekomen? De moordenaars van haar ouders? De ontvoerders van Simon? De haatgevoelens die naar boven kwamen zorgden ervoor dat ze bijna stikte. Kon ze dit wel? Of zouden ze haar doorzien?

Ze werd opgeschrikt doordat Odin haar bij haar arm vastgreep. 'Ik weet dat het overweldigend is, maar je vindt het vast geweldig,' fluisterde hij in haar oor.

Voor het eerst keek ze naar voren. Daar stond Kristofer Berg, haar toekomstige werkgever en een van de zonen van hun leider. Hij had een felle oogopslag. Roodblond golvend haar, dat tot zijn schouders kwam en een goed getrimde baard. Hij deed haar denken aan een acteur uit *Game of Thrones*. Hoe heette die ook alweer? Ze werd in haar gedachten onderbroken door Kristofer.

'Ira, welkom! Gertrud, welkom!' Zijn stem galmde door de kerk. Het was een prettig geluid. Warmer en vriendelijker dan ze had verwacht. Ze keek opzij naar Gertrud. Haar ogen straalden. Die voelde zich blijkbaar helemaal op haar gemak.

Odin leidde haar naar de voorste kerkbank en gebaarde haar om naast twee andere mannen te gaan zitten. Ze durfde ze niet aan te kijken.

'Ira en Gertrud, jullie hebben geluk. We zijn hier allemaal bij elkaar voor de zondagsdienst, waardoor ik jullie meteen kan voorstellen aan de gemeenschap,' ging Kristofer verder.

Ze zouden toch niet naar voren hoeven te komen?

'Misschien is het leuk als jullie even bij me komen staan. Dan kan iedereen jullie zien en vice versa.' Hij spreidde zijn armen uitnodigend.

Ze slikte een brok weg. Hierna kon alles alleen nog maar meevallen. Zag ze er wel zedig genoeg uit? Ze had er niet aan gedacht op het toilet nog even in de spiegel te kijken. Vlug stopte ze een pluk haar weg onder haar hoofddoek. Ze stond op, trok haar rok recht en liep naar het houten trapje dat naar het spreekgestoelte leidde. Gertrud, die bij meneer Olsen zat, kwam vanaf de linkerkant aangelopen.

Ze schudde Kristofers hand. Hij leek even te verstijven, of verbeeldde ze zich dat maar? Zijn ogen haakten even kort in de hare. Toen liet hij abrupt haar hand los. 'Graag stel ik jullie voor aan Ira. Ze gaat werken voor het conferentiecentrum en voor Grønncorp als communicatieassistent. Ze mag ons gaan helpen het bedrijf groot te maken en een stapje te zetten naar een schonere aarde. Als God het wil. Maar eerst gaat ze kennismaken met jullie. Help haar het dorp en onze gebruiken beter te leren kennen, ze is nu een van ons. En dat geldt ook voor Gertrud, die ons, en met name Haakon, gaat ondersteunen met de financiële administratie van Grønncorp. Heel fijn dat jullie naar Viken zijn gekomen. We hopen dat jullie het naar jullie zin zullen hebben.'

Ira forceerde een glimlach en keek de zaal in. Haar aandacht werd getrokken door een oude man in het publiek, naast wie ze zojuist op de eerste rij had gezeten. Hij was kaal en zat een beetje in elkaar gedoken, maar zijn ogen waren fel. Hij keek haar met een priemende blik aan. Hij kwam haar zo bekend voor...

'Gaat het?' vroeg Kristofer. Hij klopte haar even op haar schouder. 'Ira en Gertrud, bedankt dat jullie naar voren wilden komen. Neem maar weer plaats. Jullie zullen hen vast nog zien en spreken de komende tijd.'

'Dank u,' wist ze met moeite uit te brengen. Ze knikte naar het waas van gezichten voor haar en schuifelde naar het trapje. Niet vallen nu. Ze liep terug naar haar plekje. In het voorbijgaan probeerde ze de oude man niet aan te kijken. Maar ze moest. Zijn ogen vingen de hare en grepen haar, zo leek het. Een koude windvlaag streek langs haar lichaam. Ze rilde. Ze maakte zich los van zijn blik en liet zich een stukje verder op de harde kerkbank zakken. Wat was dat voor gevoel? Had het iets te betekenen?

Odin, die rechts van haar zat, fluisterde in haar oor. 'Wat is er aan de hand?'

'Mijn maag. Sorry. Zo vervelend.'

'Het was misschien ook wel spannend om zo voor een volle zaal te staan.' Hij knikte haar geruststellend toe. Het leek gemeend.

De achterste rijen gingen eerst naar buiten, daarna de rijen ervoor. Om de beurt, heel gestructureerd. Kristofer Berg nam van iedereen persoonlijk afscheid. Haakon Berg stond een stukje verderop met iemand te praten. Na een minuut of vijf waren zij aan de beurt. Het viel haar op dat alleen de mannen een hand gaven. Toen zij hem passeerde, hield hij haar aan: 'Morgen om acht uur bij mij op kantoor. We gaan meteen beginnen.' Ze keek naar een punt ergens op zijn schouder. Er plakte een rode haar aan zijn zwarte colbert. Was hij toch iets minder perfect.

Odin stond achter haar en antwoordde voordat ze iets terug kon zeggen. 'Zeker, om acht uur staat ze paraat, Kristofer. Ik zal erop toezien.'

Ze glimlachte naar hem. 'Tot morgen.'

Odin pakte haar bij haar elleboog. Samen met Mette en Odin junior liepen ze terug naar de auto.

'Ik wist niet dat meneer Berg een broer had,' begon ze voorzichtig. 'Ze lijken wel een tweeling.'

Het bleef een tijdje stil.

'Ze lijken veel op elkaar, dat klopt. En er is vast wel meer wat je niet weet over ons.' Hij lachte, maar het leek niet gemeend. 'Wat me eraan doet denken: heb je een telefoon meegenomen?'

'Nee, die heb ik niet.' Ze dacht er net op tijd aan. Bijna had ze gezegd dat ze die thuis had gelaten. Het leek wel of hij haar probeerde te betrappen, waarom zou hij anders zomaar uit het niets zo'n vraag stellen? Niemand bij Het Noors Genootschap, behalve de leden van de Yari, mocht een telefoon hebben. Dat gold net zo goed voor de Nederlandse tak. Daar was ze bijna de mist in gegaan.

'Mooi. We zijn hier altijd eerlijk tegen elkaar. Ik ga ervan uit dat jij dat ook bent.'

'Ja, natuurlijk.' Ze slikte een brok in haar keel weg. Die oplader moest zo snel mogelijk weg uit haar kamer.

32

Odin

Mette was bezig met het eten. Hij had Ira gevraagd haar te helpen, zodat hij even kon nadenken. Er was iets met Ira wat hij niet kon benoemen, dat ongrijpbare. Net of ze kleine stukjes informatie van hun gemeenschap miste. Dat Kristofer en Haakon broers waren bijvoorbeeld. Dat was toch wel bekend in Nederland? Ze stuurden regelmatig input voor Nirwana naar andere landen als oprichters van het genootschap, bovendien waren ze de zoons van hun leider, die boven alle andere leiders stond. En waarom was ze zo van slag toen ze naar voren moest komen tijdens de dienst? Was het echt alleen spanning geweest?

Hij pakte haar cv er nog een keer bij. Dochter van een lid van Het Nederlands Genootschap, uit een gezin van vier kinderen, van wie zij de jongste was. Hij had geen toegang tot het Nederlandse archief, maar kende wel iemand die hem daarbij kon helpen. Hoe heette die man ook alweer? Hij was jaren geleden samen met Mette op bezoek geweest bij Het Nederlands Genootschap in Zuidwolde. Deze man was lid van de Yari daar. Tinus... Tinus... Willemsen! Ineens wist hij het weer. Hij moest het meteen maar noteren, voor het geval het hem weer ontschoot. Morgen zou hij die Willemsen een mail sturen en vragen of hij een Ira de Wild kende.

Misschien was het ook goed om een gesprek met Odin junior

te hebben. Het was hem opgevallen dat die jongen meer dan normale belangstelling voor Ira had. Mocht het nu allemaal kloppen met haar cv, dan zou ze misschien wel een goede huwelijkskandidaat voor hem kunnen zijn. Binnen de gemeenschap had Odin nog steeds geen geschikte vrouw voor hem kunnen vinden en het werd hoog tijd. Die jongen was al bijna dertig en zou het niet veel verder schoppen dan de Blauwe Brigade, vreesde hij. Daarom zou het goed zijn als hij een gezin ging stichten. Hij zou het er vanavond eens met Mette over hebben, die had soms ook goede ideeën over dat soort zaken.

Na het eten bleven ze nog even aan tafel zitten om na te praten.

Ira begon tegen Mette over haar zus Inger. 'Ik begreep dat je de zus bent van Inger? Ik heb met haar samengewerkt in de stallen. Ze is echt goed met dieren.'

Mette reageerde terughoudend, zoals altijd als het over Inger ging. 'Dat kan wel kloppen ja. Ik spreek haar niet zo vaak meer.'

'O, dat is jammer. Komt ze niet naar de diensten op zondag? Ik heb haar vandaag niet gezien,' vroeg Ira nu.

'Nee, al jaren niet,' kwam hij tussenbeide. Hij zag aan Mettes gezicht dat ze geen zin had hierover te praten. 'De zusters die in het klooster wonen, volgen op zondagochtend daar de dienst. Zuster Nilsson leidt deze al sinds jaar en dag. Als je het leuk vindt, kan ik je volgend weekend naar het klooster brengen, dan kun je daar weer werken met de paarden en die dienst bijwonen.' Ineens vielen alle puzzelstukjes op hun plek. Als ze Inger in vertrouwen nam, kon hij misschien wel meer over haar te weten komen. Inger durfde hem en de Blauwe Brigade toch niet tegen te werken. Dit zou vast tegen de principes van zuster Nilsson indruisen, die een lange straf voor Inger in gedachten had, maar haar kon hij gemakkelijk overtuigen van het belang van deze beslissing.

'Ik kan haar wel brengen,' zei Odin junior gretig.

Ira schoof abrupt naar achteren op haar stoel. Ze keek omlaag en friemelde wat met haar handen. Misschien ging dat allemaal iets te snel voor haar.

'Nou dat zien we nog wel even,' zei hij tegen Junior. 'Morgen gaat Ira eerst aan de slag voor Kristofer.' Hij kuchte. 'Ik ga maar eens naar boven denk ik.'

Mette schoof ook meteen haar stoel naar achteren, ze gingen altijd tegelijk naar bed. 'Ik ook, het is bedtijd.'

Ira stond snel op en volgde hen de keuken uit.

Toen Odin zich omdraaide, zag hij Junior verlangend naar Ira kijken. Dat had hij dus goed ingeschat, dacht hij tevreden.

33

Ira

Ze reden in de Tesla via een slingerende weg naar Tromsø. Sommige sparrentakken bogen zo ver door onder het gewicht van de sneeuw, dat het leek of de bomen onderdanig naar hen vooroverbogen. Tussen de stammen door, waar een bospad liep, ontwaarde ze twee langlaufers. 'Kunt u langlaufen?' Ze wees naar de twee figuren in de verte.

'Ja, maar ik vind het te veel gedoe. Ik pak liever een paar sneeuwschoenen om met Mette te wandelen.'

Odin klonk opgewekt, dat was vast een goed teken. Gisteren was ze na het eten met een onbestemd gevoel naar boven gegaan. Het voelde alsof Mette niet over Inger wilde praten. En dan die loerende blikken van Odin junior als hij dacht dat ze niet keek. Ze had een stoel onder de deurklink gezet, waardoor ze nog een beetje had kunnen slapen. Al was ze die nacht meerdere keren opgeschrokken doordat ze een krakende plank meende te horen.

Ineens leken de bomen uiteen te wijken en ontvouwde zich een prachtige fjord voor haar. Beneden hen lag het eiland Tromsø. Links van de brug die van het vasteland naar de stad liep, kon ze het centrum en de haven zien liggen, met de gekleurde huizen die ze kende van de plaatjes. Het water in de fjord zag er donkerblauw uit, bijna zwart. Het contrast werd nog groter door de besneeuwde bergen op de achtergrond. De prachtige, onaangeroerde toppen waren maagdelijk wit. Ze leken op een enorme pavlovataart waar je zo je tanden in wilde zetten. Ze kreeg ineens enorme trek in iets zoets, of een lekkere vette hap. Dat kenden ze niet bij Het Noors Genootschap. Ze had alleen maar gezond en functioneel gegeten tot nu toe. Misschien kon ze een keer stiekem een bakkerij binnengaan als ze in de stad werkte?

Ze gingen de brug over en sloegen af naar rechts. Dit gedeelte van Tromsø was duidelijk meer bedoeld voor kantoorgebouwen en andere bedrijfspanden. Ze reden steeds verder door de wijk, totdat ze weer bij het water kwamen. De weg liep langs een soort park waar een skischans stond. Op het noordelijkste puntje van het eiland aan de fjord stond het conferentiecentrum. Ze had het bij aankomst al vanuit de verte gezien, en toen was het prachtig, maar van dichtbij was het een architectonisch hoogstandje van staal en glas. De blauwe Noorse hemel werd weerspiegeld in de ramen. Het was een indrukwekkend gezicht. Aan de andere kant van de weg, tegenover het conferentiecentrum, was een kleine woonwijk tegen de heuvel gebouwd. Ook hier stonden allemaal witte huizen met oranje daken, net als in Viken. Toen ze erlangs reden naar de ingang van de parkeergarage viel het Ira op dat een aantal huizen een afwijkende kleur kozijnen had. Het was de kleur rood van de kozijnen van Odins huis. Ook waren bij al die huizen de gordijnen gesloten. Misschien waren die mensen toevallig allemaal nog niet wakker, bedacht ze.

Odin liet haar voorgaan om uit de lift te stappen op de bovenste etage.

'Deze hele verdieping is in principe voor ons gebruik. Eén verdieping lager hebben we nog een aantal kamers, waaronder het kantoor van Haakon. De rest van het gebouw verhuren wij aan bedrijven die gelieerd zijn aan Het Noors Genootschap. En de conferentiezaal gebruiken we bijvoorbeeld tijdens onze internationale bijeenkomsten. Maar dat wist je al.' De liftdeuren gleden open. 'We moeten hier naar links. Derde deur aan je linkerhand.'

Ze stapte het kantoor binnen, dat een geweldig uitzicht over de fjord bood. Kristofer zat voorovergebogen te werken met zijn rug naar hen toe. Hij draaide zich om.

'Ira, daar ben je. Keurig op tijd.'

Met een vlotte beweging stond hij op en liep met een uitgestoken hand op haar af. Hij was één brok energie. Ze twijfelde even. Mocht ze hem nou een hand geven of niet? Blijkbaar bemerkte hij haar verwarring.

'Hier zijn we collega's en geven we elkaar gewoon een hand.'

Dat onderscheid begreep ze niet, desondanks liet ze haar hand in de zijne glijden en schudde die. Hij keek haar aan. Ze voelde zich ongemakkelijk. Haar arm begon te trillen. Snel maakte ze haar hand los uit de zijne.

Kristofer leek niets te merken van haar verwarring en praatte gewoon door. 'Welkom, Ira. Ik laat jou straks je werkplek zien, die is een paar deuren verder. En ik laat je straks kennismaken met Marius, mijn commercieel assistent.' Daarna gaf hij Odin een hand. 'Zal ik alles met Ira doornemen? Dan kun jij ook weer aan de slag.'

'Dat is goed,' antwoordde Odin. 'Ik pik je eind van de dag op, rond halfzes. Vanaf morgen kun je ook met de bus gaan, zoals de andere broeders en zusters doen. De halte is midden in het dorp.'

'Dat is prima. Ik reis graag met de bus.' En zo had ze weer iets meer vrijheid, hoopte ze.

34

Ira

Buiten hing een dichte mist. Ondanks de sneeuw en de kou was er regelmatig mist in Viken, omdat het dicht bij de fjorden lag. Ze trok de capuchon van haar mantel over haar haar en kneep de sluiting dicht bij haar hals. Het was waterkoud. Bij de bushalte stonden meer mensen, vrouwen en mannen gekleed in grijs, zoals zij. Een enkele vrouw droeg groene kleding, dat waren de vrouwen die getrouwd waren met mannen van de Yari. Iets verderop zag ze Gertrud staan. Snel verschool Ira zich achter twee vrouwen die zachtjes met elkaar aan het praten waren. Ze had echt geen zin in dat mens en al helemaal niet 's ochtends. Ineens hoorde ze een van de vrouwen naast haar iets over ene Pedersen zeggen. Ze schoof iets dichterbij.

'... Pedersen verdwenen, sinds een paar dagen.'

'Zijn vrouw moet het huis uit.'

De eerste vrouw begon iets harder te praten, ze leek verontwaardigd. 'Het werd ook wel tijd. Ze hadden met z'n tweeën een woning voor zes personen!'

'Ik heb gehoord dat hij ervandoor is gegaan. Zijn vrouw heeft hij gewoon achtergelaten.' De tweede vrouw keek plotseling schichtig om zich heen, alsof ze zich nu pas realiseerde dat ze bij de bushalte stond. Ze stootte haar vriendin aan en trok haar mee naar de bus die net kwam aanrijden.

Ira ging vooraan in de bus op een plek naast het raam zitten en staarde naar de dikke grijze lucht buiten. Tot haar opluchting was Gertrud achter in de bus gestapt. Ze dacht na over het gesprek dat ze net had afgeluisterd. Wat zou er met die Pedersen gebeurd zijn waar die vrouwen het over hadden?

Toen ze om acht uur door de hal naar haar kamer liep, werd ze zo hartelijk begroet door Marius dat ze het gevoel kreeg dat ze elkaar al jaren kenden. Hij was een slungelige jongen met een bloempotkapsel en een bril en wist zich duidelijk geen houding te geven met al zijn lange ledematen. Hij bood haar koffie aan, waarschijnlijk om iets te doen te hebben. Ze mocht hem nu al. 'Alstublieft. Meneer Berg zit op jouw kamer te werken, dat doet hij wel vaker,' glimlachte hij.

Ze pakte de mok koffie dankbaar aan en sloot haar vingers eromheen. Ze was nog steeds niet gewend aan de ijzige kou hier. 'Je mag trouwens wel "jij" zeggen hoor,' zei ze. 'Jullie zijn al heel vroeg begonnen, of niet?'

'Meneer Berg is er meestal rond halfacht en ik ook, dus dat valt mee.' Marius liep een stukje met haar op. Toen ze bij haar kamer waren wenste hij haar een goede dag en liep terug.

Kristofer Berg zat aan het bureau dat tegenover het hare stond. 'Goedemorgen meneer Berg,' groette Ira hem vriendelijk.

'Ira... goedemorgen.' Hij keek abrupt op, alsof hij van haar schrok. 'Ik zit hier bij jou te werken omdat ik je nog een paar dingen wilde uitleggen. Ik moet straks naar een vergadering, dus laten we zo beginnen, nog even wat afmaken.' Hij klonk gehaast.

'Dat is goed.' Ze zette haar koffie op het bureau en ging tegenover hem zitten. Ze klikte haar mail open, maar werd afgeleid door Kristofer, die met zijn pen op het bureau zat te tikken. Ze bestudeerde hem stiekem van achter haar scherm. Hij leek volledig geconcentreerd te zijn op de tekst voor zich en beet daarbij nadenkend op zijn onderlip. Het ritmische getik werkte hypnotiserend.

Simon had haar meegenomen naar een van zijn geheime plekjes. Ze zouden samen gaan vissen, maar eerst liet hij haar een nest met jonge eenden zien dat hij onlangs had ontdekt. Zachtjes slopen ze door het riet, dat de rand van het meer omkranste. Ze onderdrukte een pijnkreet toen ze haar arm openhaalde aan het scherpe blad. Hij gebaarde haar dichterbij te komen en wees. Daar, een hele berg pluizige bolletjes op een nest. Ze glimlachte naar hem. Het bleef schattig. Met een geconcentreerde blik en kauwend op zijn onderlip bleef hij kijken, totdat de moedereend terugkwam en de familie besloot met elkaar te gaan zwemmen.

'Mooi hè?' Hij wees naar haar arm. 'Hé, je bloedt.'

'Ja, geeft niet. Het is maar een sneetje.'

'Kom.' Hij ritste het voorvakje van zijn rugzak open en haalde er een pleister uit. Die plakte hij zorgvuldig op haar wond. 'Zo, dat hebben we mooi gefikst.'

Toen had hij haar verteld over zijn nieuwe plekje, waar een meerkoetennest zat dat hij al een tijdje in de gaten hield. De eieren konden elk moment uitkomen. De dag van de brand was hij daarnaartoe gegaan. Hij had het haar verteld en was al vroeg in de ochtend vertrokken. Hij kon zich gerust een hele dag vermaken met het staren naar een vogelnest.

Ze had na de brand nog een keer willen gaan kijken, bij die meerkoeten. Misschien dat ze dan nog een spoor van hem had kunnen ontdekken. Had kunnen bewijzen dat hij niet dood was. Maar nadat ze uit het ziekenhuis was gekomen, was ze meteen bij haar pleegouders in Sneek ondergebracht. Later, toen ze ouder was, wilde ze er niet meer heen. Het was te confronterend, het gevoel dat ze Simon in de steek had gelaten. Ze was nooit meer terug geweest naar de plek waar haar ouderlijk huis had gestaan, of naar Simons vogelplekjes bij de Oudegaasterbrekken.

'... zo naar die afspraak.'

Ze schrok op. 'Sorry, ik was er even niet bij, wat zei je?'

'Zullen we nu het werk even doornemen?'

'Dat is goed.' Ze pakte een notitieblok om aantekeningen te maken en keek Kristofer aandachtig aan.

'Begrijp je hoe het intranet werkt, of heb je daar nog vragen over?'

'Dat is duidelijk, Marius heeft het gisteren goed uitgelegd.'

'Mooi. Ik heb een communicatieplan van je nodig om nieuwe investeerders te trekken.' Hij zuchtte. 'Dit kost me zoveel tijd, en de gemeenschap heeft ook mijn aandacht nodig. Al die problemen...' Hij leek zich plotseling te realiseren dat hij dat hardop had gezegd en praatte snel verder. 'Maakt niet uit, ik ben blij dat jij er bent om te helpen.'

Ze keek hem aan. 'Ik doe het graag.'

Hij legde haar kort uit wat de bedoeling was en stuurde haar de strategische koers en alle andere benodigde stukken via de mail. Hier was ze voorlopig wel even zoet mee.

'Ik ben na de lunch weer terug,' zei hij, terwijl hij zijn tas begon in te pakken. 'Mocht je me nog nodig hebben.'

Hij was weg. Eindelijk.

Ze twijfelde. Zou ze ongemerkt naar het busstation kunnen gaan? Gertrud werkte in hetzelfde gebouw, een etage lager, en ze had geen zin om haar tegen het lijf te lopen. En haar andere collega's wilde ze liever ook geen uitleg hoeven geven. Maar ze moest naar de locker om haar telefoon op te halen, anders kreeg ze de kans misschien niet meer. Ze had de oplader vanochtend stiekem in de voering van haar tas gepropt, waar ze een gaatje in had gemaakt.

Beneden was het schoonmaakbedrijf bezig, ze hoorde het gezoem van het apparaat waarmee de vloer werd gedweild. Ze griste haar tas van het bureau en liep naar de deur. Als iemand vroeg wat ze ging doen, ging ze gewoon een wandeling maken in het park, ze moest er alleen voor zorgen niet bij het station gezien te worden. Op straat was het rustig, er was iemand hout aan het hakken in zijn tuin en af en toe reed er een auto voorbij. Ze zag dat de huizen die haar eerder waren opgevallen nog steeds hun gordijnen gesloten hadden, midden op de dag. Ze had het bij Marius nagevraagd en die had uitgelegd dat daar leden van het genootschap woonden. Op die manier sloten ze zich af voor de kwade invloeden van buiten. Hij leek verbaasd dat ze dat niet wist, maar had er niets over gezegd.

De snelste route naar het busstation was eveneens de drukste route, waarbij ze het grootste risico op herkenning liep. Ze besloot een kleine omweg te nemen en het eerste stuk door de tegenoverliggende woonwijk te gaan. Ze knoopte haar wollen mantel zo ver mogelijk dicht. Plotseling viel haar oog op een fiets. Het was hier net als bij haar thuis, sommige mensen lieten gewoon hun fiets op straat staan, zonder hem op slot te zetten.

Het zou wel een stuk schelen. Zo onopvallend mogelijk keek ze om zich heen. Niemand die op haar lette. Alsof het de gewoonste zaak van de wereld was, stapte ze op de fiets en reed weg. Haar handpalmen waren ondanks de vorst glad van het zweet in haar handschoenen. Haar wielen maakten een wiebelig spoor door de sneeuw. Als ze maar niet onderuitging. *Gewoon doortrappen, Yfke, en het stuur recht houden*, hoorde ze haar vader ineens zeggen. Dat was waar, hij had haar leren fietsen in de sneeuw. Ze voelde een steek van verlangen door haar lichaam. Wat zou ze hem graag nog eens zien. Niemand had haar ooit nog Yfke genoemd nadat haar ouders waren omgekomen. Maar misschien was dat maar beter ook.

Tromsø was een klein eiland, maar in de afgelopen tien minuten leek het wel alsof ze New York van noord naar zuid had moeten overbruggen, zo lang leek het te duren. Ze stapte af aan de zijkant van het stationsgebouw en zette de fiets tegen de muur. Snel liep ze door de hoofdingang naar de lockers in de hal. Nummer veertien. Ze draaide het sleuteltje in het slot, haalde haar mobiele telefoon eruit en deed het deurtje weer dicht.

Stroom. Haar batterij was helemaal dood natuurlijk. En wat was de pincode van haar simkaart ook alweer? Allemachtig, ze moest echt rustig blijven. Eerst had ze een stopcontact nodig. Ze keek om zich heen. Hier was niets. Waarschijnlijk wel in de stationsrestauratie, maar dan zouden ze haar zien. Ook al was niet de hele bevolking van Tromsø lid van Het Noors Genootschap, toch bleef ze liever anoniem.

Ze liep door de hal, naar de toiletten. Naast de wc's bevonden zich nog twee deuren. Voorzichtig keek ze naar binnen bij de eerste deur. Een kantoortje, waar nooit iemand werkte, of misschien iemand die heel weinig nodig had. Er stonden een bureau, een stoel en een oude metalen archiefkast. Bij een bureau was vast ook een stopcontact. Ze blies uit. Blijkbaar had ze al even vergeten te ademen. Ze bukte en deed haar oplader in het contact, dat inderdaad onder het bureau zat en plugde hem in haar telefoon. Hij deed het! Ze tikte haar beveiligingscode in. Daarna verscheen het scherm waarop ze haar pincode moest intypen. Had ze die ooit gewijzigd? Op goed geluk tikte ze alleen maar nullen in.

Geaccepteerd.

Over twintig minuten moest ze terug zijn. Ze had maar liefst honderddertien ongelezen berichten. Van haar pleegouders. Van Ronne en Fenna en nog tig andere mensen. Geen tijd om ze te lezen. Ze had de archiefkaarten meegenomen en maakte er foto's van. Die zou ze eerst naar Ronne sturen. Zodra ze de geruststellende twee vinkjes in beeld zag verschijnen, belde ze Ronne.

'Ira? Eindelijk. Ik was zo ongerust.'

'Luister, alles gaat goed. Ik ben aangenomen. Het enige is, ik kan niet bellen of mailen. Ik mag geen telefoon hebben en ook geen e-mail. Geen persoonlijke mail in elk geval. En ze controleren alles.'

'Maar waarom niet? Wist je dat?'

'Ja, ik wilde je niet ongerust maken.'

'Nou, dat heeft niet gewerkt. Waar woon je nu eigenlijk?'

'In Viken. Bij Odin Olsen. Ronne...' Ze hoorde het getik van hakken in de gang. Ze fluisterde: 'Kun jij een manier vinden om te communiceren, misschien via het intranet? En kun je iets vinden over ene Pedersen? En uitzoeken wat er op die foto's staat die ik net gestuurd heb?'

De hakken kwamen dichterbij. Ze drukte Ronne weg en maakte zich zo klein mogelijk onder het bureau. De deur ging open. Ze hield haar adem in. Wat moest ze zeggen als diegene haar hier zag zitten? Dat ze onwel was geworden en even op een rustig plekje wilde zijn? Misschien wel vreemd dat ze dan onder een bureau zat...

De persoon deed een paar passen de kamer in. En liep weer terug. Toen ging de deur dicht. En werd op slot gedraaid.

35

Ira

Fuck! Wat nu? Ze moest terug zijn voordat Kristofer klaar was met zijn bespreking. Hoe kon ze anders verklaren waar ze had uitgehangen? Ze had zin om heel hard te schreeuwen. Dat zou zeker opvallen. Alleen als het niet anders kon, als laatste redmiddel misschien? Maar veel mensen kenden Odin Olsen, dus liever bleef ze anoniem. Ze keek om zich heen. Ze had alles al gezien, bureau, stoel, archiefkast en stopcontact. Haar oog viel op het raam. Het was hoog en smal, maar ze was klein en slank, dus dat moest passen. De stoel was alleen te laag. Als ze het bureau daarnaartoe kon schuiven, dan kon ze er wel bij. Het zou vast een gigantische herrie maken.

Ineens schoot haar een trucje van haar pleegvader te binnen. Toen ze eens verhuisd waren, had hij oude lappen onder de tafelpoten gedaan om zo de tafel makkelijk te kunnen verschuiven, zonder krassen op de vloer te maken. Zij had haar jas die ze kon gebruiken. En haar vest. Ze schoof de kledingstukken onder de achterste poten. Ze moest het bureau maar deels optillen en zo naar het raam zien te verplaatsen. Ze zette zich schrap en tilde het omhoog. Toen begon ze te trekken. Het kreng was loodzwaar. Of zij was een slappeling. Ze hijgde. Ze pauzeerde even en keek op haar horloge. Nog vijftien minuten.

Haar mond werd ineens kurkdroog. Tintelingen verspreidden

zich in haar vingers en over haar gezicht. En daar kwam de bekende druk op haar borst. Niet nu. Alsjeblieft niet nu. Ze ging op de grond zitten met haar hoofd tussen haar benen. Ademen naar je buik, kort in en lang uit. Ze hoorde de stem van haar fysiotherapeut in haar hoofd. Na tien in- en uitademingen voelde ze zich rustiger worden. Het meetellen hielp, dat leidde haar af. Voorzichtig kwam ze weer overeind.

Er zat maar één ding op. Ze trok haar rok en blouse uit en stopte die onder de andere twee poten. In haar ondergoed en maillot begon ze te duwen. Als er maar niemand binnenkwam. Hou op, Ira, dat is nu niet belangrijk. Kracht zetten! Nog een meter of drie. Het schuiven was nog steeds zwaar, maar beetje bij beetje ging het bureau de goede kant op. Eindelijk, het was gelukt. Ze deed haar rok en blouse vlug weer aan. Haar vest propte ze in haar tas. Ze zweette al genoeg. Toen klom ze op de tafel. Ze draaide de hendel van het raam omlaag en trok. Het raam klemde een beetje, maar na de tweede ruk sprong het open. De vrieskou stroomde naar binnen. Frisse lucht. Ze ademde een paar keer diep in. Het terrein waar ze op uitkeek was vroeger waarschijnlijk een soort opslag geweest met allerlei materialen voor de bussen, maar nu stonden er alleen maar containers en volgestapelde pallets toegedekt met een dikke laag sneeuw. Niemand had hier iets te zoeken. Gelukkig. Ze gooide haar tas, jas en schoenen naar buiten. Toen klom ze door het raam. Door de sneeuw kon ze niet beoordelen waar ze veilig kon springen. Dan maar op de gok. Ze moest opschieten. Ze landde op iets hards en gleed meteen door op haar stuitje. De tranen sprongen in haar ogen. Doorbijten nu, geen tijd om pijn te hebben. Ze wreef even over de zere plek en strompelde naar haar spullen. Voorzichtig deed ze haar schoenen weer aan en constateerde dat er een gat van een paar centimeter in haar maillot zat, ter hoogte van haar kuit. Toen ze opkeek stonden er ineens twee mannen voor haar. 'Kan ik je helpen?' vroeg een van de mannen met een peuk in zijn mondhoek.

‘Nee, dank u,’ riep ze en ze rende weg om haar leenfiets te zoeken. Gelukkig, hij stond er nog. Zo snel als het lukte met de gladheid, fietste ze terug naar het conferentiecentrum. Nog even en dan kwam Kristofer terug. Ze moest nu wel de snelste route nemen, anders zou ze het niet halen. Ze keek zo veel mogelijk naar beneden, in de hoop dat ze daardoor minder opviel. Dat lukte.

Bijna.

Toen ze langs het park reed, hoorde ze ineens een verbaasde uitroep: ‘Hé Ira?’ Ze hapte naar adem. Verdomme, die stasi! Ira dook verder in elkaar en deed of ze niets hoorde. In haar hele lichaam voelde ze nu pijnlijke prikkelingen, haar stuitje klopte wild, alsof er iets naar buiten moest. Ze klemde haar handen nog vaster om het stuur en reed langs het conferentiecentrum in de richting van de noordelijke zijde van het gebouw. Ze gooide de fiets tegen een hek en liep zo snel mogelijk naar de zijingang waar ze ook uit gekomen was. Ze trok aan de deurklink. Hij zat op slot. Natuurlijk zat hij op slot! Het was een nooddeur, bedoeld om het gebouw uit te komen. Niet om er naar binnen te gaan. Hoe kon ze zo stom zijn? Snel glipte ze via de parkeergarage naar binnen. In het beheerderskantoor zat een man met een zwart petje onderuitgezakt alsof hij sliep. Hij besteedde geen aandacht aan haar. Moeizaam nam ze de trap, waarbij elke stap haar herinnerde aan haar pijnlijke stuitje. Eindelijk was ze op de eerste verdieping.

Ze liet de toiletdeur achter zich dichtvallen en smeet haar tas op de grond. Ze klemde haar handen om de wastafel en keek naar haar spiegelbeeld. Haar haar zag er verfomfaaid uit. De sproeten op haar gezicht staken extra donker af op haar bleke huid. Ze plensde water in haar gezicht en probeerde met haar natte handen haar haar te fatsoeneren. Met een paar droogdoekjes depte ze haar gezicht en oksels droog. Toen ze haar vest uit haar tas trok, hoorde ze iets op de grond vallen. Haar mobiel gleed een paar meter over de wc-vloer. Waar moest ze die nu weer laten? Ze had echt geen tijd om daar nu over na te denken. Ze zette hem uit en propte hem in het gat in de voering van haar tas, bij de oplader.

Ze zat achter haar bureau de brieven te tikken die Kristofer haar gedicteerd had toen hij terugkwam van zijn lunch. Ze hoorde hem in de gang praten met iemand, hopelijk niet Gertrud. Dat ze uitgerekend die stasi moest tegenkomen! Dat zou ze natuurlijk ontkennen als Gertrud er iets over zei, maar wie zouden ze eerder geloven? En wat als ze haar tas wilden doorzoeken? Gertrud wilde vast maar wat graag haar baantje overnemen. Werken voor Kristofer was haar grootste wens. Gertrud had zich in haar hoofd gehaald dat zij een voordeel had gehad bij de sollicitatieprocedure, doordat ze bij Odin in huis mocht logeren. Ze moest eens weten.

Ze schrok op toen Kristofer binnenkwam.

'Goedemiddag Ira, alles goed hier?' Hij wachtte haar antwoord niet af en ging vlak voor haar staan. 'Ik denk dat ik een paar nieuwe investeerders heb gevonden die misschien interesse hebben in Grønncorp. Jij mag me helpen met een wervende brief om hun interesse te wekken.' Hij streek zijn baard een paar keer glad. Dat deed hij als hij ergens over nadacht, had ze gemerkt. 'Er is iets met je. Voel je je wel goed? Je ziet er anders uit.'

Even leek het of hij haar gezicht wilde aanraken. Ze week automatisch naar achteren. 'I-ik ben in de pauze even naar het park geweest. Misschien komt het daardoor?'

Hij keek haar onderzoekend aan. 'En, lekker gewandeld?'

'Ja, en op een bankje gezeten.' Haar stem klonk nog steeds onvast. Verdomme Ira, laat je niet zo kennen, beet ze zichzelf toe.

'Was het niet veel te koud om in het park te zitten? Je hebt trouwens een gat in je kous.' Hij wees naar haar been en maakte aanstalten om weg te gaan.

Hoe had hij dat zo snel gezien? 'O, is dat zo?' Ze inspecteerde haar maillot alsof ze het nog niet eerder had opgemerkt. 'Komt zeker door een spijker in een bankje of zoiets.'

'Hm, ja. Nou, die kun je wel weggooien. Zonde.'

Hij draaide zich om en keek haar nog een keer bedachtzaam aan. Het voelde ongemakkelijk.

'Ira, kun je straks ook nog een huurcontract voor mij opmaken? Ik heb nog wel een voorbeeld dat je zo over kunt nemen. Ik zet de gegevens in de mail. Verder is het een kwestie van invullen.'

'Dat is goed.' Ook al had dit allemaal niets met communicatie te maken, ze vond het allang best. Een paar seconden later verscheen de mail in haar inbox. Ze klikte het eerste bestand open en voelde zich vanbinnen koud worden. Het contract was voor een eenpersoonswoning, op naam van mevrouw Pedersen. Wat was er met haar man gebeurd?

36

Ira

Ira had zich thuis bij Odin meteen omgekleed en opgefrist. Gelukkig was het bijna weer douchedag. Daar kon ze maar moeilijk aan wennen, twee keer per week douchen. Ze kamde haar haren door, die vol met klitten zaten van de wind en de sneeuw. Ze zag er verwilderd uit en zo had ze er dus de hele middag bij gelopen. Ze trok haar wenkbrauwen op. Kristofer zou wel gedacht hebben... Ze smeerde wat gezichtscrème op haar wangen en masseerde haar slapen. Ze wilde net aanstalten maken om naar beneden te gaan voor het avondeten, toen ze stemmen in de gang hoorde. Odin en Odin junior. Ze waren in de hal aan het praten. Ze deed de badkamerdeur zachtjes op een kier.

'... Pedersen?' vroeg Odin junior.

Weer die naam... Ira slikte moeizaam en voelde hoe haar handen klam werden. Toch deed ze de deur iets verder open en stak haar hoofd om het hoekje.

'Dat probleem hebben we opgelost,' klonk de zware stem van Odin, die probeerde zijn stem te dempen. '... weduwe wordt verhuisd... mond dichthouden.'

'Weduwe?' De stem van Odin junior schoot de lucht in. 'Volgende keer wil ik meedoen.' Zijn stem klonk opgewonden, sensatiebelust.

Waar hadden ze het in godsnaam over?

'Dan heb ik goed nieuws,' antwoordde zijn vader. 'Je mag het gaan proberen bij de Blauwe Brigade.'

'Dat is geweldig.'

Er trok een rilling over haar rug. De stem van Odin junior had gretig geklonken toen zijn vader het over de weduwe van Pedersen had. Odin junior was een halve psychopaat, dat had ze al vanaf de eerste dag gevoeld. En wat bedoelde Odin senior met het 'probleem was opgelost'? De vrouwen bij de bushalte die ochtend hadden het erover gehad dat Pedersen vermist was. Daarna had ze een huurcontract moeten maken voor een kleine woning voor mevrouw Pedersen alleen. Betekende dat dat die man dood was? En hadden Odin en de Blauwe Brigade een hand gehad in de dood van Pedersen? Was hij het 'probleem dat was opgelost'? De Blauwe Brigade was Odins persoonlijke leger, zo had ze inmiddels wel ontdekt. Ze duwde de deur weer dicht en leunde er met haar rug tegenaan. Ze duwde haar handen tegen haar slapen. Ze moest nadenken!

In het klooster had Maria, een van de vrouwen die in de keuken werkte, zich iets laten ontvallen. Naast de opmerking over seksueel grensoverschrijdend gedrag, had Ira haar ook iets horen zeggen over dat ze blij was dat ze niet in het dorp woonde, omdat haar zus haar huis uit was gezet nadat de kinderen zelfstandig waren gaan wonen. En dat ze geen geld had gehad om een fatsoenlijke woning te kopen, waardoor ze naar een oud huurhuis moest verhuizen. Ira had haar willen vragen waarom dat zo was, maar toen was Maria al gecorrigeerd door een van de andere vrouwen, die vond dat ze te veel praatte.

Na het avondeten verdween Ira zo snel mogelijk naar haar kamer. Met als excuus dat ze moe was van de eerste werkdagen, nu ze zoveel nieuwe informatie kreeg. Ze was als de dood dat Odin zou merken dat ze hun gesprek had afgeluisterd. Daarnaast had ze haar telefoon nog verstopt in de voering van haar tas, wat haar continu in spanning hield. Wat als Mette of een van de anderen het ontdekten? Ze pakte de houten stoel en zette die weer onder de deurklink, net als de avond daarvoor. Ze moest Ronne snel een berichtje sturen. De vraag was of ze überhaupt ontvangst had in dit huis. Ze zette het geluid van haar telefoon uit voordat ze het toestel aanzette.

Ze drukte een paar keer op de aan-knop, maar het scherm bleef zwart. Was de batterij weer leeg? Ze viste de oplader uit haar tas en plugde die in het stopcontact van haar bedlamp. Ze zei een schietgebedje en duwde de stekker van de oplader in haar telefoon. Niets. Misschien moest ze heel even wachten en deed hij het weer als hij meer opgeladen was. Ze durfde er niet aan te denken wat er zou gebeuren als ze geen telefoon meer had, hoe moest ze Ronne dan in godsnaam bereiken?

Na wat een eeuwigheid leek, lichtte haar scherm eindelijk op. Godzijdank, hij deed het nog! Maar ze had geen ontvangst. Ze smeet de telefoon op haar bed en trapte tegen haar matras. Het ging allemaal veel te langzaam naar haar zin. Veel te langzaam.

37

Freya

Freya ijsbeerde door de keuken. Ze had al een paar dagen geen contact kunnen krijgen met haar vader. Ze was de vorige dag nog bij hem thuis gaan kijken, maar er was geen spoor van hem te vinden. Haar broers en zussen wisten ook niet wat er aan de hand was. Volgens Leif, haar oudste broer, had hij het moeilijk gehad met het afstaan van zijn bedrijf. Freya wist niet wat ze hoorde. Het familiebedrijf afstaan?! Bouwbedrijf Stark bv was nog opgericht door haar opa en zou naar haar broer Leif gaan, dat was altijd zo geweest. De laatste jaren hadden steeds meer leden hun bedrijf aan Het Noors Genootschap verkocht, maar op de een of andere manier had ze niet verwacht dat het voor hun familie ook zover zou komen. Waarom had ze daar niets over gehoord? Van Fridtjof was ze het gewend dat hij haar niets vertelde, maar van haar familie en vriendinnen? Dachten ze soms dat ze aan de kant van haar man stond?

Sinds moeder dood was, leek het alsof ze steeds meer in een isolement raakte. Ze was boos geweest op Fridtjof, had het hem kwalijk genomen dat haar moeder gestorven was en dit ook laten blijken. Ze had expres heel lang gewacht met vertellen dat ze zwanger was, tot ze er niet meer omheen kon. Het was haar enige wapen tegen hem geweest. Ineens werd het haar duidelijk: hij had haar naasten verboden om met haar te praten! Dat kon niet anders. Het was haar straf omdat ze opstandig was geweest... Dat besef zorgde ervoor dat haar maag zich samenspande en het bloed uit haar slapen wegtrok. Ze balde haar vuisten en sloeg tegen de houten keukendeur. Bleef slaan, totdat haar knokkels bloedden. Die vuile rotzak! Hij deed er werkelijk alles aan om haar leven tot een hel te maken. En waarom? Waarom eigenlijk? Ja, ze was boos geweest op hem vanwege haar moeder, en had haar zwangerschap lang verborgen gehouden, maar dat was maanden geleden. Hij deed al jaren zo tegen haar. In het begin had hij het nog wel geprobeerd, haar soms verrast met een lief gebaar, een vriendelijk woord. Maar in zijn ogen had ze nooit echte warmte gezien. Ze vermoedde dat het kwam doordat hij nooit goed genoeg was geweest in de ogen van zijn vader. Zijn eigen vader had geen respect voor hem gehad. En zij vervolgens ook niet. Hij had geen grip op haar, kreeg geen waardering van haar. En nu hadden ze eindelijk een zoon, maar bleek het jongetje ziek en zwak te zijn. Als ze aan haar baby dacht, werd ze gek van verlangen. Haar borsten reageerden meteen, ze voelde de stekende pijn van de stuwing. Ze zou straks weer moeten kolven om de spanning te verminderen. Wat wilde ze hem graag vasthouden en bij zich hebben. Maar hij was te vroeg geboren en had een zuurstoftekort opgelopen. Sindsdien werd hij verzorgd bij het klooster. Daar werkten twee vrouwen die tot verpleegster waren opgeleid. Volgens hen was het beter als hij met zo min mogelijk mensen in contact kwam, omdat zijn weerstand zo slecht was. Zelfs zij, zijn eigen moeder, mocht niet bij hem komen. Het was belachelijk, ze wist zeker dat als ze haar kindje zelf kon voeden en tegen zich aan kon houden, het binnen de kortste keren zou aansterken.

De reden waarom hij in het klooster verbleef, mocht met niemand worden gedeeld. Fridtjof was bang dat hij in aanzien daalde bij de gemeenschap, wanneer bekend werd dat hij een zwak kind had voortgebracht. Hij deed het echter voorkomen alsof het een bewuste keuze was dat het kind bij de zusters opgroeide. En zij was een blok aan zijn been, zij kon de waarheid elk moment aan het licht brengen. Waarom had ze dat niet eerder bedacht? Ze trok haar mantel aan en ging naar buiten.

Ze bonsde op de houten voordeur. Er kwam niemand. Ze pakte haar sleutel en opende de deur. Meteen liep ze door de grote hal naar boven, de krakende trap op naar haar ouders' slaapkamer. Als haar vader wakker zou zijn, had hij de deur wel opengedaan. Zodra ze de slaapkamerdeur opende sloeg er een zware walm in haar gezicht van urine en slaapgeur. Haar vader moest echt beter luchten en schoonmaken. Misschien moest zij maar aanbieden om hem te helpen. Het was donker in de kamer, haar ogen moesten even wennen. Toen ontwaarde ze een bult in het bed. Hier was hij dus. Ze trok de gordijnen opzij en opende de ramen. Frisse lucht zou hem vast goeddoen.

Ze liep naar het bed. 'Vader!' Er kwam geen reactie. Dan maar op de ruwe manier. Ze deed de wollen deken omhoog. 'Waarom...' Langzaam liet ze de deken weer zakken. Haar vader lag op zijn rug met zijn mond open. Nu rook ze het pas, dezelfde lucht als bij haar moeder. Het was de geur van de dood. Ze voelde aan zijn pols. Niets. Nee! Hoe kon dit?! Ze zakte op haar knieën met haar voorhoofd op het bed.

Haar vader was dood. Nu had ze geen ouders meer. Niemand die haar nog een beetje kon beschermen tegen Fridtjof. Want ook al was haar vader degene geweest die haar had uitgehuwelijkt, hij had altijd wel een oogje op haar gehouden. Geprobeerd bij Fridtjof in het gevlei te komen, zodat hij hun familie goedgezind bleef. Hij was zo blij geweest toen hij hoorde dat ze zwanger was. Eigenlijk had ze hem nooit eerder zo gezien.

Haar gezicht was nat van de tranen. Met haar mouw veegde ze haar wangen droog. Dit klopte niet. Haar vader had altijd gezond geleefd. Hij was nooit ziek geweest, voor zover ze zich kon herinneren. Ze kwam abrupt overeind. Misschien moest ze kijken of er sporen waren. Langzaam schoof ze de deken weer omlaag. Haar vader had zijn plas laten lopen. Snel sloeg ze hem weer terug. Daar wilde ze niet naar kijken. Voorzichtig deed ze zijn kin omhoog om naar zijn hals te kijken. Hij voelde koud aan. Verder was er niets vreemds te zien.

Zijn ogen die in het niets staarden. Ze wendde haar blik af. Haar ontbijt kwam weer omhoog. Ze proefde de zurige smaak van de blauwe bessen die ze die ochtend had gegeten op haar tong. 'Kom op,' sprak ze zichzelf toe, 'goed kijken.' Ze deed zijn ogen verder open met haar duimen en wijsvingers, en keek erin. Ze waren bloeddoorlopen. Ze pakte zijn handen. Die voelden stijf en koud. Hij moest hier al een tijdje liggen. Ze keek op elke hand of er sporen te zien waren die wezen op verzet, maar kon niets ontdekken. Misschien had hij toch een hartstilstand gehad? Ze dekte haar vader weer toe. Ze zou haar broers en zussen op de hoogte moeten stellen. De begrafenisondernemer laten komen. En de dokter, moest die niet officieel de dood vaststellen?

Ze stond bij de deur en keek nog een keer naar haar vader, hoe hij daar eenzaam gestorven in zijn bed lag. Het bed waar zijn echtgenote nog maar een paar maanden eerder in was overleden. Ineens viel haar oog op een klein zwart voorwerp dat op de houten vloer onder het hoge bed lag. Ze liep weer terug en bukte om het op te pakken. Het was een knoop. Ze draaide hem rond tussen haar vingers. Het was een knoop van de zwarte colberts die de mannen van de Yari moesten dragen sinds Fridtjof het voor het zeggen had. Ze opende de kledingkast waar haar vader zijn colberts altijd ophing. Hij had er twee, zodat hij ze om de beurt kon uithangen. Haar vader was altijd een man van weinig luxe geweest. Met trillende vingers ging ze langs de knopenrij. Het eerste jasje was compleet. Toen ging ze langs het tweede jasje. Ook daar ontbrak geen knoop.

38

Ira

Ze wachtte tot Kristofer de deur uit was. Hij werkte regelmatig bij haar op de kamer, maar vandaag moest hij met Odin op pad. Hij had haar wat kleine klusjes gegeven die snel af moesten, waaronder het schrijven van een persbericht. Behalve over het werk had ze tot nu toe weinig met hem gesproken. Hij was veel weg voor afspraken. Als hij er was en ze met hem praatte, keek hij haar af en toe peinzend aan. Dit gaf haar een ongemakkelijk gevoel, alsof hij door haar heen kon kijken, doorhad wie ze echt was. Ze had hem één keer durven vragen wat er was, of ze iets verkeerds had gezegd. Hij had zich meteen verontschuldigd en had gezegd dat hij nadacht. Misschien voelde hij zich wel tot haar aangetrokken, en had ze hem in verlegenheid gebracht.

Ze was blij dat hij de deur uit moest. Tot nu toe was ze nog niet veel opgeschoten met het vinden van Simon. Ze had gehoopt dat wanneer ze meer over haar moeder te weten kon komen, ze kon achterhalen waar hij gebleven was, of hij echt nog leefde.

Of zij gelijk had...

De gemeenschap was erg gesloten en bood weinig kansen om sociale contacten te leggen en op die manier informatie in te winnen. Kristofer had dat wel zo leuk gemeld in zijn welkomstpraatje, dat de leden haar en Gertrud zich thuis moesten laten voelen, maar uiteindelijk had ze nauwelijks de kans gehad om iets te ondernemen op sociaal gebied. Ze stond vroeg op, ging werken, kwam thuis en ging eten. Na de koffie gingen Odin en Mette al snel naar bed en zijzelf volgde hen zo snel mogelijk naar boven om Junior te vermijden. Ze had ook nog over geen enkele sociale activiteit gehoord eigenlijk. Misschien kon ze Odin hier eens naar vragen? Ze moest het doen voorkomen alsof ze graag wilde integreren en kennis wilde maken met de mensen uit de gemeenschap.

Nu zou ze eerst eens kijken of ze iets over die Pedersen te weten kon komen. Ze opende intranet en begon zoektermen in te vullen. Pedersen, vermissing, overleden, weduwe Pedersen... Er kwam niets naar boven. Misschien dat ze iets kon vinden over de Blauwe Brigade? Ze scrolde door de verschillende oudere nieuwsberichten. Daar! Een stukje over de oprichting van de Blauwe Brigade en het dertigjarig jubileum. Ze zag een foto met daarop Odin Olsen te midden van zijn trouwe werknemers. Ze herkende alleen een paar gezichten van mannen die bij het klooster werkten. Er stond een kort tekstje bij over het jubileumfeest en dat er inmiddels vijfendertig man in dienst waren. Ze probeerde de tekst onder de foto waarop de namen stonden te lezen, maar de letters waren zo klein dat ze zelfs met haar goede ogen niets kon lezen. Ze zette het beeldscherm op vergroten en tuurde naar de namen. Mikkel Stark. Was dat niet haar moeders broer, waarover niets meer te vinden was geweest in het archief? Ze haalde de kaarten uit haar tas. Ze had besloten dat het veiliger was om ze in haar tas te verstoppen die ze overal mee naartoe nam, dan ze in het huis te laten, waar Odin junior misschien wel stiekem op haar kamer rondsnuffelde. Met haar vinger gleed ze langs de namen van haar opa's kinderen: Freya, Leif, Mikkel, Mads †, Susanne, Reinhild. Het hoefde niet dezelfde Mikkel Stark te zijn, maar het was wel erg toevallig. Stark klonk ook niet typisch Noors eigenlijk. En waarom waren alle kaarten van de Starks verwijderd uit het archief, behalve die van haar opa? Zouden ze hier nog wonen?

Ineens werd ze opgeschrikt door een intern bericht dat op haar scherm verscheen:

Ik ben het, R.

Ronne?! Met bonzend hart las ze verder.

Heb een mail kunnen onderscheppen van Odin over jou. Hij wil meer over je weten, vertrouwt het niet. Heb als geadresseerde (ene meneer Willemsen) geantwoord dat je een trouw lid bent, en een goede, hardwerkende vrouw. Hopelijk is hij nu even tevredengesteld. Hij wilde ook weten of je nog beschikbaar bent?! Ik heb geschreven dat je nog niet verloofd bent of andere afspraken hebt op dat gebied. Wil hij je uithuwelijken of zo?!
Ben nog bezig met het vertalen van de archiefkaarten. Hoop snel meer te laten horen. Maar kijk uit, ze houden je in de gaten. Liever nog, ga daar zo snel mogelijk weg!
Lfs R.

Wat?! Had Odin plannen voor haar? Met Odin junior soms? Ze walgde bij de gedachte. Arme Ronne, hij maakte zich zo ongerust. Ineens wilde ze heel graag bij hem zijn. Veilige, lieve Ronne. Een gevoel dat ze niet eerder had gehad. Zou dat komen doordat ze zich klemgezet voelde? Of had ze toch diepere gevoelens voor hem? Ze had geen tijd om hierover te mijmeren. Snel typte ze: *Dank je lieve R. Ik ga je proberen te bellen en zal voorzichtig zijn en me niet laten uithuwelijken. ;)*

Kun jij misschien uitvinden of er nog leden van de familie Stark (dat is mijn moeders meisjesnaam) bij Het Noors Genootschap actief zijn? Of ze misschien in Viken of Tromsø wonen? Kus I.

Ze las de tekst van Ronne nog één keer vluchtig door en gooide daarna de berichten weg en maakte haar prullenbak leeg. Ze liet zich achterover in haar stoel vallen. Odin vertrouwde haar niet en wilde tegelijkertijd weten of ze nog beschikbaar was. Dus als ze 'goedgekeurd werd' zou hij haar misschien gaan vertrouwen? Ze moest weten wat ze had gedaan om zich verdacht te maken en dit de volgende keer voorkomen. Misschien moest ze Odin junior toch gebruiken om dichter bij de waarheid te komen en het vertrouwen van Odin senior te winnen. Ze kreeg het warm en trok haar vest uit. Eén ding was zeker: ze moest op haar tellen passen. Maar eerst wilde ze Ronne nog een keer spreken over wat hij precies gelezen had.

Het park was één groot wit landschap, met een paar naaldbomen die doorbogen onder het gewicht van de sneeuw. Een frisse, ijzige wind blies in haar gezicht. Langs de fjord liep een pad, vanwaar ze een prachtig uitzicht had op de wit besneeuwde bergen die aan de overkant uit het water oprezen. Ze had nauwelijks oog voor al die schoonheid om haar heen en probeerde verwoed een signaal op te vangen. Ze moest hier ergens ontvangst hebben, ze was nu toch ver genoeg bij het gebouw vandaan? Of was deze hele wijk soms ook van hen, en daarom internetvrij? Ze stampte op de grond. Waarom kon het verdomme niet een keertje meezitten?!

'Ira. Ira!' klonk ineens een schelle stem achter haar.

Ze draaide zich met een ruk om en realiseerde zich te laat dat ze haar telefoon nog in haar hand had. Het was Gertrud. Snel propte ze het ding in haar tas, terwijl Gertrud op haar afliep.

'Ik dacht al dat ik je naar buiten zag gaan,' hijgde Gertrud. 'Pff, even bijkomen hoor, ik heb zo hard gelopen.' Ze veegde een paar haren die uit haar knot waren losgesprongen uit haar gezicht.

Ira draaide haar tas uit het zicht van Gertrud en bad dat ze niets had gezien. 'Ik moest even een frisse neus halen, ik kan altijd beter nadenken als ik buiten ben.'

Gertrud negeerde haar opmerking. 'Zag ik dat nou goed? Heb jij een telefoon?' Ze lachte even ongelovig, maar in haar ogen was de sensatie te lezen.

Ira voelde haar maag samenknijpen. Als ze dit niet goed oploste was ze echt *fucked*. 'Wat wil je van me, Gertrud?' zei ze, terwijl ze haar schouders rechtte en haar borst vooruitstak. Ze hoopte dat ze onverschillig klonk.

'Wat ik wil? Waarom zou ik iets willen?' antwoordde Gertrud quasionschuldig.

'Hou op. Ik weet nu wel wat voor iemand je bent. Je doet alles om je doel te bereiken. Dus vertel op, wat wíl je?' Ze hoorde de boosheid in haar eigen stem, voelde haar ogen fonkelen. Niet doen, Ira, blijf nou rustig. Ze haalde diep adem om zichzelf te herpakken.

'Zullen we even gaan zitten?' Gertrud klonk ineens heel serieus en wees naar een besneeuwd parkbankje dat vlakbij stond.

Ira aarzelde. 'Ik wil weer naar binnen, meneer Berg komt vast zo terug.'

'Die is nog wel even weg, want Haakon Berg is ook mee en die zei dat ik hem eind van de middag pas terug hoefde te verwachten. Bovendien ben je nu niet in de positie om wat te willen.' Ze grimaste en klopte op de plek naast haar. 'Ga zitten.'

39

Odin

Hij zat op zijn werkkamer. Dit was zíjn domein, hier mocht niemand anders komen. Zelfs Mette niet. Hij genoot ervan om hier te zitten. Zijn raam bood uitzicht op de achtertuin, waar de bomen en het gras nu bedekt werden door een dikke laag sneeuw, en op de achtergrond de bergen te zien waren. Hij las de mail van meneer Willemsen nog een keer grondig door. Het leek erop dat alles in orde was met haar. Nu kon hij de volgende stappen zetten en haar en Junior aan elkaar koppelen. Maar het zou geen kwaad kunnen om Inger op de hoogte te brengen van zijn plan. Ira en zijn schoonzus lagen elkaar wel. Waarschijnlijk vanwege hun gemeenschappelijke liefde voor dieren, en met name paarden. Die wetenschap kon hij nu goed gebruiken. Als hij Ira straks weer naar het klooster bracht, zou hij Inger apart nemen. Zij moest hem helpen Junior aan de man te brengen. Of beter gezegd, aan de vrouw. Hij grinnikte zacht om zijn eigen grap. Inger zou er vast geen zin in hebben. Hij wist best dat ze een hekel aan hem had, maar ze had geen keuze. Haar positie liet het op dit moment niet toe om tegengas te bieden. Hij was ineens nog beter gestemd nu hij alles zo op een rijtje zette. Hij riep door de gesloten deur van zijn werkkamer naar Mette: 'Heb je nog een kop koffie voor me?'

'Komt eraan,' riep ze terug.

Zijn Mette hoorde alles, die was met zes kinderen een doorgewinterde luisteraar. Als er 's nachts een lag te huilen, was hij er altijd doorheen geslapen, maar Mette niet.

Ze klopte op zijn deur. Hij liep ernaartoe om de koffie aan te nemen en bleef bij de deurpost staan. 'Dank je, lief.'

Ze keek hem verrast aan. 'Jij bent in een goede bui.'

'Mmm. Ik heb een kandidate voor onze Odin. Het wordt toch weleens tijd, vind je niet?'

'Misschien wel. Maar wie dan?'

'Het is mij opgevallen dat hij graag naar Ira kijkt. Ik heb haar nog een keer nagetrokken, en ze lijkt een goede kandidaat voor hem. Wat denk jij?'

Ze slikte zichtbaar. Junior was haar oogappeltje, hij moest haar de ruimte geven om aan het idee te wennen dat straks ook hij het huis uit ging.

'O, ik weet het niet hoor. Maar als jij het zegt.' Ze haalde berustend haar schouders op. 'Ach, je hebt ook gelijk, hij is al bijna dertig. Veel te oud. Ik moet hem een keer loslaten...'

'Ik hoor een "maar" in je stem?'

'Het is... Ik weet het niet.' Ze aarzelde. 'Denk je echt dat ze bij Junior past? Ze lijkt hem wel uit de weg te gaan.'

'Dat is haar opvoeding. Dat ze bescheiden is en hem op afstand houdt, vind ik positief. Het getuigt ook van haar zedelijkheid.'

'Je hebt vast gelijk. Maar hebben jullie haar niet nodig voor Grønncorp?'

'Ja, daar zeg je me wat. Al is Junior geen lid van de Yari, op den duur zal het wel zover komen, dan zal ze misschien ook moeten stoppen met werken.' Daar had hij nog niet bij stilgestaan.

'Misschien kan ze blijven werken? De meeste vrouwen in de gemeenschap dragen tegenwoordig hun steentje bij,' zei Mette voorzichtig.

Ja, daar had ze een goed punt. Mette was eigenlijk ook te waardevol om altijd maar thuis te zitten, maar als zijn vrouw kon het gewoon niet anders.

'Kan ik ergens mee helpen? Om Junior te overtuigen bedoel ik?' onderbrak Mette zijn gedachten.

Mette en hij hadden altijd samen overlegd over de huwelijkskandidaten voor hun kinderen. Hij wist dat de meeste mannen dat niet deden, maar Mette was slim en hij vertrouwde op haar oordeel. Alleen lag het nu anders. 'Ik wilde het deze keer via Inger spelen. Zij lijkt goed met Ira op te kunnen schieten, en kan haar misschien bewerken op een manier die minder opvalt, dan wanneer wij dat doen.'

Heel even zag hij haar mond vertrekken toen hij de naam Inger uitsprak. Ook al zat Inger al jaren in het klooster, het zou altijd een gevoelig punt blijven dat Odin en Inger eigenlijk voor elkaar bestemd waren. Maar hij was met Mette getrouwd en ook al had hij talloze malen benadrukt dat hij veel gelukkiger met haar was dan hij ooit met Inger had kunnen worden, het bleef lastig.

'Prima, misschien is dat wel het beste.' Ze draaide zich om en liep naar de keuken.

Ineens voelde hij zich toch wat minder positief gestemd.

Mette had heerlijk gekookt. Vis met roombotersaus en krieltjes in de schil. Hij knikte goedkeurend naar haar en slikte een hap door. 'Ben je al een beetje ingewerkt, Ira?'

'Ja hoor, voor zover dat kan natuurlijk, in één week. Maar het is allemaal bekend terrein, dat scheelt. Qua werkzaamheden bedoel ik. Het bedrijf moet ik nog beter leren kennen uiteraard.' Ze richtte haar blik weer op haar bord.

Odin keek naar haar. Ze leek wat teruggetrokken, meer dan anders. Misschien was er wat voorgevallen? 'En bevalt het je hier ook een beetje, in ons dorp?'

'Nou...' Ze leek te twijfelen over wat ze moest zeggen. 'Ik ken hier eigenlijk niemand, behalve jullie natuurlijk,' voegde ze er snel aan toe.

Hij en Mette keken elkaar aan. Dit was een goede kans om alvast een stap te zetten in de juiste richting. Zij leek hetzelfde te denken.

'Er is elke donderdagavond een soos in het dorpshuis hier. Het is een spiritueel samenzijn voor jonge mensen en daarnaast is er ruimte om met elkaar te praten, spelletjes te doen en muziek te luisteren,' bracht Mette in. 'Uiteraard onder begeleiding,' voegde ze er snel aan toe.

'Waarom neem jij haar niet eens mee, Junior?' vulde Odin aan. 'Het zijn vaak heel gezellige avonden.' Hij en Mette vormden nog steeds een goed team, dacht hij tevreden.

Junior keek verrast op. Er verscheen een glimlach op zijn gezicht. 'Wat een uitstekend plan. Ga je morgen mee, Ira?'

40

Ira

Ze stond op met het gevoel alsof ze de vorige avond een literfles wodka achterover had geslagen. De hele nacht had ze liggen woelen en ze had elk uur op de wekker voorbij zien trekken. Hoe moest ze zich nu uit die situatie met Gertrud zien te redden?

En dan had ze ook nog een afspraak met Odin junior. Die glimlach op zijn gezicht gisteravond had alle alarmbellen in haar hoofd op tilt doen slaan. Maar ze kon er niet onderuit. Bovendien had ze zelf aangegeven dat ze mensen wilde leren kennen. Misschien kon ze zo meer te weten komen over Simon, dat was toch uiteindelijk haar doel. Ze hoopte maar dat ze uit Juniors grijpgrage handen kon blijven.

Maar eerst moest ze iets doen aan dat Gertrud-verhaal. Ze had Ira gisteren gezegd dat ze niet langer voor Haakon wilde werken. Ze had ontdekt dat hij geen vrome broeder was, zoals ze dat uitdrukte. Hij leek regelmatig de bloemetjes buiten te zetten in Oslo, wanneer hij daar was voor besprekingen met investeerders van Grønncorp. Gertrud had een afschrijving voorbij zien komen van een escortservice met de naam Arabella. Toen ze nog een keer de afschrijvingen gecontroleerd had, waren de gegevens ineens verdwenen. De boekhouding leek op het oog in orde, maar naast die vreemde afschrijving die dus verdwenen was, werden er maandelijks redelijk grote bedragen als onkostenvergoeding overgemaakt naar een rekening van een bv waar Gertrud niets over terug had kunnen vinden. Verder had ze het idee dat Haakon regelmatig onder de invloed was van drank of drugs. Ze kon niet precies zeggen wat het was, omdat ze natuurlijk geen verstand had van dat soort dingen, had ze met haar domme, uitpuilende ogen tegen Ira gezegd, maar ze had Haakon een keer op de grond zien liggen schuimbekken. Hij had allemaal vreemde bewegingen gemaakt. Het was alsof er een duivel in hem zat! Ze was de kamer uit gerend en had een collega om hulp gevraagd. Daarna had ze te horen gekregen dat er niet over gesproken mocht worden.

Het was jammer dat Ira dat had gemist, ze had het gezicht van Gertrud graag willen zien. Ze had Haakon sowieso nog maar één keer vluchtig gezien op kantoor. Het liefst zat hij de hele week in Oslo volgens Gertrud, terwijl zij alle saaie klusjes deed waar hij zelf geen zin in had.

Ira was benieuwd naar wat Haakon precies uitspookte en had Ronne een bericht gestuurd om te vragen of hij in het boekhoudsysteem kon komen. Ze hoopte dat hij snel met een antwoord kwam, want als ze niet binnen achtenveertig uur geregeld had dat Gertrud die informatie had, zou ze Ira verraden. Dan kon ze meteen linea recta naar huis. Die stasi had haar natuurlijk al vaker betrapt op kleine foutjes, maar een telefoon bezitten was echt uit den boze, dat had Odin haar in het begin wel duidelijk gemaakt.

Ze kreeg een nieuwe mail binnen. Snel klikte ze hem open. Ronne! Haar ogen vlogen over de regels. Hij was nog op zoek naar informatie over Haakon, maar was wel op een recent krantenbericht gestuit met een nogal bijzondere kop: 'Miljonair blijkt zoon uit sekte'.

Miljonair? Hoe kwam die krant daar nu bij? Ze las het artikel vlug door. Blijkbaar was Haakon gespot in een chique club in Oslo, die ook bekendstond om haar tolerante beleid ten opzichte van drugs. In de krant werd een callgirl geciteerd die uiteraard anoniem wilde blijven. Blijkbaar was ze niet te beroerd om haar verhaal te doen voor wat centen, dacht Ira cynisch. De vrouw was met Haakon mee geweest naar de club en samen hadden ze voor exorbitante bedragen champagne besteld en coke gesnoven. Hij had haar toevertrouwd dat hij bij Het Noors Genootschap hoorde, dat hij de zoon van de leider was en zijn opvolger.

Ze las het commentaar dat Ronne erbij had geschreven. *Ik heb kunnen achterhalen dat hij daar vaker komt. Hoe hij aan het geld komt, heb ik nog niet kunnen traceren. Wel weet ik dat Odin deze informatie ook heeft gelezen. Ik zag dat dit bericht een paar dagen geleden door het genootschap uit Oslo naar Odin was verstuurd met de kop 'Strikt vertrouwelijk'.*

Dus Odin wist ervan. Ze had al zo'n gevoel dat hij iets tegen Haakon had, Gertrud had daar ook al op gezinspeeld, dat Kristofer een betere leider zou zijn en Haakon een tweede keus leek. Haakon was dus niet echt een overtuigd lid van de gemeente, geen ware gelovige. Wat had hij nog meer te verbergen?

Ze gooide het bericht weg en stond op om koffie te halen. Ze passeerde Marius, die in de gang stond te kopiëren.

Hij hield haar staande. 'Gaat het wel goed met je?'

'Ja hoor, hoezo?' Wat had hij ineens? En wat was hij aan het kopiëren? Van Kristofer mocht ze bijna niets meer op papier zetten, alles moest digitaal, om bomen te sparen.

'Ik weet het niet, je ziet eruit alsof het allemaal een beetje veel is. Wat ik me overigens best voor kan stellen hoor,' begon hij. Hij pakte de kopieën die inmiddels klaar waren van het apparaat.

Haar oog viel op de eerste regel van het voorste blad: De toekomst van Het Noors Genootschap. Dat zou ze graag willen lezen. Ze merkte dat Marius haar nog steeds afwachtend aankeek. 'O, het gaat prima hoor, ik ben alleen erg moe. En jij, waar ben jij mee bezig?' zei ze terwijl ze naar de papieren in zijn handen knikte.

'O, dit? Kristofer vroeg of ik het wilde kopiëren. Hij wil dit document liever niet digitaal verspreiden.'

'Is het ook voor mij? Misschien kan ik er iets mee. Qua communicatie bedoel ik,' voegde ze er snel aan toe.

'Nee, dit is alleen voor de Yari,' zei hij schouderophalend. 'Misschien dat je het nog wel op je bureau krijgt. Waarom ben je eigenlijk naar Noorwegen gekomen?' Hij keek haar belangstellend aan.

'Ik wilde graag ervaring opdoen bij Grønncorp en zien hoe het leven hier is, bij ons moedergenootschap,' dreunde ze het met Lieneke geoefende antwoord op.

'En je familie in Nederland, wat vond die ervan dat je zo ver weg ging?' Hij maakte een weids gebaar met zijn slungelige armen om zijn woorden te benadrukken.

'Die vonden het een eer natuurlijk.' Ze veegde haar warme handen aan haar rok af en pakte een glas water.

'Natuurlijk. Ik ben nog nooit verder gekomen dan Tromsø, dus ik vind het heel knap dat je dat durft.' Marius knikte vriendelijk naar haar. 'Ik ga weer even verder.' Hij drukte de papieren tegen zijn borst en liep terug naar zijn kamer.

Ze keek hem met opgetrokken wenkbrauwen na. Zou hij dit zelf willen weten, of moest hij haar soms uithoren van Odin of Kristofer?

Kristofer liep haar kantoor binnen en begroette haar als altijd vriendelijk. Hij kwam bij haar bureau staan en verspreidde zijn typische kruidige geur van gedroogde bloemen. 'Ben je eruit gekomen met dat persbericht gisteren?'

Ze was even afgeleid door de geur die haar deed denken aan Friese zomers. 'Mmm... Jazeker. Het zou in je mailbox moeten zitten.'

Ineens klonk er een harde knal tegen het raam. Ze keken allebei verschrikt op. Kristofer snelde naar de balkondeur en deed die open. Een kille windvlaag blies in hun gezichten. Op het balkonterras lag een vogeltje te schokken. Het beestje was een klein beetje weggezakt in de zachte sneeuw. Ira zag Kristofers gezicht betrekken. 'Dit kan ik niet aanzien.' Hij pakte het vogeltje liefdevol vast en aaide het beestje met een duim over zijn kopje.

Zo zachtaardig met dieren zag ze mannen niet vaak. Ineens maakte hij een vlugge beweging en hoorde ze een droog, krakend geluid. Voordat ze doorhad wat er gebeurde lag het beestje dood in zijn handen. Er ontsnapte een gilletje uit haar mond.

Kristofer keek haar met zijn heldere blauwe ogen aan. 'Sorry, ik kan een dier niet laten lijden.'

Ze herstelde zich en nam een hap lucht. 'Ja... ja, ik schrok, dat is alles. Maar ik begrijp het hoor.' Ze stopte haar trillende handen achter haar rug. Ze wist niet zo goed wat ze hiervan moest denken. 'Wat voor vogel is het eigenlijk?'

Kristofer haalde zijn schouders op. 'Een niet al te snuggere.'

'Wat sneu,' zei ze, bij gebrek aan iets beters om te zeggen.

Hij legde de dode vogel op het terras. 'Die breng ik straks wel naar de biobak.' Hij liep haar kamer uit zonder verder iets te zeggen.

Ze legde haar handen onder het bureau op haar schoot om het trillen onder controle te krijgen. Zelf zou ze het niet kunnen, zo'n beestje de nek omdraaien. Maar Kristofer had geen moment geaarzeld. Was dat dierenliefde, of juist niet?

41

Ira

Het dorpshuis stond in de buurt van de kerk. Het was haar nog niet eerder opgevallen, misschien omdat het net als de gewone huizen hier wit was, met oranje dakpannen. Odin junior hield de deur voor haar open en liet haar voorgaan. Ze scande de ruimte. Het was drukker dan ze had verwacht. De 'soos' was in een zaal in het dorpshuis die sober was ingericht met houten stoelen en tafels waarop blauw-wit geblokte kleedjes lagen. Achterin was een podium, waarop een piano stond. Zeker tien tafels waren bezet, vooral door viertallen. Er waren zo op het eerste gezicht meer mannen dan vrouwen aanwezig. Zou Simon hier ook zijn? Het was haar in de kerk al opgevallen dat in Het Noors Genootschap veel mannen met roodblond haar zaten. Maar hoe kon ze hem in vredesnaam herkennen na zoveel jaar? Hij was nog een kleine jongen toen hij verdween. En nu had hij waarschijnlijk net als de andere mannen hier een baard. Ze moest onwillekeurig lachen. Simon met een baard. Ze kon zich er geen beeld van vormen. Het enige waar ze hem aan zou kunnen herkennen, was uitgerekend het litteken dat hij onder zijn kin had. Toen hij vier was, was hij met zijn kin op de punt van de salontafel gevallen. De wond was zo groot dat hij in het ziekenhuis gehecht moest worden. Hij was reuzetrots geweest op zijn litteken en had haar het verhaal meerdere keren verteld.

Mensen waren druk bezig met spelletjes en om haar heen klonk een bescheiden geroezemoes. Waarschijnlijk doordat er in plaats van de harde muziek die in de Nederlandse cafés gedraaid werd, hier op de achtergrond stilte heerste. Het viel haar op dat de mannen en vrouwen hier bij elkaar aan tafel mochten zitten. Wel zaten er een paar oudere leden aan de zijkant van de zaal op een stoeltje. Dat waren zeker de chaperonnes. Ze herkende Solveig, die enthousiast naar haar zwaaide. Ze had haar blonde haar weer prachtig ingevlochten, net als de vorige keer dat ze haar zag. Odin junior greep haar stevig bij haar elleboog. 'Alleen even gedag zeggen, oké?' zei hij kortaf.

Ze keek verbaasd opzij en onderdrukte de neiging om haar arm los te trekken. 'Ik mag toch wel even met je zus praten?'

'Eh ja, maar niet te lang. Haar ken je al, je wilde toch nieuwe mensen leren kennen?'

'Ja, natuurlijk,' reageerde ze overdreven vriendelijk. 'Ik kom zo naar jou toe.' God, wat een ontzettende creep was het toch. Ze liep verder naar Solveig, die samen met twee andere jonge vrouwen aan tafel zat.

'Wat leuk, Ira, dat je met Junior meegaat. Is hij eindelijk een keer weg onder moeders veilige vleugels,' glimlachte ze.

De andere vrouwen lachten met haar mee. Blijkbaar stond Odin junior bekend als een moederskindje, dat nog steeds bij zijn ouders woonde. 'Ja, ik vind het leuk om wat nieuwe mensen te leren kennen. Vooral andere vrouwen om gezellig mee te kletsen.'

'Nou, je bent welkom om bij ons te komen zitten hoor. We hebben zo eerst opening en daarna kun je meedoen met een spelletje of kan ik je voorstellen bij de andere tafels,' zei Solveig opgewekt.

Ineens klonk er een bekende, warme stem door de microfoon. 'Goedenavond, wat fijn om jullie hier allemaal te zien. Ik heb de eer om vanavond te openen, zal ik voorgaan in gebed?'

Kristofer stond op het podium. Zijn halflange haar naar achteren gekamd, waar het opkrulde in zijn nek. Ze moest toegeven dat hij er charismatisch uitzag in zijn zwarte pak, dat op maat gemaakt leek. Als door een magneet aangetrokken, draaiden alle gezichten in de zaal naar hem toe. Het was alsof er een zacht briesje door de zaal blies dat iedereen rustig maakte. Zelf voelde ze het ook, een intense rust waar ze zich graag aan wilde overgeven.

'Dank U God, dat U voor ons zorgt. Dat U ons helpt om de aarde beter te maken. En dat U ons behoedt tegen het kwaad van buitenaf. Wij zijn de uitverkorenen, de kinderen van de toekomst, met onze hulp wordt de wereld beter. De goddelozen, de demonen hebben ervoor gezorgd dat de wereld brandt, maar wij zullen haar blussen. Met uw hulp en uw liefde. Amen.'

Hij opende zijn ogen en strekte zijn armen naar hen uit, alsof hij hen wilde zegenen. Vanuit haar ooghoek zag Ira twee vrouwen in aanbidding naar hem opkijken. In hun ogen stond een vreemde, koortsige gloed. Ze keek om zich heen. De hele zaal leek in de ban van Kristofer.

'Laat me jullie nog even meenemen in mijn gedachten. Jullie zijn de toekomst van ons genootschap. De aarde brandt, overstroomt, smelt, beeft, verdampt en verdwijnt! De mensheid maakt haar stuk, maar zonder haar zijn wij verloren. Het lijkt wel alsof niemand doorheeft hoe de situatie ervoor staat, maar ik zeg jullie, als we nu niets doen is onze aarde er over een paar jaar niet meer.'

Het leek hem echt aan het hart te gaan. Veegde hij nou een traan weg? Dit was een totaal andere Kristofer dan die ze op het werk zag, waar hij zakelijk was en zonder twijfel een vogelnek brak. Ze huiverde even. Toch had ze het gevoel dat hij echt meende wat hij vertelde. De manier waarop hij keek, hoe zijn stem klonk. Hij was echt bevlogen met dit onderwerp. Hun ogen ontmoetten elkaar en even hield hij haar blik vast. Ze voelde zich betrapt, alsof hij haar gedachten had gelezen. Vanuit haar ooghoeken zag ze dat een van de vrouwen aan haar tafel haar een jaloerse blik toewierp. Ze dacht toch niet dat... Ze werd in haar gedachten onderbroken doordat Kristofer steeds harder ging praten.

'Samen met jullie willen wij de wereld mooier maken, groener vooral! Daarvoor moeten we offers brengen, maar wij zijn de enigen, samen met alle andere genootschappen in de verschillende landen, die iets geven om deze toekomst. En het is onze opdracht, gegeven door God, om dit te volbrengen.' Hij pauzeerde even en keek de zaal rond. 'Ik zie hier jonge, bereidwillige mensen, die hard willen werken voor de toekomst. Klopt dat?'

'Ja, ja!' klonk het eenstemmig. Mensen stonden op en begonnen te klappen. Ira keek opzij naar Solveig. Die deed braaf mee.

'We hebben kunnen zien bij onze laatste samenkomst dat niet alle gemeenschappen even hard meedoen, maar daar wil ik graag verandering in brengen. Met jullie! Als we samen hard werken en veel geld verdienen, kunnen we ervoor zorgen dat we steeds meer kunnen investeren in groene energie. En niet alleen hard werken is belangrijk, maar het gezinsleven ook. We moeten ons uitbreiden, zodat we nog beter onze krachten kunnen bundelen. Daarom vraag ik jullie om mensen om je heen erop aan te spreken als ze niet de inzet tonen die je mag verwachten voor hun werk. Of als mensen niet bereid zijn om een gezin te stichten en ons te helpen groeien, vraag ze om mee te helpen. Samen komen we verder! Vind je dat lastig, kom dan naar mij of vertel het aan iemand van de Yari, dan zorgen we ervoor dat we samen ons doel bereiken.'

Iedereen begon weer hard te klappen. Ze deed plichtmatig mee. Het was wel duidelijk wat hun te doen stond. Hard werken en zich voortplanten. Ze zou er bijna in geloven als ze zo naar Kristofer luisterde. Ze werd in haar gedachten onderbroken doordat iemand de muziek vrij hard had aangezet. Noorse opwekkingsliederen, die had ze al eerder gehoord. Ineens stootte Solveig haar zachtjes aan en fluisterde in haar oor: 'Kom mee naar de wc als de muziek is afgelopen.'

Ira knikte kort, ten teken dat ze het gehoord had. Ze was benieuwd wat Solveig wilde.

Toen de muziek afgelopen was, wenste Kristofer iedereen een fijne avond en verontschuldigde zich. 'Ik heb helaas nog wat werk te doen, maar hoop dat jullie een leuke avond hebben.' Hij glimlachte even en zwaaide ten afscheid, waarna hij naar de uitgang liep.

Ze zag de twee andere vrouwen aan haar tafel teleurgesteld kijken. Zou hijzelf ooit gaan trouwen en zich voortplanten, zoals hij hier zo enthousiast predikte? Hij was zeker aantrekkelijk en leek een stralende toekomst tegemoet te gaan binnen Het Noors Genootschap, dus vast aanbidsters genoeg. Zodra Kristofer de zaal verlaten had, liep Solveig naar het toilet. De vrouwen aan tafel waren intussen weer druk in gesprek en sloegen geen acht op Ira. Ze mompelde dat ze naar het toilet ging en liep achter Solveig aan.

Zodra ze de deur achter zich dichtdeed, stond Solveig voor haar. Ze keek onrustig om zich heen. 'Er is hier niemand anders, maar dat kan zo veranderen.' Ze legde een hand op Ira's bovenarm. Haar blauwe ogen hadden een zachtaardige uitstraling. 'Ira, begin alsjeblieft niets met mijn broer.'

Ze deed een stap achteruit. 'Wat? Waar heb jij het over?'

'Rustig... Ik bedoel het goed. Ook al is Junior mijn broer, hij is een slecht mens. Ik ken mijn ouders, die zoeken nog een vrouw voor hem en volgens mij ben jij de uitverkorene. Alle vrouwen hier blijven ver uit zijn buurt. Zelfs hun vaders willen Junior niet als schoonzoon hebben.'

'Waarom niet? Hij lijkt best aardig,' loog ze. Hoe wist ze of ze Solveig kon vertrouwen? Ze kende haar nauwelijks. Misschien was ze wel ingezet door haar familie om Ira uit te horen.

'Hij lijkt misschien aardig... Luister, ik moet zo weer terug, anders valt het op. Ik ga je mailen via Mats' mailadres. Er zijn dingen die je moet weten. Ik had gewild dat ik nooit...'

De deur ging open.

'Gertrud, wat leuk om je te zien,' zei Solveig snel, met een lach waarvan iedereen kon zien dat die niet gemeend was.

'O, dag Solveig. Alles goed met je?' antwoordde Gertrud opgewekt.

'Prima hoor. Ik moet weer terug naar de zaal. Ga je mee, Ira?'

Gertrud deed ineens een stap naar hen toe. 'O, eigenlijk wilde ik Ira heel even spreken. Gaat over het werk, niet echt interessant voor jou denk ik.'

Ze leek niets te merken van Solveigs antipathie voor haar. Waarom moest dat mens uitgerekend vanavond hier zijn? Ze had nog geen antwoord van Ronne over de financiën en de achtenveertig uur waren voorbij. Straks briefde ze alles door aan Junior. Misschien kon ze haar nog even bezighouden met het verhaal over dat krantenartikel. Doen alsof ze met haar meeleefde. Ze knikte naar Solveig. 'Geen probleem, ik zie je zo weer.'

Zodra Solveig weg was, kwam Gertrud vlak bij haar staan. Ze rook naar kaas. Ze had zeker van de blokjes Noorse bruine kaas lopen snoepen die her en der op de tafels stonden. Niet echt een goede manier om mannen te paaien.

'En? Wat heb je ontdekt? De achtenveertig uur zijn voorbij, zoals je weet,' zei ze met een zuinige mond.

Ze deed een stapje naar achteren, om Gertruds adem niet te hoeven ruiken. 'Ik heb nog geen informatie kunnen vinden over de financiën. Dat gaat wat langer duren, ben ik bang. Die informatie is natuurlijk veel strenger beveiligd dan de mail bijvoorbeeld. Maar ik heb wel wat anders gehoord...'

'Wat dan? Vertel op.'

'Je had gelijk,' begon ze. Gertruds ogen lichtten meteen op. Dat was een schot in de roos. 'Haakon is betrapt door de pers in Oslo, toen hij met een callgirl de bloemetjes buiten zette in een of andere club,' fluisterde Ira. 'Hij doet zich voor als miljonairszoon en lijkt ook behoorlijke bedragen in eigen zak te steken.'

'Zie je wel, hij is een afvallige. Hij hoort helemaal niet bij ons. Ik wil zo snel mogelijk bewijs hebben dat ik aan Odin Olsen kan laten zien. Hij moet hiervan op de hoogte worden gesteld.'

Ira schrok van de haat in Gertruds stem. Ze wilde haar helemaal niet helpen om Haakon te straffen. Wie weet wat ze met hem zouden doen? Bovendien had Odin het allang gelezen, maar dat hoefde Gertrud niet te weten.

Zodra ze de zaal weer binnenkwam, stevende Junior op haar af. 'Ira, waar was je? Ik zou je voorstellen, weet je nog?'

'Ja, dat was ik nog niet vergeten,' zei Ira, terwijl ze Junior volgde naar een tafel waar zo te zien twee stellen zaten. Lekker veilig voor hem, dacht ze, terwijl ze de nieuwsgierige blikken van sommige mannen uit de zaal probeerde te negeren. Het was wel duidelijk dat Junior haar probeerde af te schermen van mogelijke andere kandidaten.

De avond was daarna vrij gemoedelijk verlopen. Ira had uit de gesprekken met de twee andere stellen begrepen dat de mannen bij de Blauwe Brigade zaten. Waarschijnlijk had Odin junior gedacht dat hij wel twee vliegen in één klap kon slaan: een vrouw regelen en zichzelf verzekeren van een goed plekje bij de Blauwe Brigade. Ze kon zich niet echt goed concentreren op de gesprekken, vanwege haar onderonsjes met Solveig en Gertrud. Wat zou Solveig nog meer te vertellen hebben? En waarom had ze zo'n hekel aan haar eigen broer? Ze zinde op een manier om meer te weten te komen over Simon en haar moeder, toen een van de mannen aan tafel ineens een opmerking maakte die haar haren rechtovereind deed staan. Het gesprek was vanuit het niets over het klooster gegaan. Of misschien was het niet vanuit het niets, maar zij had in elk geval gemist waarom het gespreksonderwerp was veranderd. Een van de mannen had gezegd dat Inger, die ouwe taart, nog steeds 'uitsluiting' had, wat betekende dat er niet tegen haar werd gesproken of naar haar werd geluisterd, en dat ze nog steeds in de stallen sliep en onmogelijk veel werk toebedeeld kreeg. Hij had zich tot Ira gericht. 'Was jij niet degene met wie ze stiekem was gaan paardrijden in een broek? Als een soort hoer?'

Iedereen staarde haar aan. Ze voelde het bloed uit haar gezicht wegtrekken. Waarom dacht die nietsnut die alleen maar een paar spierballen en een grote bek had, dat hij haar zo kon noemen? Ze zag dat Odin junior ook schrok. Was dat omdat hij het niet wist, of omdat de man Ira beledigde? Hij herstelde zich snel en kapte de man af met de woorden: 'Dat is al afgehandeld, Johannes.'

Daarna had ze aangegeven dat ze naar huis wilde. Ze had er geen behoefte meer aan om met zo'n klootzak aan tafel te zitten.

Odin junior had haar meegenomen naar huis, maar had haar onderweg toegesnauwd dat ze, als ze wat wilde bereiken, er beter voor kon zorgen dat ze bij hem in een goed blaadje kwam te staan.

42

Ira

Odin en Mette waren opgebleven tot zij met Junior thuiskwam. Ira zag hoe vader en zoon een blik van verstandhouding wisselden toen ze binnenkwamen, alsof Junior het helemaal voor elkaar had. Hij moest eens weten. Toen ze terugliepen had Odin junior met toegeknepen ogen tegen haar gezegd dat hij zodra hij was ingelijfd bij de Blauwe Brigade, ervoor zou zorgen dat Johannes en alle anderen hun vuile praat voor zich hielden. 'Ze zullen weten dat ik Odins zoon ben, en jij kunt misschien wel zijn schoondochter worden. Kun je je voorstellen welke positie je dan krijgt? Je begrijpt toch wel dat je je dan geen schandalen meer kunt veroorloven?' Hij glimlachte, maar de ondertoon in zijn stem vertelde iets anders.

Ze had braaf geknikt en was sneller gaan lopen, ze wilde weg, weg van hem. Wat had hij in godsnaam gedaan dat zelfs zijn eigen zus hem verafschuwde?

Ze was die nacht meerdere keren wakker geschrokken uit een onrustige slaap. Flarden van dromen waarin Solveig haar probeerde te waarschuwen bleven haar achtervolgen. Ze was vroeger opgestaan dan anders en zat om halfacht al op kantoor achter haar computer. Kristofer had Marius gevraagd om haar te helpen met informatie te verzamelen voor het communicatieplan dat ze moest schrijven. Zelf was hij weer de hele dag op pad. Het had haar niet verbaasd dat Marius al aanwezig was en klaarzat om haar te helpen. Helaas. Ze had er zo'n behoefte aan om even alleen te zijn.

'Ik kan eerst wel wat koffie gebruiken, ik heb zo slecht geslapen,' zei ze, terwijl ze zich demonstratief uitrekte.

'Ik ga wel,' haastte Marius zich te zeggen. 'Melk en suiker, toch?'

'Graag.'

Zodra hij weg was, checkte ze haar inbox. Zou Solveig haar al gemaild hebben?

Yes! Tussen haar ongelezen mail stond een bericht van Mats Nørgård. Ze klikte het bericht open en liet haar ogen over de tekst glijden. Gelukkig was het in het Engels en niet in het Noors.

'Een bericht van Mats Nørgård? Waar gaat het over?' klonk het ineens naast haar. 'Waarom schrijft hij in het Engels?'

Snel klikte ze het bericht weg. Ze had Marius niet eens horen aankomen. 'O niets, het gaat over de Blauwe Brigade, iets wat Kristofer... meneer Berg bedoel ik, moet regelen. Ik denk dat hij het voor mij in het Engels schrijft.' Ze kreeg het ineens bloedheet. Hopelijk had Marius niet gelezen wat erin stond.

'O, oké. Zullen we maar meteen beginnen?' Marius zette de kop koffie voor haar neer.

Eindelijk was het lunchpauze.

'Ik ga even een frisse neus halen,' zei ze, terwijl ze opstond om haar jas aan te trekken. 'Zullen we om halftwee verdergaan?'

'Dat is goed. Zal ik met je meegaan, een rondje lopen?'

'Nou, dat is misschien niet zo gepast,' verzon ze snel.

'O ja. Ja, natuurlijk. Sorry, ik had er niet aan gedacht,' stamelde Marius.

'Geeft niets, ik zie je zo.' Opgelucht liep ze de gang uit, naar de lift. Ze kreeg bijna medelijden met hem, het was zo'n lieve jongen. Maar ze kon zich niet nog meer problemen veroorloven.

Ze had hem verteld van Juniors interesse in haar, omdat ze zijn reactie wilde peilen. Hij had haar niet aangekeken toen hij antwoordde dat Junior een goede match was. Marius was een slechte leugenaar.

Ze wachtte tot de lift kwam en stapte in. Marius liep langs haar heen naar zijn eigen kamer. 'Tot zo, Ira.'

'Ja, tot zo. Eet smakelijk.' Ze drukte op de knop om de deuren open te houden en wachtte tot hij in zijn kamer was. Toen liep ze snel terug naar haar eigen werkkamer. Ze kon altijd zeggen dat ze iets vergeten was.

Meteen zette ze haar computer aan en opende de mail van Mats.

Beste Ira,
Als je deze mail gelezen hebt, moet je hem onmiddellijk verwijderen, ook uit je prullenbak. Alles wordt in de gaten gehouden, dus ik neem een enorm risico. Maar ik moet je waarschuwen. Ik ben tegen mijn zin in met Mats getrouwd. Mats is een domme, eerzuchtige man, die alles doet om in een goed blaadje bij mijn vader te komen. Ik doe er alles aan om geen kinderen van hem te krijgen. Sinds hij lid is van de Blauwe Brigade is hij alleen maar sadistischer en gewelddadiger geworden. Ik ben erachter gekomen, door zijn mails te lezen, dat hij en een paar van zijn maatjes betrokken zijn bij de dood van meneer Pedersen.

Ira voelde haar spieren verstrakken. Haar ademhaling versnelde. Ze had het altijd al geweten; het waren moordenaars. De moordenaars van haar familie! Ze had gewoon al die tijd gelijk gehad. Ineens kreeg ze het idee dat ze bekeken werd. Schichtig draaide ze zich om. Ze moest de deur in de gaten houden, ze had Marius die ochtend ook al niet horen aankomen. Ze draaide haar computer een slag, zodat ze niet meer helemaal met haar rug naar de deur zat en Marius bij binnenkomst niet meteen op haar scherm kon kijken.

Pedersen is niet het eerste slachtoffer van de Blauwe Brigade. Er zijn eerder mensen weggegaan en nooit meer teruggekeerd. Er werd dan gezegd dat het zondaars waren, afvalligen, en dat ze vrijwillig waren verhuisd. Maar nu denk ik: misschien zijn ze wel nooit vertrokken. Mijn vader is ooit begonnen als zoon van een van de oprichters van Het Noors Genootschap en is een ware gelovige. Maar sinds Fridtjof Berg de leiding heeft overgenomen is er veel veranderd. Ik weet niet meer hoe het vroeger was, want daar wordt niet over gesproken, maar ik heb het gevoel dat het toen echt om het geloof ging. Nu is het alleen nog maar macht en geld waar alles om draait, al doen ze het voorkomen alsof alles om het behoud van de aarde en om God gaat. Mijn broer gaat ook bij de Blauwe Brigade. Vertrouw hem niet. Hij heeft zich altijd al achtergesteld gevoeld en wil heel graag ergens de baas over spelen. Of over iemand. Hij heeft zich vergrepen aan een meisje toen hij zestien was. Mijn ouders hebben het in de doofpot gestopt, met hulp van onze leider Fridtjof. Het meisje was nog maar twaalf en moest naar het klooster van haar ouders om daar te gaan wonen en werken. Volgens hen leefde zij in zonde en kon ze nooit meer een man trouwen. Ze deden alsof het haar fout was! Het meisje was een vriendin van mij. Ze heette Anna. Ze ligt ergens begraven buiten het kloosterterrein, omdat ze een zelfmoordenaar is...

Je kunt mij niet terugmailen, de kans dat Mats het leest is te groot. Zoek op het kloosterterrein naar de herdenkingssteen van Anna, dan weet je dat ik de waarheid spreek. Die steen ligt in het bos. Als je de beek oversteekt en naar links gaat, moet je het pad ongeveer een kilometer lang volgen. Dan zie je tussen de bomen rechts een soort paadje. Als je dat af loopt, kom je op een kleine open vlakte. Er liggen daar meerdere stenen met een datum erop geschreven. Op die van haar staat 17-5-2009, haar sterfdag.

Ze moest iets doen met deze informatie. Als ze het zou weggooien had ze ook geen bewijs, mocht ze dat nog nodig hebben. Ineens schoot het haar te binnen. Haar telefoon! Ze had hem nog steeds in de voering van haar tas zitten. Vlug maakte ze een foto van de mail. Daarna gooide ze het bericht weg en leegde haar prullenbak. Ronne kon er vast voor zorgen dat de mail nooit meer terug te halen was. Ze was misselijk geworden en voelde haar hoofd bonken. Haar instinct vertelde haar dat Solveig te vertrouwen was. Maar wat kon ze met die informatie? Hoe kon ze Simon daarmee terugvinden? En wat zou hij doen als ze hem vond en hem alles vertelde? Of wist hij alles misschien al? Met een ruk schoof ze haar stoel naar achteren. Wat had dit alles eigenlijk voor zin? Hoeveel had ze ervoor over om Simon te vinden?

Haar eigen leven?

43

Freya

Sneeuw dwarrelde om haar heen. Bedekte alles met een smetteloze, witte laag. Een vlok bleef in haar wimpers plakken. Ze knipperde hem weg. Voor haar stond de kist waarin haar vader lag. Slechts een handjevol familieleden en vrienden was komen opdagen. Leif was er met haar zusjes Susanne en Reinhild. Haar jongere broer Mikkel was niet gekomen. Hij was lid geworden van Odins nieuwe Blauwe Brigade en had afstand genomen van zijn familie. Hun vader was uit de gratie gevallen bij de Yari en als Mikkel een volwaardig lid wilde worden, was het beter dat hij afstand nam van zijn familie. Dat had hij gedaan. Zonder noemenswaardig protest, had Freya van Leif begrepen. Ze balde haar vuisten tot ze haar nagels in haar handpalmen voelde.

Ze zou er alles aan doen om haar zusjes naar het klooster te krijgen als ze groter waren, om daar te wonen en te werken. Alles was beter dan tegen je wil trouwen. Of misschien konden ze wel mee, naar waar ze ook heen ging. Want ze was er hoe langer hoe meer van overtuigd dat ze weg moest. Samen met haar baby. Een vrij leven leiden, wat dat ook mocht inhouden. Het beangstigde haar dat dit haar enige optie leek. De buitenwereld was immers vol met zondaars, mensen die slechte dingen deden. Iedereen in de buitenwereld was een afvallige en een demon, dat was wat ze altijd had geleerd. Was er echt geen andere mogelijkheid dan hier weggaan?

Zelfs haar moeder had gezegd dat ze moest vluchten. De vrouw die haar hele leven in dienst van God en haar man had gesteld, die nooit ongehoorzaam was geweest, nooit haar man had tegengesproken.

Nee, er was geen andere optie. Ze trok haar sjaal dichter om haar gezicht heen. Keek de wolkjes na die haar uitgeblazen adem in de koude lucht vormde. Ze hoorde hoe Fridtjof het gebed uitsprak, maar de woorden drongen niet tot haar door. De dragers lieten de kist langzaam in de aarde zakken. Dat was het dan. Haar vader en moeder lagen weer naast elkaar en naast kleine Mads, haar broertje dat lang geleden gestorven was. Die gedachte gaf haar nog een beetje troost. Leif ving haar blik en knikte haar bemoedigend toe. Arme Leif, hij moest hun vader opvolgen bij de Yari, maar hij was te zachtaardig en dat voelden Fridtjof en Odin feilloos aan. Ze hadden haar vader steeds verder buitenspel gezet. Wat zou er met Leif gebeuren? Kon hij niet ook met haar meegaan? Weg uit deze gevangenis met open deuren?

Ze besloot langs het huis van haar ouders te gaan om op te ruimen. Haar zusjes mochten zolang ze naar school gingen bij een oom en tante logeren en Leif zou later komen om te helpen. Die wilde nog een aantal zaken afhandelen bij de begraafplaats. Hij zou naar een andere woonruimte moeten zoeken, want het huis van hun ouders moest beschikbaar worden gemaakt voor een groter gezin. Het was een prachtig oud jachthuis dat in traditionele Noorse stijl was gebouwd, opgetrokken uit zwart geverfd hout, met groene en rode details. Het had ruime, overdekte balkons bij de slaapkamers en een grote tuin. Iedereen wilde daar wel wonen. Fridtjof had haar vanochtend, nog voordat haar vader begraven was, al gezegd dat ze alle persoonlijke spullen weg moest halen. De meubels konden de volgende bewoners wel gebruiken. Hij wilde niet zeggen wie dat zouden zijn. Ze pakte de oude dekenkist die aan het voeteneinde van haar ouders' bed stond en sleepte hem naar de kledingkast. Er zaten nog een paar dekens in de kist, maar de kleding van haar vader kon er gemakkelijk bij.

Ze pakte een afvalzak om persoonlijke spullen als ondergoed, tandenborstel en andere verzorgingsproducten in te gooien. Er werd niet veel weggegooid, maar dit soort spullen waren een uitzondering. In de dekenkist vond ze een oud babydekentje dat van haar was geweest. Ze snoof de geur op. Het was een beetje muf, maar ze rook nog een vleugje van kastanjebloesem vermengd met honingzeep. Haar moeder maakte vroeger zelf reukwater van de bloesem van de kastanjeboom die naast hun huis stond, waarmee ze hen besprenkelde. Ze hadden in die tijd één keer per week in bad gemogen. Nu mochten ze maar liefst twee keer per week onder de douche. Een van de weinige goede dingen die Fridtjof in haar ogen gedaan had. Haar moeder had het vast prachtig gevonden; die hield van reinheid en frisse geuren.

Ze bukte zich om de pantoffels die onder de kledingkast stonden te pakken, toen ze de voordeur hoorde opengaan. Leif was blijkbaar sneller klaar dan verwacht. Verwachtingsvol draaide ze zich om.

44

Ira

Ze reden over een maagdelijk witte weg naar het klooster. Er was die nacht een grote hoeveelheid sneeuw gevallen en de wegen waren nog niet geveegd of bereden. De Tesla had duidelijk moeite met de gladheid en slipte meerdere keren gevaarlijk dicht naar de afgrond. Ze had inmiddels enige bewondering gekregen voor Odin, die stoïcijns achter het stuur zat. De eerste keer zei hij nog dat ze zich niet druk moest maken, hij had winterbanden. Toch was ze opgelucht toen het klooster onderaan de berg zichtbaar werd. Ze haalde diep adem toen ze de weg naar het toegangshek op reden.

Odin keek haar van opzij aan. 'Spannend?' Hij lachte zijn hoge lach.

'Ik ben het niet gewend om door de sneeuw te rijden, dus wel een beetje ja.' Ze had moeite om ongedwongen te klinken. Sinds ze de mail van Solveig had gelezen, realiseerde ze zich pas dat ze misschien juist voor Odin op moest passen. Mats had waarschijnlijk niet op eigen initiatief iemand omgebracht. En dan het verhaal over Junior. Ze vertrok haar gezicht bij de gedachte aan wat hij dat meisje en haar familie had aangedaan.

'Heb je zin om het weekend met de dieren te werken?' ging Odin verder.

Ze ontspande een beetje. De dieren waren eigenlijk het enige wat ze leuk vond aan deze vreselijke gemeenschap, maar dat kon ze natuurlijk niet hardop zeggen. 'Natuurlijk, ik ben graag bij de dieren.'

Ze werden door het hek gelaten en Odin parkeerde op het binnenplein. 'Ga jij je spullen maar vast naar je kamer brengen. Je hebt dezelfde kamer als de vorige keer.'

Haar hart maakte een sprongetje. Betekende dit dat ze alleen sliep? Zonder Gertrud of iemand anders die op haar lette? 'Dank u,' antwoordde ze. 'Waar zal ik zo meteen naartoe komen?'

'Ik zie je wel in de eetzaal. Tot zo.'

Zodra ze op haar kamer was deed ze de deur achter zich dicht en ging ertegenaan staan, voor het geval er iemand op het idee kwam naar binnen te gaan. Ze rommelde in haar tas tot ze haar telefoon uit de voering had gewurmd. Haar batterij was nog een klein beetje opgeladen. Misschien had ze onderweg berichten binnengekregen, er moesten toch ergens zendmasten staan, Het Noors Genootschap had niet heel Tromsø en omstreken in zijn bezit.

Daar, een berichtje van Ronne, of ze snel contact kon opnemen, hij had iets ontdekt over Haakon. Ze zou moeten wachten tot ze weer in Tromsø was, want hier bij het klooster had ze nergens ontvangst. Het was een soort Bermudadriehoek, waar alle invloeden van buiten in het niets verdwenen, ook het internet, dacht ze somber.

Odin had haar overgedragen aan Inger, die blijkbaar geen 'uitsluiting' meer had. Ze was blij toe. Ze vond het nog steeds vreselijk dat Inger omwille van haar zo gestraft was. Al wist ze ook niet zeker of ze Inger kon vertrouwen, nu ze erachter was gekomen dat Mette haar zus was.

Ze snoof de vertrouwde geur van paardenmest op en schepte een lading in de kruiwagen die naast haar stond. Wat zou ze Hannibal nu graag willen omhelzen, zijn lange manen door haar vingers laten glijden. Zou Ronne nog bij hem langsgaan? Een glimlach gleed over haar gezicht. Ronne en paarden, dat was niet de beste combinatie. Hoe hij virussen en hackers in toom moest houden wist hij feilloos, maar een paard... De laatste keer dat ze hem had meegenomen naar Hannibal, was hij duidelijk alleen voor haar meegegaan en om instructies te krijgen over Hannibals verzorging voor het geval haar pleegouders een keer weg wilden. Hij had zenuwachtig zijn hand uitgestoken om het dier te laten snuffelen. Maar zodra het paard aan zijn hand rook, had het dier erin gebeten. Niet hard, maar toch. Hannibal zag Ronne vast als een rivaal.

Toen ze alle mest in de kruiwagen had geladen, reed ze naar de mesthoop achter de stallen. Het kostte haar moeite om de grote en zwaarbeladen kruiwagen om te kiepen, maar het lukte.

'Ira, ik zie dat je al bijna klaar bent met het uitmesten van de laatste stallen?' Inger kwam opgewekt op haar afgelopen. Ze wreef en sloeg haar werkhandschoenen tegen elkaar, in een poging haar handen warm te krijgen.

'Klopt, nog één, dan is alles weg. En dan nog het stro in de boxen gooien.'

'Ik ben klaar, dus ik help je wel. Dan kunnen we nog even met de paarden een stuk door de sneeuw rijden.'

Ze keek Inger aan. 'Mag dat dan weer?'

'Ja, hoor, geen probleem,' zei ze luchtig.

Haar stem klonk geforceerd vrolijk. Onwillekeurig fronste Ira haar wenkbrauwen. Wat was er gebeurd dat zuster Nilsson zo was omgeslagen en Inger weer van alles mocht? Aan de andere kant had Odin haar speciaal hierheen gebracht om te helpen met de dieren. Hij wist dat ze paardrijden geweldig vond, dus misschien had hij iets voor haar geregeld. Ze kon hem niet goed peilen. Was hij nou de grote kwade genius, of wilde hij gewoon een prettige gemeenschap, waar mensen rekening met elkaar hielden en voor elkaar zorgden? En waren er een paar mannen bij wie de macht naar het hoofd was gestegen, zoals bij Mats en Odin junior? Opereerden die soms op eigen houtje om hun sadistische behoeften te bevredigen?

Ze zette extra vaart achter het uitmesten, want ze kon niet wachten om een stuk te gaan rijden. En ze had al bedacht waar ze heen zou gaan...

Ze genoot van het landschap, dat door de licht vallende sneeuw weer een heel andere aanblik bood. Alsof ze naar een plaatje van Anton Pieck keek. Ze gaf een rukje aan de teugels en spoorde Alva aan zonder dat Inger het zag. Alva boog na het oversteken van het riviertje ineens af naar links en begon te draven. 'Sorry Inger,' schreeuwde Ira achterom. Ze deed alsof ze het dier niet onder controle had en liet Alva doordraven net zolang tot ze dacht dat ze op de juiste plek was. Na ongeveer een kilometer zag ze inderdaad iets wat op een paadje leek, al was dat door de sneeuw alleen te zien doordat er iets meer ruimte tussen de bomen kwam. Ze liet het paard stoppen en stuurde haar voorzichtig het pad op. Achter haar schreeuwde Inger aanwijzingen, maar Ira deed alsof ze haar niet hoorde en ging verder. Links en rechts schraapten de takken langs haar gezicht en tegen haar lijf, maar Alva liep braaf door. Ineens zag ze een opening in het bos. Een bijna cirkelvormige, besneeuwde vlakte. De open plek in het bos waar Solveig over had geschreven.

Ze liet Alva stilhouden en bond haar teugels vast aan een berkenstam. Het doffe geluid van hoeven in de sneeuw kwam haar tegemoet. Snel begon ze rond te lopen, waarbij ze met haar voeten zo veel mogelijk sneeuw probeerde weg te schoppen. Hier was niets. Ze liep verder naar het midden en schopte. Ze vloekte toen ze met de neus van haar schoen iets hards raakte. Vlug bukte ze zich en veegde de sneeuw van de steen af. Niets. Ze hoorde Inger naderen en liep verder het bos in. Daar liet ze zich op haar knieën zakken en tastte de bodem af.

'Gaat het? Je bent toch niet gevallen?' riep Inger, terwijl ze haar paard vastbond aan dezelfde boom als Alva.

'Ja,' zei ze kortaf. Ze voelde ondertussen verder over de bodem. Ineens vond ze iets hards en ronds. Het zat vastgevroren aan de grond en ze moest hard wrikken om het los te krijgen.

Inger kwam naar haar toe gelopen. 'Wat ben je aan het doen?' vroeg ze met een ongeruste toon in haar stem.

Ze draaide zich met haar rug naar Inger toe en zei: 'Ik zoek iets.' Ze wreef over de steen zodat de sneeuw en het ijs eraf gingen.

'Hou daarmee op!' Inger was voor haar gaan staan en probeerde de steen te pakken.

'Nee, waarom? Is er iets mee soms?' Ira draaide zich weer van Inger af en bleef doorgaan met wrijven.

'Alsjeblieft,' smeekte Inger.

Ira negeerde haar en keek naar de steen in haar handen. Er was een datum op geschreven: 3 maart 1993. Ruim dertig jaar geleden. Ze voelde de kilte vanuit de grond in haar botten optrekken. Was er toen ook al iemand... Achter haar hinnikte een van de paarden.

'Stop nu!' riep Inger. Ze pakte Ira bij haar schouders.

Ze schudde Inger van zich af en stond op. Voelde of ze de volgende steen kon vinden. Ze schopte net zo lang tot ze weer weerstand voelde. Daar! Ze tilde de steen op en veegde hem schoon: 18-3-2008. Ze liet hem op de grond vallen en zakte ernaast op haar knieën. Als een bezetene graaide ze in de sneeuw tot ze op nog een steen stuitte: 17-5-2009. Het bloed bevroor in haar aderen. Toen liet ze zich achterover in de koude sneeuw zakken en bleef naar de steen in haar handen staren.

Inger bleef als verstild naar haar kijken. Geen van beiden zei iets.

'Je weet het,' zei Inger eindelijk.

Ira knikte. 'En jij ook?! Hoe kun je hiermee leven?' Ineens werd ze woest. Ze gooide de steen van zich af en begon in het wilde weg tegen de sneeuw te schoppen. Er kwamen meer stenen tevoorschijn. 'Stelletje moordenaars!' gilde ze.

Inger snelde naar haar toe en deed haar hand voor Ira's mond. 'Pas op! Je weet nooit of er iemand in de buurt is. De Blauwe Brigade patrouilleert hier soms ook.' Schichtig keek ze om zich heen. 'Ik ben degene die de stenen heeft gemaakt. Hoe weet jíj ervan?' zei Inger met een scherpe stem.

'Dat kan ik niet zeggen. Wie weet verraad je diegene nog.'

Inger schudde haar hoofd. 'Het is Solveig, of niet? Mijn nichtje.'

'Hoe weet je dat?' Ira kon zichzelf wel voor haar kop slaan. Waarschijnlijk was het de shock. Ze had zich eigenlijk niet kunnen voorstellen dat het verhaal van Solveig echt waar was toen ze op zoek ging, en nu het wel waar bleek te zijn kwam het dubbel zo hard bij haar binnen.

'Ik heb dit samen met haar bedacht. Voor de mensen die in de bossen zijn begraven in een naamloos graf. Ze liggen niet hier begraven trouwens, maar op deze plek komt nooit iemand, alleen Solveig en ik. We vonden het een keer toen we samen gingen paardrijden.'

'Maar, maar... ik begrijp het niet. Jullie wisten er dus van?'

'Ik ken een paar mensen die zijn verdwenen. Solveig kwam erachter door in haar mans computer te snuffelen, dat die mensen niet zijn weggegaan, maar vermoord. Zij heeft zo veel mogelijk namen en data opgespoord.'

'Waarom gaan jullie niet naar de politie? Dit...' Ze gebaarde om zich heen. '... is toch geen leven?'

'Je begrijpt het niet. Hoe kunnen wij de politie vertrouwen? Odin heeft overal mensen zitten, zelfs bij de politie. Als ze erachter komen dat we aangifte hebben gedaan, worden wij gedood. Of nog erger, onze families...'

'Maar jij bent zijn schoonzus. En Solveig is zijn dochter. Zou hij dat echt doen?'

Inger sloeg haar ogen neer. 'Voor Het Noors Genootschap doet hij alles. Bovendien haat hij mij, omdat ik hem ooit heb afgewezen.'

Ira sloeg haar handen voor haar gezicht. Het was te veel om te verwerken. Wat moest ze doen? De wereld moest weten wat hier gebeurde. Ze moest zo snel mogelijk weg!

Maar Simon dan, vroeg een stemmetje in haar hoofd. Hoe kom je erachter waar hij is, als je nu weggaat? Hoe krijg je hem terug als je nu opgeeft?

Ineens greep ze Inger bij haar schouders. 'Ik wil dat je me alles vertelt. Begin maar bij het verhaal van mijn moeder. Freya.'

45

Odin

Hij zat tegenover Fridtjof aan de keukentafel. De man was net zo oud als hijzelf, maar door zijn ziekte leek hij minstens twintig jaar ouder. Zijn blik werd getrokken naar Fridtjofs handen, die onophoudelijk trilden. Fridtjof zag het ook en trok ze weg. Hij keek ineens heel helder uit zijn ogen.

'Odin, Haakon was bij mij, om over zijn toespraak te praten. Je neemt hem niet serieus.'

Het was een constatering, geen vraag. Wat moest hij zeggen, de waarheid? Fridtjof had Haakon ook altijd een beetje links laten liggen, omdat hij 'de duivel in zich had'. Wilde hij voor zijn dood ineens alles weer rechtbreien? 'Ik weet niet wat je bedoelt, Fridtjof,' antwoordde hij rustig.

'Je weet donders goed wat ik bedoel.' Fridtjof kwam met een ruk overeind en leunde beverig over de tafel naar hem toe. Hij stak een vinger bezwerend in de lucht. 'Haakon en Kristofer zijn allebei mijn zoons. Ze verdienen hetzelfde.'

Odin onderdrukte de zucht van irritatie die bij hem bovenkwam. Hij kon maar beter open kaart spelen. 'Haakon misdraagt zich. Hij is geen vrome broeder.'

'Waar zinspeel jij op?' Fridtjof boorde zijn kille lichtblauwe ogen in de zijne.

'Ik zinspeel nergens op. Ik kreeg een krantenbericht onder

ogen, daarin staat, en ik citeer: "Miljonair blijkt zoon uit sekte." Hij is gezien met een callgirl terwijl hij stijf stond van de coke en drank.'

Fridtjof liet zich weer op zijn stoel zakken. Hij ademde moeizaam. Alle energie leek uit hem weg te vloeien. 'Dat vervloekte joch heeft de geest van zijn moeder in zich.' Hij fluisterde nu bijna. 'Ik laat het aan jou over, ik heb de energie niet meer. Straf hem, maar zorg ervoor dat hij zich weer bij ons aansluit. Je weet dat dat alleen lukt als je hem iets aanbiedt wat waarde voor hem heeft. Laat hem niet gaan.'

'Ik zal erover nadenken.' Hij stond abrupt op en liet Fridtjof achter in de keuken.

Hij had met Kristofer en Haakon afgesproken in de grote zaal van het conferentiecentrum. Haakon wilde hen daar graag ontmoeten. Toen hij binnenkwam stonden de broers al bij het podium te praten. Ze stonden met hun rug naar Odin toe. Kristofer lang en met rechte schouders, Haakon een halve kop kleiner en smal, bijna tenger. Toen hij ze groette draaiden ze zich tegelijkertijd om. Hij verbaasde zich er nog steeds over hoe ze zo op elkaar konden lijken en tegelijkertijd zo verschillend waren. Kristofer had een veel geprononceerdere kaak en een wat grover uiterlijk, terwijl Haakon een smaller gezicht had met fijne gelaatstrekken. Beiden droegen hun roodbruine haar halflang en hadden een baard. Toch was het alsof God twee versies van dezelfde persoon had gemaakt, alleen was de ene meer de mannelijke versie en de andere de vrouwelijke.

Hij wist wel wie de meest populaire was in de gemeenschap, zeker bij de vrouwen. Het was wel duidelijk dat ook Kristofer en Haakon niet veel langer konden wachten met een vrouw uitkiezen, maar eerst moest het leiderschap gewaarborgd worden. Het voelde bijna oneerlijk om Haakon nog een toespraak te laten houden, híj had zijn keuze immers allang gemaakt.

'Zo, goedemorgen heren,' begroette hij Kristofer en Haakon.

Ze groetten hem eenstemmig terug. Ook al waren ze rivalen, ze konden het best goed met elkaar vinden. Ze gaven elkaar de ruimte om eigen keuzes te maken en hun eigen levens te leiden.

'Ik wilde jullie mijn toespraak laten horen,' viel Haakon meteen met de deur in huis.

'Prima, ga maar op het podium staan, dan kun je het vast "voelen",' antwoordde Odin. 'Kristofer en ik gaan hier op de eerste rij zitten, net als anders.' Hij liet zich op een klapstoel zakken en leunde achterover.

Toen Haakon klaar was, keek hij hen afwachtend aan. 'En? Kristofer, jij eerst.'

Kristofer schraapte zijn keel. 'Eh, wat zal ik zeggen? Ik...'

'Gewoon eerlijk zijn graag.' Haakon keek gespannen.

'Je zou wat meer enthousiast kunnen praten, over de gemeenschap, over God. En minder over Grønncorp? Ik weet dat je daar heel erg bij betrokken bent, maar de mensen komen vooral om gemotiveerd en geïnspireerd te worden, en niet om naar een bedrijfspresentatie te luisteren.' Kristofer glimlachte om zijn woorden wat te verzachten.

'Ik ben het met Kristofer eens,' begon Odin.

'Wat verrassend,' reageerde Haakon sarcastisch.

'Mensen willen iemand die hen leidt, die hun vertelt wat ze moeten doen. Die zijn liefde voor God en onze aarde met hen deelt. Ze eraan herinnert waarom ze zo hard moeten werken. Want dat is het vooral. Ze moeten bijblijven, zodat we kunnen blijven investeren in schone energie. Hoe meer geld, hoe meer we zelf kunnen investeren en hoe minder we afhankelijk zijn van goddeloze, externe investeerders. Deze bijeenkomsten zijn er om te laten zien wat iedereen voor de gemeenschap overheeft en ervoor te zorgen dat ze nog harder hun best doen. Jíj moet ze motiveren.' Ongemerkt was Odin steeds harder gaan praten. Het irriteerde hem dat Haakon niet doorhad dat hij degene was die de mensen aan zich moest binden en ervoor moest zorgen dat ze meer geld in het laatje brachten.

'Ik dacht dat ons gezamenlijke doel was om de aarde een schonere plek te maken, niet om de gemeenschap zo veel mogelijk geld uit de zak te kloppen.' Haakon smeet de microfoon die hij had gebruikt op de grond en liep boos het podium af, zonder hun nog een blik waardig te keuren.

Nu was het zeker; Haakon had zijn kans verpest. Hij keek opzij naar Kristofer, die stuurs keek. 'Trek het je niet aan. Haakon voelt zich zijn hele leven al achtergesteld, daar kun jij niets aan doen.'

'Dat is het niet. Ik zie nu voor het eerst dat hij niet in onze gemeenschap gelooft zoals wij dat doen. Hij is geen ware broeder.' Kristofer leek ontdaan. Hij pakte zijn wollen overjas en beende naar de uitgang, achter zijn broer aan.

Soms losten problemen zich vanzelf op, dacht Odin tevreden.

46

Ira

Inger liet zich in de sneeuw op de grond zakken. Ira schoof naast haar. De wolken boven hen bleven gestaag hun vlokken strooien, waardoor het even was of ze afgescheiden werden van de rest van de wereld. Alsof ze in zo'n glazen sneeuwbol zaten die je omkeerde en dan een sprookjesachtige sneeuwwereld liet zien. Ook al werd ze nat en kwam de kou vanuit de aarde door de stof van haar rok heen, het maakte haar niet uit. Niks kon haar nog schelen. Ze wilde gewoon bevroren worden in het moment. Niet meer voelen en niet meer nadenken.

'Freya...' Inger begon te huilen. Haar lichaam schokte, de losgewaaide plukken haar bleven aan haar wangen kleven. Ze zag er oud en vermoeid uit.

De boosheid in Ira smolt langzaam weg. Ze sloeg een arm om Ingers schouders.

'Zij was mijn allerbeste vriendin. Zodra ze de leeftijd had om te trouwen werd ze uitgehuwelijkt aan Fridtjof, de toekomstige leider van onze gemeenschap.' Ze keek Ira met een vertrokken gezicht aan.

Hij moest de man op de foto zijn die ze in het nachtkastje in de toren had gevonden. Nu begreep ze waarom ze die kilte had gevoeld in de kerk, ze had hem niet herkend, maar hij was de man op foto, toen hij nog jong was. De man van haar moeder.

De leider van Het Noors Genootschap! Haar hart begon steeds harder te bonzen. Ze wilde zoveel vragen! Maar ze moest Inger eerst laten praten, voordat ze zich bedacht en niet verder wilde vertellen.

'We hebben samen in het toilet gehuild nadat de plechtigheid was voltrokken, want het begin van hun huwelijk betekende het einde van onze vriendschap. Ik wilde niet trouwen. Mijn vader had mij aan Odin Olsen beloofd, maar ik heb geweigerd. Toen dat niet hielp heb ik stiekem met een jongen uit onze gemeenschap geslapen. Ik vertelde dit meteen aan mijn ouders. Ze wisten niet hoe snel ze mij naar het klooster moesten sturen om een schandaal te voorkomen. Sindsdien woon en werk ik hier.'

'En Mette dan, moest zij toen met Odin trouwen?'

'Die wilde maar al te graag. Mette vond Odin altijd al geweldig. Bovendien was het wel duidelijk dat ze dan een van de machtigste vrouwen van de gemeenschap zou worden, dat was haar grote droom.'

'Maar mijn moeder was dus met Fridtjof getrouwd, de huidige leider?!'

'Ja, helaas wel.'

'Dat betekent dus dat Fridtjof de vader van Simon is!' Ze sloeg haar handen voor haar gezicht. Dit was gewoon te veel. Die enge man, de vader van Simon? En dan was... 'Maar hoe kan dat?'

Ineens klonk er een luid, jankend geblaf dat steeds meer aanzwol. Inger schoot overeind. 'We moeten hier weg!'

'Wat is er?'

Inger probeerde de stenen onder de sneeuw terug te duwen, maar was zo in paniek dat er telkens weer een deel tevoorschijn kwam. 'De honden. De Blauwe Brigade! Ik weet zeker dat zuster Nilsson hierachter zit,' hijgde ze. De tranen liepen over haar wangen.

'Wacht maar.' Ira pakte een van de stenen die ze zojuist had uitgegraven en nam een aanloopje. Ze hief haar arm. Met een grote zwaai belandde de steen tussen de bomen. 'Vlug, geef me de andere stenen.' Inger overhandigde steen na steen, die Ira meteen daarna wegsmeet. 'De rest zal de sneeuw bedekken. Nu de paarden losmaken en snel naar het hoofdpad toe.'

Net toen ze het bos uit kwamen, rende de eerste hond op hen af. Hij bleef luid blaffend voor hen staan. Het was Kari, een van de vier Duitse herders die de Blauwe Brigade gebruikte voor de wacht. Voss hinnikte en wilde steigeren, maar Inger wist hem onder controle te houden. 'Rustig maar. Het is Kari.' Zo paniekerig als ze net nog was geweest, zo kalm was ze nu. 'Snel, teruglopen over het pad, voordat ze zien waar we vandaan komen.'

Ira volgde Inger, die het nu op een draf zette, zodat ze zo ver mogelijk van de plek in het bos verwijderd waren. Plotseling hield Inger halt.

'Zo, hebben jullie een mooi tochtje gemaakt, dames?' klonk een mannenstem.

Ingers paard belemmerde haar zicht, maar ze had al een flauw vermoeden wie het was. De man liep om het dier heen en keek naar haar op. Johannes.

'Nou nou, mogen jullie alweer samen op pad? Had jij geen uitsluiting meer, Inger?' zei hij spottend, terwijl hij Ira bleef aankijken.

Nu zag ze dat hij niet alleen was. Odin junior kwam aangelopen, met de tweede hond, Juno. Wat deed hij hier? Ze voelde hoe al haar spieren zich aanspanden. Er kwam wat maagzuur omhoog dat ze snel doorslikte. 'We zijn de paarden aan het uitlaten, zoals je ziet. En we moeten ze nu weer gaan stallen voor het donker wordt, dus als jullie zo vriendelijk willen zijn...' Ira hoorde de paniek in haar stem, zouden zij het ook merken?

Odin junior was naast Johannes komen staan. 'Ira, wat leuk dat ik je hier tegenkom.' Hij klonk flirterig. 'En tante Inger... Lang niet gezien.'

Ze onderdrukte haar gevoel van afkeer en keek hem aan. 'Wat

doe jij hier?' Ze moest oppassen dat ze niet te brutaal werd, ze zag Inger al met haar ogen seinen.

'Ik loop mee met Johannes. Ik word ook lid van de Blauwe Brigade zoals je weet en het leek me mooi om hier te beginnen met mijn opleiding. Bij het klooster.'

'Nou, wat toevallig dat het net in dit weekend is,' zei ze sarcastisch. 'Veel succes dan. Wij gaan maar eens terug naar de stallen.'

'Ja, gaan jullie maar snel, voordat het echt donker wordt. Je kunt naar vallen als je niets meer ziet,' zei Johannes.

Junior knikte enthousiast, hij leek alleen maar oog voor haar te hebben en had geen sensor voor wat er onderhuids bij iedereen speelde.

'Prima, tot later misschien,' riep Inger snel, terwijl ze haar paard vooruitstuurde.

'Nog een laatste vraag... Puur uit nieuwsgierigheid hoor,' zei Johannes terwijl hij Ira's blik bleef vasthouden en expres zo lang mogelijk wachtte met praten. 'Wat deden jullie daar eigenlijk in het bos?'

Inger draafde zo hard dat ze haar nauwelijks kon bijhouden. Ira hoopte maar dat het goed ging en dat ze niet van haar paard viel, het zicht was immers inmiddels niet meer dan een paar meter. En van rijhelmen hadden ze hier nog nooit gehoord.

Die Blauwe Brigade... de een was nog enger dan de ander. Eerst Mats, nu die Johannes. Junior paste er goed bij, dat moest ze toegeven. Het was wel erg toevallig dat ze net gingen patrouilleren waar zij met de paarden liepen. Vertrouwde Odin hen nog steeds niet? Of had zuster Nilsson hen gestuurd? Hoe dan ook, ze zat weer opgescheept met Junior. En de ontdekking van zonet, dat haar moeder getrouwd was geweest met Fridtjof? Ze spoorde Alva aan. Zolang ze niet bij het klooster waren, kon ze Inger misschien nog verder uithoren.

Ze ging naast Inger en Voss draven. Ingers grijze haren waren losgewaaid uit haar knot en haar ogen stonden opengesperd. 'Doe even rustig, Inger, ze zijn al kilometers weg. En als we straks bij het klooster zijn, kunnen we niet meer praten,' hijgde ze.

'Ik moet terug, ik moet terug,' riep Inger met een vreemde, hoge stem.

Ira had nog nooit zoveel angst in iemands ogen gezien. 'Inger, ze zijn achter ons, maar ze moeten nog een heel eind lopen. Ze doen je niets,' probeerde ze haar en zichzelf gerust te stellen.

'Ze gaan vast kijken in het bos. En dan vinden ze het. Dan weten ze het straks...' Ze begon weer te huilen.

'Nee, ze zijn veel te lui. Bovendien wordt het weer steeds slechter. Ze zullen zo wel terugkomen.' Dat hoopte ze althans. 'En anders vertellen we dat mijn paard op hol sloeg en dat we daar terechtkwamen. Ze weten toch niet dat jij die stenen hebt gemaakt?'

'Misschien niet nee,' zei Inger beverig. 'Maar daar komen ze snel genoeg achter. Ira, je moet terug naar huis. Straks is het te laat.' Ze had een intense blik in haar ogen. 'Ik snap nu dat ik meteen een klik met je voelde. Jij bent de dochter van Freya. Ik ben zo blij dat ze weg is gekomen en dat ze jou heeft teruggebracht. Ze had zo'n einde niet verdiend,' besloot ze met zachte stem.

'Wat weet jij daarvan?!' Het kwam er harder uit dat ze wilde.

'Sst,' gebaarde Inger.

Ze waren bij de stallen aangekomen.

Inger ging haar voor en zette Voss in zijn box.

Ira passeerde de box om Alva weg te brengen. 'Inger...'

'Ik zeg niets meer. Zadel je paard af en verzorg haar, Ira, ik zie je straks bij het eten,' zei ze met een mistroostige klank in haar stem.

Ze wilde het nog een keer proberen, maar bedacht zich toen ze Ingers gezicht zag. Er lag een vastbesloten trek om haar mond, terwijl de tranen over haar wangen liepen. Met een ruw gebaar veegde ze haar wangen droog en begon Voss af te zadelen.

47

Ira

Ira lag op haar bed naar de archiefkaarten te staren die ze een week eerder uit zuster Nilssons kamer had gestolen. Die van haar opa Einar, waarop de namen Freya, Leif, Mikkel, Mads ✝, Susanne en Reinhild stonden. De enige link met haar moeder die bewaard gebleven was. De rest van haar leven was uitgewist, maar haar opa's archiefkaart was wel bewaard gebleven. Waarschijnlijk omdat hij een belangrijk lid van de Yari was geweest. Of ze waren zijn kaart domweg vergeten te verwijderen.

Op de andere kaart, die van Fridtjof Berg, stonden de namen van zijn kinderen: Haakon en Kristofer Berg. En de naam die zo zorgvuldig was weggewerkt, moest dan Freya zijn, haar moeders naam. Haakon was de oudste, al scheelden ze maar tien maanden. Freya was weggevlucht bij Het Noors Genootschap en daarna waren bijna alle sporen van haar bestaan en die van haar familie weggevaagd. Waarschijnlijk als straf voor die afvallige vrouw die haar moeder in de ogen van de gemeente was geweest.

Ze had nog zoveel vragen. Maar zodra ze in de stallen waren, was Inger helemaal dichtgeklapt. Ze had zo intens verdrietig gekeken. Het deed Ira pijn als ze eraan dacht. Alleen... ze was zo dichtbij, dit kon Inger haar niet aandoen! Ze wilde weten hoe het zat met Kristofer en Haakon. Wie van de twee was haar broer Simon? Wie had haar moeder meegenomen op haar vlucht?

Wanneer was ze precies gevlucht? En waarom had ze een kind achtergelaten? Wat een vreselijke keuze had ze dan moeten maken. Haar maag verkrampte als ze eraan dacht.

Hoe kon Inger dit zo lang hebben stilgehouden? En waarom wilde ze nu niet verder praten als het haar toch allemaal niets meer uitmaakte? Het enige wat Inger na het verzorgen van de paarden nog kwijt had gewild, was dat Odin haar had bevolen om zijn zoon bij Ira aan te prijzen. Om ervoor te zorgen dat Ira overtuigd werd van Juniors kwaliteiten, zodat ze met hem wilde trouwen. Inger had met een bittere stem tegen Ira gezegd dat ze nog liever doodging, dan haar aan Junior te koppelen. 'Hij is dom en wreed. Hij zal jou vertrappen als een paard en je klein proberen te maken. Ik heb gezien wat ze met Freya hebben gedaan, dat laat ik bij haar dochter niet gebeuren.' Ze had zacht over Ira's wang gestreken. Toen had ze Ira's gezicht in haar handen genomen en gefluisterd dat ze hier weg moest, dat ze hier niets te zoeken had. Haar vermoeide gezicht met de rimpelige wangen en de indringende blik in haar ogen bleef Ira achtervolgen.

Ze schoot overeind. Hier kon en wilde ze geen genoegen mee nemen. Waarom ging Inger niet met haar mee, weg uit dit helse oord? Een opgewonden gevoel overspoelde haar. Dat was het! Ze moest Inger bij haar plannen betrekken. Niet alleen was het handig om een medestander te hebben, op die manier kon ze de hartsvriendin van haar moeder ook redden!

Het was even na negenen. Buiten was het al lang donker. In de koude stilte hoorde ze alleen het ritmische getik van de smeltende ijspegels die aan de rand van het dak hingen. Geen stemmen van de Blauwe Brigade? Ze moesten aan de voorkant zijn, ergens bij de ingang. Gek, meestal hoorde ze wel iets, gesmoes ergens in de verte of gepraat als ze dichterbij waren. Misschien hadden ze pauze genomen. De continue sneeuwval zorgde er in ieder geval voor dat er geen maan te zien was. Mooi, dat zou haar plannen een stuk gemakkelijker maken. Haar ogen hadden zich verrassend snel aangepast aan de donkere nachten in Noorwegen. Ze schoot de binnenplaats over, in de richting van de stallen. Want Inger mocht dan wel ineens weer in de gratie zijn gevallen (waar Ira nu overigens niets meer van geloofde), ze sliep nog steeds in de stallen als een beest, vermoedde ze. Zachtjes opende ze de deur van de stallen. Een van de scharnieren kraakte. Als niemand het maar gehoord had. Ze bleef even wachten en keek om zich heen. Het bleef stil. Toen ging ze naar binnen. De zoete geur van hooi vermengd met paardenmest leek nog sterker nu ze zo weinig zag.

'Inger, Inger, ik ben het,' fluisterde ze. Ze had geen zin om weer een hooivork in haar rug te krijgen. Zachtjes liep ze naar de box waar Inger en Voss lagen. 'Inger, ben je wakker?'

Ze kon haar amper onderscheiden in het donker, maar eindelijk kwam er wat beweging in de box. Ze deed de deur open en stapte naar Inger toe.

Ineens werd ze van achteren stevig bij haar schouders vastgepakt. Een donkere stem fluisterde in haar oor: 'Ira, wat doe jij zo laat nog op?' De bekende geur van honingzeep vermengd met zweet drong langzaam haar neus binnen. En iets anders, rook?

'Ja, Ira, kon je niet slapen, meisje?' zei een andere, iets hogere stem tegenover haar vanuit het duister.

Haar longen werden samengeperst, haar adem afgesneden. Haar hart ging zo snel. Té snel. Ze moest meer lucht hebben. Er kwam geen lucht in haar longen! Iemand blies een rookwolk in haar gezicht. Ze hijgde. Probeerde zuurstof naar binnen te zuigen. Haar vingertoppen prikkelden. Ze voelde zich duizelig worden en worstelde zich los uit de greep van degene die achter haar stond. Ze liet zich op haar handen en knieën vallen en probeerde vat te krijgen op haar ademhaling. Ergens in de verte vroeg iemand wat er aan de hand was. Ze wilde zeggen dat ze doodging, maar de woorden kwamen niet.

Ze lag op de grond toen ze haar ogen opendeed. Om en over haar heen lagen wel honderd houtblokken. Wat deed haar hoofd zeer. Ze probeerde haar ogen te openen, maar één oog wilde niet. Er zat iets in. Toen ze er met haar vuisten in wreef voelde ze plakkerig en kleverig spul. Ze keek met haar goede oog naar haar handen. Er zat bloed aan!

Nu rook ze het pas, een brandlucht. Moeizaam draaide ze haar hoofd een beetje bij. De boerderij stond in brand! Ineens wist ze het weer: de zwarte mannen! Haar hart begon te roffelen in haar borst alsof het een vogeltje was dat er elk moment uit kon vliegen. Ze moest hier weg! Haar vader en moeder redden! En waar was Simon? Ze duwde met haar armen, maar kreeg geen beweging in de houtblokken. Ze begon te gillen 'Mama, papa!'

Ze bleef maar doorgaan, totdat haar keel niet meer wilde. Tot ze haar goede oog niet meer open kon houden, van de rook en de droogte. Ze had zo'n dorst. Ze slikte om haar stem weer terug te krijgen, maar haar speeksel was op. Misschien kon ze haar benen bewegen. Ze duwde en duwde. Eerst haar rechterbeen. Daar kwam geen beweging in. Nu haar linkerbeen. Je kan het, moedigde ze zichzelf aan. Je moet, voor papa en mama. Als ze haar been een beetje kon buigen kon ze kracht zetten met haar bovenbeen. Ze duwde weer, zo hard als ze kon. Eindelijk, er schoven een paar blokken weg. Aangemoedigd door deze meevaller probeerde ze ook haar armen weer vrij te krijgen, maar het lukte niet. Ze zou hier doodgaan. Net als papa en mama. Ze begon te snikken.

Plotseling werd ze door een paar sterke handen vastgepakt. De houtblokken vielen van haar af, alsof het niets was. Ze zweefde door de lucht en werd stevig vastgehouden. Moeizaam opende ze haar goede oog. Het licht deed pijn, maar ze zag hem. Het was een brandweerman, net zo een als uit haar Gouden Boekje *over de brandweermannetjes. Toen werd alles weer zwart.*

Het licht scheen fel in haar ogen toen ze ze opendeed. Ze knipperde en wilde haar hand voor haar ogen houden om ze te beschermen, toen de lamp een andere kant op scheen.

'Even kijken of je al wakker bent,' zei de stem van Junior. De lichtstraal gleed door de box en bleef even hangen bij een andere gestalte.

Johannes en Junior! Wat was er gebeurd? Inger, ze was op zoek naar Inger. En nu waren zij hier. Dit was niet goed. Haar vingers begonnen weer te tintelen, haar ademhaling versnelde. Nee, niet aan toegeven. Niet laten zien dat je bang bent. Bluf je eruit. 'Wat is er aan de hand, waarom lig ik hier?' Haar stem klonk bibberig. Ze hoopte dat ze het niet gehoord hadden. Moeizaam stond ze op, terwijl ze steun zocht bij de houten wand van de box.

'Je zag mij en ineens viel je flauw. Ik wist niet dat ik zo'n indruk op je maakte.' Junior lachte om zijn eigen grap.

Johannes lachte mee.

'Ik heb soms last van hyperventilatie en kan dan flauwvallen,' verklaarde ze.

'Waarom was je op zoek naar Inger, Ira?' Junior kwam dichter bij haar staan, zodat ze omhoog moest kijken.

Er klonk een dreigende ondertoon in zijn stem. Oppassen nu. Die stinkende oksels. Ze moest de neiging om haar neus dicht te knijpen onderdrukken. Hem verleiden met haar liefste stem, doen alsof het allemaal om hem draaide. 'Inger...' Ze deed alsof ze twijfelde. 'Ik wilde Inger vragen stellen, over jou.'

'Ha! Tante Inger. Die kan mijn bloed wel drinken, dus ze zal vast niet veel goeds te zeggen hebben,' zei hij honend.

'Ja, dat oude mens. Ze lijkt zelf wel een paard,' vulde Johannes aan.

'Toch wel, Junior. Ze zei vanmiddag dat ze zelf een fout had gemaakt, jaren geleden. Ze had met je vader moeten trouwen...' Ze liet deze boodschap even bezinken, want ze was eerlijk gezegd niet op de hoogte van hoeveel Junior daarover wist.

‘Wat zeg je?’ Hij pakte haar polsen hardhandig vast. ‘Mijn vader met tante Inger?’ Hij tufte de woorden bijna uit. ‘Dat rare mens. Heeft ze zeker verzonnen.’

‘Nee. Zij had als oudste met je vader moeten trouwen, maar...’ Moest ze wel alles vertellen? Straks deed hij Inger nog iets aan.

‘Maar wat?’

‘Ze wilde niet. Ze wilde liever hier wonen en werken bij de dieren. En je moeder wilde heel graag, die was gek op je vader,’ voegde ze er snel aan toe. Ze moest hem paaien, inspelen op zijn gevoelens voor zijn moeder.

‘Zo, is je vader even goed weggekomen,’ zei Johannes terwijl hij weer een sigaret opstak. ‘Dit is precies de juiste plek voor dat mens, tussen de beesten.’

Voor heel even was ze blij met zijn tussenkomst, Junior leek een beetje te verzachten.

‘Nou, ik ben blij dat het zo gelopen is,’ bromde Junior. ‘En wat heeft dat met jou te maken?’

‘Ze wilde daarmee zeggen dat ik goed na moest denken over mijn keuze... Omdat zij de verkeerde heeft gemaakt, en daar nog dagelijks spijt van heeft,’ loog ze.

Zijn grip verslapte. ‘Dus ze vindt dat wij moeten trouwen?’

‘Ja, volgens mij wel.’ Ira was blij dat hij de afschuw die ze op dat moment voelde niet van haar gezicht kon lezen.

‘En waarom moest je dan nog met haar praten, als je alles al weet?’

‘Ik wil graag een weloverwogen keuze maken. Vragen hoe haar leven als alleenstaande vrouw is, en waar ze precies spijt van heeft.’

‘Haha, nou, ik kan wel een paar dingen verzinnen hoor.’ Johannes kwam dichterbij staan en blies een wolkje rook in haar gezicht.

‘Kappen, Johannes,’ zei Junior nors. ‘Nou oké.’ Hij liet haar nu helemaal los. ‘Je bent een moeilijk te peilen vrouw, Ira. Maar dat mag ik wel.' Hij snoof in haar nek. 'Mmm, je ruikt heerlijk.'

Jij niet, dacht ze terwijl ze een rilling onderdrukte. Inger had gelijk, hij was inderdaad dom.

'Denk jij nog maar even na. Maar niet te lang...'

'Dat zal ik doen. Waar is Inger eigenlijk gebleven?' durfde ze te vragen.

'Inger slaapt tegenwoordig weer op zaal in het gebouw waar zuster Nilsson ook slaapt. Die wil graag een oogje op haar kunnen houden.'

Geweldig, dan kon ze het voorlopig wel vergeten. Morgen werd ze weer opgehaald na de dienst. Zou ze Inger nog even kunnen spreken in de stallen? Die moest daar ongetwijfeld gaan werken, want de dieren moesten ook op zondag gevoerd worden.

'Zullen we je maar even naar het slaapgebouw begeleiden, voordat je weer afdwaalt?' vroeg Johannes.

'Ik breng haar wel. Zorg jij ervoor dat je die sigaret wegwerkt. Je weet hoe daarover gedacht wordt.' Junior sloeg zijn arm om Ira heen en dwong haar met hem mee naar buiten te lopen.

'Ik vertrouw je voor geen cent, maar daar kunnen we nog wel wat aan doen,' fluisterde hij in haar oor, terwijl hij de deur van het slaapgebouw voor haar openhield.

Huiverend duwde ze de deur achter zich dicht, terwijl ze ertegenaan geleund bleef staan. Het liefst draaide ze hem op slot, maar er was geen sleutel. Na een tijdje hoorde ze Junior iets tegen Johannes roepen en verwijderden hun stemmen zich van de deur. Ze liep naar boven en liet zich op haar bed zakken. De tijd begon te dringen en ze had geen plan. Nog niet.

48

Ira

Ze schoof heen en weer op de harde houten kerkbank, in een poging wat warmer te worden. Het kapelletje was onderdeel van het oude klooster en kende geen verwarming. Het had een sobere inrichting, maar was mooi in al zijn eenvoud. De enige uitspatting in het verder witte interieur was het grote boograam met glas in lood. Een overblijfsel van de vorige bewoners die het klooster hadden gebouwd. De zon die door het raam scheen verzachtte de aanblik van zuster Nilsson, die met luide stem sprak. Om haar heen zaten een stuk of dertig vrouwen. De mannen die bij het klooster werkten, moesten in Viken naar de dienst waar Haakon vandaag zou spreken. Inger zat een paar banken voor haar. Zou ze expres ver bij Ira vandaan zijn gaan zitten? Als ze nou alleen maar wilde vertellen wie van de twee broers Simon was? Kristofer of Haakon? Ze onderdrukte de neiging om op te springen en naar Inger toe te lopen.

Zuster Nilsson hield iedereen nauwlettend in de gaten. Haar felle, priemende ogen bleven een moment op Ira rusten, alsof ze doorhad dat Ira ergens anders was met haar gedachten. Ira voelde of haar hoofddoekje wel recht zat. Ze was er nog steeds niet handig in om het ding netjes vast te knopen achter haar knot. De dienst met zuster Nilsson was doorspekt van de slechtheid van de mens. Als het aan zuster Nilsson lag, gingen ze allemaal naar de verdoemenis en was er niets meer te redden. Wat zou haar nog staande houden in het leven, als ze zo'n perceptie van de wereld had? Bij Kristofer was het veel meer een toespraak geweest over hoop, hoop voor de toekomst van de aarde en daarmee die van de mens als ze allemaal hun best deden. Nu had Kristofers pink zelfs meer charisma dan zuster Nilsson, dus daar kon het ook mee te maken hebben. Ze onderdrukte een glimlach.

Zou Kristofer Simon kunnen zijn? De Simon die zij had gekend, was meer op zichzelf, bezig met vogels en de natuur, niet echt een mensenmens. En hij had ook niet dat charismatische, maar hij was nog zo jong geweest, en zij ook. Misschien kon ze dat achteraf ook niet herkennen. Ze probeerde zich hem weer voor de geest te halen, maar kon alleen een jongetje oproepen met blauwe ogen en roodblond haar dat vogelnesten bestudeerde.

Haakon zou vandaag spreken in Viken. Daar was ze graag bij geweest. De vorige keer dat ze hem had gezien was ze zo geschrokken van die enge blik van Fridtjof, dat ze nauwelijks op hem had gelet. Als ze hem weer zou zien, en horen spreken, zou ze hem dan herkennen als Simon? Eindelijk sprak zuster Nilsson het verlossende woord: 'Amen.'

Ze stond op met de andere vrouwen nadat zuster Nilsson uit beeld was verdwenen. Zij bleef niet bij de uitgang staan, zoals ze Kristofer had zien doen. Waarschijnlijk had ze geen zin in al die social talk en was ze meteen doorgelopen naar haar eigen kamer. Ze bleef wachten totdat Inger voorbijkwam, en schoot toen snel achter haar aan de kerk uit. Zodra Inger het plein overstak om naar haar kamer te gaan, tikte ze haar op haar schouder.

'Wat doe je?' zei ze bits.

'Ik moet je spreken, Odin komt me zo ophalen,' fluisterde Ira.

'Dat kan niet, te gevaarlijk.' Ze draaide zich abrupt om en begon weg te lopen.

'Hij komt om één uur, dat heeft zuster Nilsson me vanochtend verteld,' zei Ira, terwijl ze achter Inger aan snelde. 'Misschien kan ik je nog even helpen in de stallen,' zei ze expres hard, zodat Inger wel moest antwoorden.

'Prima, dan kom je zo nog maar even helpen.'

Inger had geïrriteerd geklonken, maar dat kon haar geen barst schelen. Ze moest proberen haar over te halen om alles te vertellen en samen met haar te vluchten. Ira haastte zich naar haar kamer om zich om te kleden en haar spullen vast in de tas te doen. Ze had geen tijd te verliezen.

'Voor je me bestookt met vragen, we zijn hier niet alleen,' fluisterde Inger tegen haar bij binnenkomst.

'Oké, ik zal de waterbakken van de koeien controleren,' improviseerde Ira, toen ze iets verderop in de stal Karen zag staan met een hark. Hopelijk had Inger de hint begrepen en kwam ze mee naar de koeienstal, zonder dat Karen iets in de gaten had. Het werkte, Inger liep achter haar aan naar de koeien. 'Even de werkzaamheden doorlopen, Karen, ik ben zo terug,' hoorde ze haar zeggen.

Op het moment dat Inger de deur opendeed vloog Ira op haar af. 'Dus je weet wat er is gebeurd? Dat ze naar ons toe zijn gekomen en de boerderij in de fik hebben gestoken? En toch wil je hier blijven?'

'Hebben ze dat gedaan? Wat verschrikkelijk, Ira! Ik weet alleen dat Kristofer ineens hier was. Hij was toen acht jaar.'

'Dus Kristofer is Simon?!' onderbrak Ira haar. Haar hart bonkte van opwinding. Had ze hem na al die jaren dan eindelijk gevonden?

'Ja, dat moet wel,' antwoordde Inger. 'Hij werd hier in het klooster opgevoed, net als zijn broer Haakon. Fridtjof heeft al die tijd gedaan alsof Kristofer nooit weg is geweest, omdat hij geen gezichtsverlies wilde lijden. Hij heeft in de gemeenschap verteld dat Freya bij de geboorte van Kristofer is gestorven en heeft al die jaren daarna naar zijn zoon gezocht.'

'Tot hij hem vond. De gevolgen waren verschrikkelijk.' Als ze eraan dacht rook ze die vieze brandgeur weer. Haar ogen prikten en haar keel werd langzaam dikker. 'En dat jongetje dan? Er was een jongetje dat ze op de stoel van Simon hebben gezet. Om in zijn plaats te sterven, denk ik. Of hij moet al dood zijn geweest, dat weet ik eigenlijk niet.' De woorden kwamen moeizaam naar buiten. Ze had dit al zo lang tegen niemand verteld dat ze niet meer wist of het wel echt was gebeurd.

'Daar weet ik niets van,' zei Inger zacht. 'Al zou het me niets verbazen als ze die ergens uit een mortuarium hebben meegenomen, misschien wel met de hulp van Het Nederlands Genootschap. Ze deinzen echt nergens voor terug, Ira. Zeker niet als het om de voortzetting van Het Noors Genootschap gaat.'

'Maar waarom heeft mijn moeder alleen Kristofer meegenomen op haar vlucht naar Nederland?'

Inger stak afwerend haar handen omhoog. 'Ik zal je nog een paar dingen vertellen, omdat ik vind dat ik dat Freya verschuldigd ben, maar daarna moet je echt weg.' Ze keek om zich heen alsof er camera's stonden. Ze trok Ira mee naar de achterkant van de stal. 'Hier hebben we wat meer privacy. Het was de moeilijkste keuze die je moeder ooit heeft moeten maken. Haakon was te zwak. Hij was te vroeg geboren en er waren complicaties bij de geboorte. Hij heeft last van epilepsie en is de eerste jaren van zijn leven door de vrouwen hier opgevoed. Er was in die tijd een vrouw die ooit als zuster in het ziekenhuis in Tromsø had gewerkt; zij zorgde voor Haakon. Fridtjof hield het kindje tot haar grote verdriet bij Freya weg. Ze mocht er zelf niet voor zorgen, omdat het te zwak was. Maar eigenlijk was het vooral schaamte, Fridtjof wilde niet dat de gemeenschap wist dat hij een zwakke zoon had voortgebracht en deed net alsof het een deel van zijn plan was dat Haakon door de zusters werd opgevoed.

'Ik heb dus twee halfbroers?' Ineens werd ze overspoeld door een golf van tegenstrijdige emoties. Ze was bang en opgewonden tegelijk. Ze duwde haar gebalde vuisten tegen haar slapen om er vat op te krijgen. 'Hoe kan dat? Ik heb al die tijd familie gehad, zonder dat ik het wist.' Ze voelde dat haar wangen nat werden.

'Ja, dat klopt.' Inger wilde niet naar haar kijken. Het was alsof ze bang was voor al deze emoties en ze maakte aanstalten om weer weg te gaan.

'Wacht, kun je niet even...'

'Ik kan niet te lang wegblijven.' Ze fladderde zenuwachtig met haar handen om haar woorden kracht bij te zetten. 'Karen houdt me in de gaten, in opdracht van zuster Nilsson. Ik slaap met haar op een kamer met het licht aan, zodat ze me altijd kunnen zien. Sinds vandaag is ze ook ineens aan het werk in de stal, terwijl ze een spuughekel aan koeien heeft. Ik vermoed dat Johannes en Odin junior toch iets gezegd hebben gisteren, al denk ik niet dat ze de open plek in het bos hebben gevonden, want dan was ik hier niet meer geweest.' Er sijpelde iets van opluchting door in haar woorden.

Ze zou Inger maar niet vertellen wat er gisteravond gebeurd was, want dan deed ze helemaal geen oog meer dicht. Ze pakte Ingers arm vast. 'Waarom ga je niet met me mee? Alsjeblieft? Misschien verandert alles wel als ik Kristofer vertel wie ik ben,' zei ze hoopvol. 'Als Simon me herkent als zijn kleine zusje...'

'Ik weet het niet, Ira. Ik ben hier al mijn hele leven. Ik weet niets van de wereld daarbuiten. Mijn wereld is hier, in het klooster. Wat als God mij straft, omdat ik vertrek? En al die slechte en verdorven mensen in de buitenwereld, hoe moet ik mij daartussen redden?'

'Ik weet het, jullie hebben al je hele leven gehoord dat alle mensen buiten deze gemeenschap verdorven zijn, dat ze alleen maar kwaad in de zin hebben, dat het demonen zijn, maar dat zeggen ze om jullie bang te maken! De wereld buiten is niet perfect, maar beter dan hier. Je hebt daar de vrijheid om te doen en denken wat je wilt.'

'Ik moet erover nadenken.' Ze pakte Ira ineens bij haar schouders vast. 'Wees alsjeblieft voorzichtig, je kunt er niet van uitgaan dat Kristofer met je mee wil, Ira. Je moet nog maar afwachten aan welke kant hij staat als je hem confronteert met de waarheid.' Ze drukte Ira een kus op haar voorhoofd. 'Lieve Ira, God is met je, en hopelijk met ons allemaal.'

49

Freya

'Dag Freya, nu al aan het opruimen?' klonk een diepe, zware stem.

Ze stond met een ruk op en stootte daarbij haar hoofd tegen de deur van de kledingkast, die nog openstond. 'Au! Odin, wat doe jij hier?'

'Ik kwam even poolshoogte nemen,' antwoordde hij vaag.

Ineens realiseerde ze zich twee dingen. Odin miste een knoop aan zijn zwarte colbert en hij was degene die hier kwam wonen. Waarom was hij hier anders? Hij had een gezin met heel veel kinderen, was lid van de Yari. Hij... Ze wankelde naar het bed en liet zich erop zakken. Ze leunde voorover en nam haar hoofd in haar handen. De woede in haar groeide als een boosaardig beest. Ze wilde hem pijn doen. Die vuile... Zelfs nu kon ze nog geen slechte woorden gebruiken, zo was het erin gestampt. Al haar hele leven lang. Door mannen als Odin.

'Wat is er, Freya? Gaat het?' Hij liep op haar af.

Ze bleef voorovergebogen zitten. Zijn voeten verschenen in haar blikveld. Met een stem die klonk als van een vreemde kwam ze langzaam overeind. 'Wat... heb jij... met mijn vader gedaan?' bracht ze uit. Haar handen vormden vuisten, haar lichaam werd hard, alsof ze er een schild van maakte. Klaar voor de strijd. Nog voor ze kon uithalen had hij haar bij haar polsen te pakken. Het was alsof ze vastzat in twee bankschroeven, ze maakte geen enkele kans.

'Wat ik met jouw vader heb gedaan?' Hij spuwde de woorden uit. Het speeksel spatte in haar gezicht.

Het kon haar niets schelen. 'Je bent een moordenaar. Jíj hebt mijn vader gedood, zodat je in dit huis kon wonen. Eerst hebben jij en Fridtjof zijn bedrijf afgepakt, toen zijn vrouw... en nu zijn leven. Jullie zijn de grootste zondaars die er zijn.'

Odins ogen begonnen te glanzen, alsof hij plotseling door een koorts bevangen werd. 'Jij denkt dat je boven iedereen staat, dat je beter bent dan wij, maar je weet niet wat het ware geloof is. Wat je ervoor moet overhebben om een gemeenschap groot te maken. Fridtjof weet dat ook niet. Hij kan je niet in toom houden, maar ik wel.'

Hardhandig duwde hij haar op het bed. Toen ze probeerde overeind te komen gaf hij haar een klap in haar gezicht. Ze werd duizelig en viel weer achterover. Met een gedesoriënteerd gevoel greep ze naar haar hoofd en kneep haar ogen dicht van de pijn. Versuft bleef ze liggen. Een tijdje later hoorde ze dat Odin de kamer uit liep en de voordeur dichtsmeet.

Toen stond ze op en strompelde naar de badkamer. Ze plensde wat koud water in haar gezicht. Ineens ontstond er een brandende bal in haar, een vuur van haat. Ze begon te schreeuwen, pakte een glas dat op de wastafel stond en smeet het tegen de spiegel. Ze kon zichzelf niet meer aanzien. Hoe had ze het zo ver kunnen laten komen? Waarom was ze niet eerder weggegaan uit deze hel?

Uit het niets zwaaide de badkamerdeur open. Leif stond voor haar. Zag haar betraande gezicht, het bloed dat aan haar handen kleefde. Waarschijnlijk van het glas. Ze had het niet eens gevoeld.

Hij pakte haar gezicht vast. Keek haar aan. 'Wat is er gebeurd, Freya?'

'Ik... Odin...' Ze begon te trillen. Haar tranen waren onhoudbaar.

'Wat heeft hij gedaan?!' Leif pakte haar stevig vast en trok haar tegen zich aan. Dat had hij nog nooit gedaan. Dit warme gebaar maakte haar rustig.

'Hij gaat hier wonen, Leif. Hij heeft iets met vader gedaan zodat hij in dit huis kan wonen met zijn gezin.' Haar stem. Ze had nog nooit zoveel haat in haar eigen stem gehoord.

'Wat?! Denk je dat hij vader...'

'Hij heeft hem gedood. Ik denk met een kussen gesmoord. Ik weet het niet precies. Maar toen ik hem ermee confronteerde ontkende hij het niet.'

'Je hebt hem ermee geconfronteerd?!' Leif liet haar los en woelde met zijn handen door zijn haar.

'Ik ben niet bang voor hem. Die vuile moordenaar. Ik zal ervoor zorgen dat hij wordt gestraft.'

'Wat? Hoe dan?' Hij keek haar angstig aan.

Ze liet haar schouders zakken. Ze had geen idee. Fridtjof stond niet aan haar kant, dat zou hij ook nooit doen. Er zou hier nooit iets veranderen. Tenzij ze zelf iets deed. 'Laten we ervandoor gaan, Leif, samen met mijn Haakon en onze zusjes.'

50

Ira

Hij had haar afgezet bij zijn huis en was meteen daarna weggereden. Onderweg had hij nauwelijks iets tegen haar gezegd. Ook Mette had vrij kortaf tegen haar gedaan toen ze haar naar binnen liet. Zouden ze met Junior hebben gesproken? Was hij slimmer dan ze dacht en had hij haar verhaal in de stal doorzien? Junior was ook niet thuis en ze had hem niet meer gezien bij het klooster die ochtend. Met een wee gevoel in haar maag staarde ze door haar kamerraam naar buiten. Weer was het aan het sneeuwen, er lag nu een pak van minstens vijftig centimeter dik op het balkon dat aan haar kamer grensde. De bergen sneeuw naast de huizen werden steeds hoger. Op elke andere plek zouden kinderen ervanaf zijn gegleden of zouden er sneeuwpoppen van worden gemaakt en sneeuwbalgevechten worden gehouden, maar daar hadden de kinderen hier geen tijd voor. Zij moesten na schooltijd helpen met allerlei klusjes bij het klooster of werken voor hun ouders. Je kon niet jong genoeg beginnen met werken, dat was goed voor je karakter, had Mette haar eerder toevertrouwd.

Het begon haar te benauwen, die continue sneeuwval, waardoor je niet verder kon zien dan een paar meter. Alsof je steeds door troebel glas keek. Plotseling verlangde ze naar huis. Niet naar Sneek, maar naar Oudega, naar de boerderij waar ze als gezin hadden gewoond. Naar de weidse uitzichten en de blauwe meren waarin de wolken werden weerspiegeld. Naar de groene weilanden met Friese paarden en bonte koeien. Naar de Brekken, waar watervoertuigen in alle vormen en kleuren over het water bewogen. Naar samen met haar vader en Simon op de rand van de steiger zitten om naar de aalscholvers te kijken die hun vleugels droogden in de zon. Haar schouders begonnen te schokken, er ontsnapte een jammerend geluid uit haar keel. Ze liet zich op het bed vallen met haar gezicht in haar kussen en liet haar tranen lopen. Waar had deze herinnering al die tijd verborgen gezeten? Het gevoel van gemis dat ze lange tijd ergens veilig had opgeborgen begon zich weer een weg naar buiten te graven. Ze wilde iets van die tijd terughalen.

Het eerste wat ze morgen moest doen, was alles aan Kristofer vertellen, aan Simon dus. Als hij toch eens wist dat hij haar broer was! Zou hij zich nog iets kunnen herinneren van zijn leven in Friesland? Dat moest toch haast wel? Zij was pas zes geweest, maar kon zich ook nog dingen herinneren. Alleen... Hoe zou hij reageren? Zou hij haar wel geloven? Wat als hij haar niet geloofde en zou zeggen dat ze een verrader was? Ze duwde haar nagels in haar handpalmen en beet op haar onderlip. Wat had ze voor bewijs om haar verhaal te staven? Inger was de enige die haar verhaal kon onderbouwen, maar iets zei haar dat ze niet op haar hoefde te rekenen. Inger had al te veel risico genomen en was niet van plan om met haar mee te gaan, dat was haar wel duidelijk geworden die ochtend. De wereld buiten Het Noors Genootschap beangstigde haar nog meer dan de dood, dus wat had Ira daartegen in te brengen?

Ze moest ervoor zorgen dat Kristofer niets tegen Odin zou vertellen. Als die doorkreeg waarvoor ze werkelijk hier gekomen was, en wat ze allemaal wist, dan zou hij haar niet zomaar laten gaan. Ze voelde haar maag weer samentrekken. Hoe langer ze in dit huis bleef, hoe meer gevaar ze liep. Als ze morgen alles aan Kristofer verteld had, zou ze misschien beter met hem kunnen afspreken dat ze op een geheime locatie zou verblijven, tot hij alles geregeld had en met haar mee zou gaan.

Als hij met je meegaat...

Weer overviel de twijfel haar. Waarom zou hij alles zomaar opgeven? Hij had hier status, macht en geld. Vrouwen die hem aanbaden. Maar wist hij wel wat zijn vader Fridtjof hun moeder had aangedaan? Wat er gebeurde met de mensen die zogenaamd weggingen? Dat was het! Als ze hem kon overtuigen van de keerzijde die het leven hier had, zou hij vast weg willen. Als ze zo naar hem keek en naar hem luisterde tijdens zijn toespraken, dan had hij echt ambitie om de wereld beter te maken. Hij moest alleen weten dat wat hier gebeurde niet juist was. En dat niet de buitenwereld slecht was, maar hun systeem en hun geloof. Zijn ambities voor het klimaat kon hij toch ook ergens anders waarmaken?

Ze werd opgeschrikt door Mette, die riep dat het eten klaar was. Dat betekende dat de mannen ook thuis waren, want ze gingen nooit eten zonder de mannen. Het was alleen zo stil, en ze had niemand thuis zien komen. Normaal gesproken kwam op zondag de hele familie hier bijeen, waar was iedereen? Ze trok haar huisslofjes aan en liep de trap af. In de keuken was het stil, op het geluid van de afzuigkap na.

Mette draaide zich naar haar om. 'De mannen eten vanavond niet mee, ze hebben belangrijkere zaken aan hun hoofd. Onze leider, Fridtjof Berg, is vanochtend overleden.' Ze roerde verder in de pan.

'Wat erg. Gecondoleerd,' was het enige wat ze uit kon brengen. Dus die creep was dood! Wat zou dit voor gevolgen hebben? Wie van de twee broers zou de leider worden? En welke rol kreeg Odin in het verhaal? Het was alsof iemand alle lucht uit haar longen perste, alsof haar borstkas in elkaar werd gedrukt. Als Kristofer de nieuwe leider werd zou het nog moeilijker worden hem alleen te spreken te krijgen en hem te overtuigen van haar verhaal. Kon ze nu maar naar hem toe, om met hem te praten.

'Kun jij voor twee personen de tafel dekken?' onderbrak Mette haar gedachten.

'Ja, ja, natuurlijk.' Ze liep naar de buffetkast en begon de borden op tafel te zetten. Haar vingertoppen waren vochtig van het zweet. Ze veegde haar handen af aan haar rok en pakte het bestek uit de lade. 'Wat gaat er nu gebeuren?' durfde ze te vragen aan Mettes rug.

Mette zette de pan op tafel. 'We gaan eerst afscheid nemen. Dan is de begrafenis, net als bij jullie,' zei Mette kortaf.

'Ja, dat begrijp ik. Ik bedoelde meer met het leiderschap...' Ze kon wel op haar tong bijten toen ze naar Mettes boze gezicht keek.

'Dat is aan de Yari. Daar hebben wij vrouwen niets mee te maken.' Ze nam een hap van de stoofpot die ze gekookt had.

'Natuurlijk. Mijn excuses.'

Daarna aten ze stilzwijgend verder.

51

Ira

Ze was die ochtend gewoon op dezelfde tijd als anders opgestaan en gaan ontbijten. Mette had blijkbaar wel wat ontbijtspullen klaargezet, maar was zelf nergens te bekennen. Ook Odin en Odin junior had ze niet meer gezien. Zou Kristofer wel op het werk zijn? En Haakon? En zou Gertrud meer weten? Ze schrokte snel wat havermout naar binnen, spoelde die weg met thee en liep weer naar haar kamer. Daar deed ze haar belangrijkste spullen in haar schoudertas, haar nep-ID in het voorvakje. Ook al erkende Het Noors Genootschap geen ander gezag dan dat van hun eigen leider, ze had toch een geldige identiteitskaart nodig gehad om te kunnen reizen. Voor de zekerheid had ze Ronne een nep-ID laten maken. Ze had niet gevraagd hoe hij het geregeld had, maar het was gelukt. De nep-ID had ze voor het geval ze hier iets moest laten zien. Haar echte zat ergens ver weggestopt onder in haar tas, samen met haar telefoon. Voor de zekerheid pakte ze een paar schone kledingstukken en propte die erbij.

Toen ze naar de bushalte liep was het nog vroeg, er stond niemand anders te wachten. Ze stapte als eerste en enige in de bus. Dit had ze nog nooit meegemaakt. Het gaf haar een unheimisch gevoel. Alles leek ineens anders. Had ze wel mogen gaan werken? Straks deed ze het helemaal fout! Dit scenario had ze niet met Lieneke besproken. Ze voelde zich hoe langer hoe ongemakkelijker. Tegen de tijd dat ze bij het conferentiecentrum in Tromsø aankwam was haar rug nat van het zweet en kon ze nog net de neiging om over te geven in bedwang houden. Ze stapte zo snel uit dat ze uitgleed op een ijzig geworden stukje stoep. Met een harde klap belandde ze op haar stuitje. Verdwaasd bleef ze even op de kille tegels zitten. De kou verdoofde de pijn een beetje. Toen kwam ze moeizaam overeind en wreef over haar zere stuitje. De buschauffeur liep naar haar toe.

'Gaat het met je? Ik had het niet gezien, anders was ik je eerder komen helpen,' zei hij in rap Noors.

'Het gaat wel hoor, dank u,' bracht ze moeizaam uit.

'Kan ik iets voor je doen? Je bij een apotheek afzetten in het centrum misschien? Ik moet daar toch heen. Naar het centrum bedoel ik.'

Er flitsten allerlei mogelijkheden door haar hoofd. Ze kon met hem meegaan, ergens in een hotel vast een kamer boeken voor haar ontsnapping en ondertussen Ronne bellen. In een hotel zou ze ongetwijfeld wel ontvangst hebben. Ze keek om zich heen, waren er al andere collega's langs haar heen gelopen? Ze wist niet of ze al was gezien. En straks kwam ze iemand tegen in de stad, wat moest ze dan zeggen? Volgens Inger had Odin overal mensen werken, dus ook in de stad. Maar die kenden haar toch niet? Ze keek omlaag naar haar kleding. Daarin werd ze natuurlijk meteen herkend als iemand die bij Het Noors Genootschap hoorde. Ze voelde zich verscheurd door twee keuzes. Wat moest ze nu doen? Zou ze het erop wagen?

'En? Weet je het al? Ik moet weer verder,' zei de buschauffeur tegen haar.

Straks hoorde hij ook bij het genootschap. 'Nee, het gaat wel. Dank u voor het aanbod.' Ze liep naar de ingang en stak haar hand nog een keer op als bedankje. Bij elke stap voelde ze haar stijve onderrug en haar pijnlijke stuitje.

Toen ze het kantoor binnenkwam, was het ook daar doodstil.

Was ze nou toch maar met die buschauffeur meegegaan, hier miste niemand haar. Ze hoopte zo dat ze geen fout had gemaakt door te gaan werken op de dag na de dood van de leider. Al was het gebouw wel open en zat er iemand bij de receptie. Ineens bedacht ze dat ze het rijk alleen had en nu ongestoord in de computer rond kon neuzen. Ze kon Ronne mailen en vragen of hij nog dingen ontdekt had. En zou hier in het gebouw iets te vinden zijn? Informatie waarmee ze Kristofer kon overtuigen van haar gelijk? Vlug liep ze naar haar kamer en startte de computer op. Ze had geen mails van belang ontvangen, zelfs niet over de dood van Fridtjof Berg. Maar dat was misschien wel een taak die zij nog zou krijgen, om daarover een bericht te maken en dat rond te sturen. Ze zou het hopelijk straks allemaal horen, als Kristofer nog kwam. Ze stuurde Ronne een mail om te vragen of hij contact met haar op kon nemen, omdat de leider dood was en ze nu snel bewijs nodig had om Kristofer te overtuigen. En Ronne wist natuurlijk niet dat Kristofer Simon was! Vlug stuurde ze er nog een berichtje achteraan om dit belangrijke nieuws te melden en verwijderde daarna alle verzonden mails aan Ronne.

Kon ze maar in contact komen met Solveig. Ze zinde net op een manier om haar te bereiken toen ze een envelopje boven in haar scherm zag knipperen. Ze had mail. Het was Ronne! Hij had vast zijn meldingen aangezet zodat hij snel kon reageren als ze wat stuurde.

Lieve Ira, ik vind het vreselijk dat je daar alleen zit, ik word hier gek van ongerustheid en voel me zo machteloos! Wel geweldig dat je Simon eindelijk hebt gevonden! Maar wees ontzettend voorzichtig, hij woont en leeft daar al zo lang, hij zal je niet zomaar geloven. Ik heb niet op Haakons bankrekening kunnen kijken, maar heb wel ontdekt dat hij opgeteld jaarlijks zo'n tien miljoen Noorse kronen van het bedrijf naar bv's heeft overgemaakt op Saint Vincent en de Grenadines. Dit doet hij in kleine bedragen naar bedrijven die zich zogenaamd bezighouden met de productie of het onderhoud van windmolens. Ik ben erachter gekomen dat hij zelf die bv's heeft opgericht. Ik begrijp niet hoe hij dit verborgen heeft kunnen houden voor de accountant van Grønncorp of voor het management, maar misschien heeft hij al die rollen naar zichzelf toe getrokken en houdt hij zo controle. Dat zou de meest logische verklaring zijn. Ik stuur je een paar screenshots mee van de rekeningen, die moet je fotograferen en daarna weggooien, voordat iemand deze mail kan lezen.

Ze merkte dat ze al even vergeten had te ademen en nam een diepe teug lucht. Dus Haakon verbraste niet alleen geld met callgirls, hij sluisde ook geld weg van Het Noors Genootschap. Maar met welk doel? En wat als iemand anders, zoals Odin hierachter kwam? Kon hij zelfs daarmee wegkomen als zoon van de leider? Ze schudde haar hoofd en wurmde snel de telefoon uit haar tas om foto's te maken van de mail en de bijlagen. Toen las ze verder.

Over de namen op de archiefkaart heb ik weinig tot niets kunnen vinden. Je familie woont volgens mij niet in Viken of daar in de buurt. Als ze weg zijn gegaan, hebben ze vast (net als je moeder) een nieuwe identiteit aangenomen. De enige naam die ik terug heb kunnen vinden, was Mikkel Stark. Hij werkt nog voor Het Noors Genootschap, maar is naar een gemeenschap in Oslo verhuisd, waar hij met zijn gezin woont. Het lijkt erop dat de zusjes van jouw moeder en haar oudste broer in het niets zijn verdwenen. En er was nog een jonger broertje, Mads, maar die is als kind al overleden en ligt bij jouw opa en oma begraven als het goed is. Daarvan is wel melding gemaakt in de archieven van de gemeente Tromsø.

Tot zover. Laat me weten wat je nu van plan bent, misschien kan ik je helpen? x Ronne.

Ze verwijderde de mail en probeerde het allemaal tot zich door te laten dringen. Wat was er met de rest van haar familie gebeurd? En haar opa, oma en oom lagen dus begraven in Viken? Waarschijnlijk lagen ze in een naamloos graf, zodat er geen sporen van haar schandelijke familie meer te vinden waren op deze aarde.

Wat was haar plan eigenlijk? Kon ze Kristofer zomaar het hele verhaal vertellen? Wat als hij de nieuwe leider werd, dan zat hij toch niet te wachten op iemand die beweerde zijn zusje te zijn en die alles waar hij zo lang voor gewerkt had in gevaar kon brengen? Ze steunde met haar ellebogen op haar bureau en begroef haar handen in haar haren. Zo zat ze een tijdje te piekeren toen ze achter zich ineens een stem 'Goedemorgen' hoorde zeggen. Ze schrok op en gooide bijna haar beker met koffie om.

'Wa... Goedemorgen Marius,' bracht ze uit.

'Gaat het wel?' vroeg Marius bezorgd. 'Het is wel ontzettend schrikken hoor, dat onze leider is overleden.' Hij keek haar verdrietig aan. Het leek echt.

'Ja, ja, inderdaad. Ik dacht al dat ik alleen was vandaag, waar is iedereen?' Ze gebaarde om zich heen.

'Meneer Berg is er uiteraard niet, die heeft van alles te regelen. En de andere meneer Berg ook natuurlijk,' haastte hij zich te zeggen. 'En verder denk ik dat we gewoon door moeten werken, want alles moet blijven draaien tenslotte.' Hij wapperde met zijn armen als een windmolen.

Ze proestte het uit. Deze hele situatie was al zo surrealistisch, en Marius die een grap maakte was wel het toppunt.

Hij keek haar verward aan.

'Je maakte toch een grap?'

'Ja, ja,' antwoordde hij schuchter, terwijl zijn wangen rood werden. 'Ik ben het niet gewend dat iemand om mij lacht.'

'Geeft niets. Ik ga even warme koffie halen. Wil jij ook?' Ze stond op en griste haar halfvolle beker mee. 'Zeg, is Gertrud er ook, weet je dat misschien?'

'Volgens mij wel, hoezo?'
'Niets. Ik ga zo even kijken hoe het met haar gaat.' Het schoot haar ineens te binnen. Misschien kon die stasi haar wel helpen!

52

Odin

Vandaag zouden ze het afscheid van Fridtjof voorbereiden. Het moest indrukwekkend zijn en gepast, maar ook hoop geven voor de toekomst. Het was tijd voor een nieuwe, jonge leider, een die meeging met de tijd, die begreep wat de mensen van nu dreef. De Yari zou die middag bijeenkomen, om te beslissen over de toekomst. Het was ongewoon dat er twee kandidaten waren om Fridtjof Berg op te volgen, maar zo had hij het altijd gewild. Ze moesten allebei een kans krijgen. Wat Fridtjof nooit had durven zeggen omdat hij een laffe hond was, was dat hij zijn oudste zoon niet geschikt vond als leider. Op deze manier hoopte hij dat hij heel vooruitstrevend overkwam, terwijl het al toen de jongens vrij jong waren duidelijk was dat Kristofer de meeste kwaliteiten had. Daarbij kwam dat Haakon in de gemeenschap het imago had dat hij zwak was, dat hij een enge ziekte had en dat er misschien zelfs wel iets duivels in hem huisde.

Odin had er persoonlijk voor gezorgd dat dit soort praatjes op een vrij natuurlijke manier in omloop waren gekomen, zodat hijzelf buiten schot bleef. Hij hoefde maar iets te laten vallen over een epileptische aanval, met de juiste persoon in de buurt wist hij dat het verhaal – enorm uitvergroot – als een lopend vuurtje rond zou gaan. Haakon wist dat hij geen eerlijke kans kreeg en was zich steeds meer gaan richten op het bedrijf Grønncorp en zijn leven in Oslo. Odin kneep een oogje toe, zodat Haakon ook het gevoel had dat hij iets kon doen wat hij graag wilde. Maar het moest niet in het nieuws komen, daar was Odin heel duidelijk over. De naam van Het Noors Genootschap mocht niet worden bezoedeld.

Hij keek naar Junior, die naast hem in de auto zat. De jongen was opgeknapt doordat hij een plan voor zijn toekomst had. Hij was begonnen bij de Blauwe Brigade en had de mogelijkheid om met Ira te trouwen. Daar moest hij trouwens snel achteraan, hij had toestemming nodig van Ira's vader. Maar eerst zou hij ervoor zorgen dat de toekomst van Het Noors Genootschap veilig werd gesteld, met Kristofer als leider.

Junior kuchte. 'Vader, misschien niet het juiste moment, maar wanneer kunt u de vader van Ira om toestemming vragen?'

Kon hij soms zijn gedachten lezen? 'Dat is inderdaad nu niet het juiste moment, maar ik ga er snel achteraan. Wat heeft Ira trouwens gezegd dat je zo zeker weet dat zij ook akkoord gaat?'

'Ik sprak haar in de stallen toen ze op zoek was naar tante Inger. Die mocht weer op zaal slapen, maar dat wist Ira niet. Volgens Ira had tante Inger altijd spijt gehad van...' Junior hield opeens zijn mond.

Wat had die jongen ineens? 'Nou? Waarvan?' vroeg hij ongeduldig.

'Het is misschien niet zo gepast om dat tegen u te zeggen.' Junior keek bedenkelijk. 'Het komt erop neer dat tante Inger haar heeft aangeraden om met mij te trouwen.'

Zoals hij haar had opgedragen. Alleen wat vertelde de jongen hem niet? 'Waar had ze volgens Ira spijt van? Ik wil het graag weten, Junior.' Hij kon de irritatie in zijn stem niet verbergen.

'Ze heeft Ira verteld dat ze er spijt van heeft dat ze niet met u getrouwd is.'

'Wat?!'

'Ze zei dat moeder wel heel graag met u wilde trouwen en dat jullie beter bij elkaar pasten. Dat is dus wat Ira vertelde, ik heb het niet van tante Inger zelf.' Junior frummelde ongemakkelijk met zijn vingers aan zijn broek.

Dus Inger had een boekje opengedaan over hun verleden? Waarbij ze even vergeten was te vermelden dat zij hem had afgewezen en er écht alles aan had gedaan, zelfs hoereren, om in dat klooster te komen, zodat ze niet met hem hoefde te trouwen. Hij was inderdaad beter af met Mette, maar dat zij spijt van haar keuze had, daar geloofde hij geen zier van. Oude gevoelens van wrok borrelden naar de oppervlakte. Hij wist dat hij niet mocht haten, maar zij was het vleesgeworden kwaad. Hij had haar te lang het voordeel van de twijfel gegeven. Wie weet wat ze nog meer rondbazuinde.

'Vader?' Junior klonk bezorgd.

'Het is goed, jongen. Ik ben blij dat ik met je moeder ben getrouwd. Zij is de meest rechtschapen én goede vrouw die ik ken.' Hij kneep hard in zijn stuur en trapte het gaspedaal diep in. Vanavond had hij nog een bezoekje af te leggen samen met Mats.

De Yari was bijeengekomen in het dorpshuis in Viken. Odin zat aan het hoofdeinde van de tafel, met aan weerskanten van hem de hoofden van de andere gemeenschappen uit het noorden. 'Welkom allemaal. Fijn dat jullie hier op zo'n korte termijn kunnen zijn. Helaas is de aanleiding nogal tragisch. We zullen Fridtjof Berg allemaal missen als onze grote leider. Het afscheid is morgenavond gepland. De begrafenis zal woensdagochtend plaatsvinden.'

De mannen aan tafel trokken een gepast treurig gezicht en knikten instemmend.

'Helaas hebben we nog geen vertegenwoordiging vanuit Haga sinds Pedersen ons is ontvallen.' Hij keek op. De vijf mannen van de overgebleven gemeenschappen keken hem onbewogen aan. Blijkbaar miste niemand Pedersen, dacht hij zelfgenoegzaam.

'We zullen ervoor zorgen dat er snel vervanging komt. Maar nu wat belangrijkers: het leiderschap!'

Er werd instemmend geknikt. Een van de mannen, Frederiksen uit Rotsund, deed zijn mond open. 'Kunnen we daar wel over stemmen als we niet compleet zijn?' Hij schraapte zijn keel, alsof hij het ongemakkelijk vond om erover te beginnen.

'Ik heb daar natuurlijk over nagedacht...' begon Odin. Wat helemaal niet het geval was, want hij wist allang wie de leiding moest krijgen, maar hij moest hun toch het idee geven dat ze meebeslisten. '... gezien de tijd die het in beslag neemt om vervanging te vinden, leek het me beter daarmee te wachten. Een nieuwe leider benoemen is nu het meest dringend. Ik verwacht dat wij dat met elkaar ook prima afkunnen.' Een beetje inspelen op hun ijdelheid was nooit verkeerd. Hij streek tevreden over zijn baard. 'Nu, ik zal beide kandidaten, die jullie natuurlijk ook persoonlijk kennen, met jullie doornemen.'

Het was allemaal vrij soepel verlopen. Zoals verwacht was er eenduidig gestemd voor Kristofer. Hij had nog 'geprobeerd' het voor Haakon op te nemen, maar sinds bekend was geworden binnen de Yari dat hij drugs gebruikte en er een losbandig leven op na hield in Oslo, was de maat vol. Dit verhaal had hij zich 'per ongeluk' laten ontvallen toen Mats in de buurt was. Die had het, zoals hij verwacht had, meteen doorgebriefd aan Frederiksen, die familie van hem was. Dat Haakon aan een 'duivelse' ziekte leed was ook niet in zijn voordeel. De gemeenschap wilde een sterke en gezonde leider, had een van hen bepleit. Bovendien was Kristofer degene die het meeste charisma had, die op de juiste manier de boodschap van God en het gedachtegoed van Het Noors Genootschap kon overbrengen. Odin had gedaan alsof hij daarover na moest denken, maar toen ingestemd. Nu moest hij het goede én het slechte nieuws aan Kristofer en Haakon gaan overbrengen.

53

Ira

Ze snelde de trap af en de gang door, naar de kamer van Gertrud, die een verdieping lager lag. Kristofer en Haakon zouden vandaag vast te druk zijn met het regelen van de begrafenis om op kantoor te komen, maar misschien kon ze met Gertrud een reden bedenken om hen te spreken te krijgen. Ze moest er alleen goed over nadenken hoeveel ze aan haar zou toevertrouwen. Als bekend werd wat Haakon had gedaan, was zijn leven misschien ook in gevaar.

Ze klopte kort op de deur van het kantoor en stapte naar binnen.

Gertrud keek verbaasd op. 'Ira?'

Ze onderdrukte de neiging om een sarcastisch antwoord te geven en deed de deur achter zich dicht. 'Ben je ook alleen vandaag?'

'Ja, hoezo? Heb je eindelijk wat gevonden? Dat zou wel tijd worden. Ik heb je al veel te lang uit de wind gehouden,' zei Gertrud op klaaglijke toon. Ze ging rechtop in haar stoel zitten en sloeg haar armen demonstratief over elkaar.

'Ja, sorry daarvoor,' perste ze met moeite over haar lippen. 'Ik weet nu meer over dat geld.' Ineens wist ze hoe ze het aan moest pakken.

'Nou, vertel op.' Gertrud keek haar geïrriteerd aan.

'Haakon sluist geld weg naar bv's op Saint Vincent en de Grenadines...'

'Wat? Wat is dat, Saint Vincent...?'

Ze was even vergeten dat de wereld van Gertrud vrij klein was en ze waarschijnlijk nog nooit van een belastingparadijs had gehoord. Al had ze zelf ook nog nooit van het eiland gehoord, totdat Ronne erover begon. 'Het is een zogenaamd belastingparadijs. Er wordt geld naar banken daar overgeschreven omdat ze...'

'Ja, ik weet wat een belastingparadijs is,' zei Gertrud tot haar verrassing. 'Zijn die bv's van Haakon?'

Ze had even geen rekening gehouden met Gertruds boekhoudkundige achtergrond. 'Dat hebben we nog niet kunnen achterhalen,' loog ze. 'Misschien kun jij dat uitzoeken? Kun je in Haakons computer komen?'

'Wat?! Je denkt toch niet dat ik gek ben!' Gertrud kwam overeind. 'Straks word ik betrapt en kan ik weer naar huis.'

'Oké, rustig maar.' Ze maande haar om weer te gaan zitten. 'Hoe kunnen we dit het beste aanpakken?'

'Jij gaat hem ermee confronteren,' zei Gertrud ineens. 'Dat is het beste. Anders denkt hij dat ík heb rondgesnuffeld in zijn papieren.'

'Hoe dan? Kun jij hem naar kantoor krijgen?'

Gertrud knikte. 'In noodgevallen mag ik hem thuis bellen. Hij komt vast wel als ik zeg dat jij hem graag wil spreken over iets wat met Saint Vincent te maken heeft. En dan zeg ik dat ik verder ook niet weet waar het over gaat.'

Tuurlijk, die stasi zou zichzelf nooit onnodig in de problemen brengen.

'Je kunt hem dan ook vertellen dat jij voor hem wilt werken en dat hij het moet regelen met Kristofer dat ik voor hem kan werken.'

'Nou, ik weet het niet hoor...' protesteerde Ira halfslachtig.
'Het is dat of niets,' zei Gertrud vastberaden.
'Oké, bel hem maar.'

54

Ira

Ze wachtte op een bankje in het park. Gertrud had Haakon gezegd daarnaartoe te komen aan het eind van de middag. De zon was al even onder, waardoor ze het koud had gekregen. Ze kon maar moeilijk wennen aan de korte dagen in het noorden. Ze hoopte dat ze voordat de poolnachten begonnen weer terug was in Nederland. Bij Ronne. Nu ze verder bij hem vandaan was dan ze ooit was geweest en steeds meer risico liep om ontdekt te worden, wist ze dat ze van hem hield. Waarom was dat niet genoeg voor haar? Waarom moest ze zo nodig oude lijken uit de kast halen? Oude wonden openrijten? Waarom was ze niet tevreden met haar leven thuis?

Nee, dat was het niet, hield ze zichzelf voor. Ze wilde haar broer terug. Nee, haar broers. Haar hart maakte een klein sprongetje. Ze was niet alleen op deze wereld. En ze wilde dat haar ouders en familie recht werden gedaan. Zichzelf recht doen. Bewijzen dat zij al haar hele leven gelijk had gehad over Simon. En als ze hier heelhuids uit kwam, had ze de beste coverstory ooit! Als haar artikel bij een grote krant geplaatst werd, zou ze het eigenhandig uitknippen, inlijsten en aan Wytze overhandigen. Ze onderdrukte een glimlach. Haar gedachten dwaalden af, ze moest scherp blijven, Haakon kon elk moment verschijnen. Nu begonnen ook de zenuwen weer op te spelen. Haar handen voelden koud en klam in haar handschoenen. Ze sloeg ze tegen elkaar om op te warmen.

Het knerpende geluid van voetstappen in de sneeuw kwam haar tegemoet. Ze tuurde in de richting waar het geluid vandaan kwam, uit een deel van het park dat niet verlicht werd. Toen zag ze zijn gestalte opduiken in het schijnsel van een lantaarnpaal. Het viel haar nu pas op dat hij veel tengerder gebouwd was dan Kristofer. Meer zoals zijzelf. Zoals hun moeder... Hoe zou hij reageren op haar verhaal? Wat als hij haar niet geloofde? Kwaad werd? Voor hetzelfde geld kon hij haar beschuldigen van verraad en ervoor zorgen dat ze opgesloten werd, of erger... Moest ze hiermee doorgaan? Nu kon ze nog terug.

'Dag Ira, mag ik bij je komen zitten?' onderbrak Haakon haar gedachten.

'Dat is goed.' Ze schoof automatisch iets opzij. 'Ik ben blij dat je gekomen bent.' Ze onderdrukte de trilling in haar stem.

'Waarvoor ben ik hier eigenlijk?'

Zag ze daar een spiertje vertrekken bij zijn mond? 'Ik moet iets met je bespreken,' zei ze, terwijl ze haar armen om zich heen sloeg om warm te blijven.

'Ja, over Saint Vincent en de Grenadines blijkbaar. Wat wil je daarover kwijt?' Hij keek haar nu recht aan. In zijn stem was een harde klank gekomen.

'Ik weet niet goed waar ik moet beginnen...'

'Als je denkt dat je me daarmee kunt chanteren... Het is jouw woord tegen het mijne. En ik denk dat ik wel weet wie er geloofd wordt.' Hij stond op.

Ze deed een halfslachtige poging hem tegen te houden, maar toen dat niet lukte ging ze voor hem staan en legde haar hand op zijn arm. 'Jij en Kristofer zijn mijn halfbroers,' flapte ze eruit.

'Wat?! Wat is dit voor onzin? Ben ik hiervoor gekomen? Terwijl mijn vader nog niet eens begraven is?' Hij duwde haar arm weg en stond op. 'Je begrijpt hopelijk wel dat ik dit gedrag met Odin moet bespreken?'

‘Nee, nee, alsjeblieft. Luister naar me.’ Ze hoorde de smekende klank in haar stem. Hij moest haar een kans geven!

‘Ik kan me gewoon geen scenario voorstellen waarin dat de waarheid kan zijn, maar vertel. Ik geef je vijf minuten.’ Hij deed zijn armen demonstratief over elkaar en ging een stap dichter bij haar staan, zodat er nog maar twintig centimeter tussen hen was.

Ze moest haar best doen om hem in de ogen te kunnen kijken. Het gaf haar een vreemd claustrofobisch gevoel dat hij zo dichtbij stond. ‘We hebben dezelfde moeder, Freya Stark.’

Verward schudde hij zijn hoofd. ‘Mijn moeder is gevlucht met haar minnaar toen ik een baby was. En ze is allang dood. Dat was Gods straf voor haar overspel...’

‘Ze is er niet vandoor gegaan met haar minnaar. Ze is gevlucht van Fridtjof, jullie vader!’

‘Hoe kom je daarbij?! Als je hier weg wilt, ga je gewoon weg. Je hoeft niet te “vluchten”.’

‘Fridtjof behandelde haar slecht. Dat is wat ik van Inger begrepen heb. Zij was mijn...’ Ze herstelde zich: ‘... ónze moeders beste vriendin. In Nederland is Freya met een Friese man getrouwd, mijn vader. En Kristofer had ze meegenomen. Hij is mijn broer, Simon.’

Hij schudde zijn hoofd. ‘Inger is niet te vertrouwen, die zit niet voor niets opgesloten in dat klooster.’

‘Je moet me geloven.’

‘Waarom zou ik? En waarom kom je naar mij, als Kristofer de broer is die je kent? Wist je überhaupt van mijn bestaan?’

Die vraag had ze kunnen verwachten. ‘Nee, ik wist niet dat je bestond,’ zei ze naar waarheid. ‘Maar ik ben heel blij dat ik niet één, maar twee halfbroers heb. Mijn ouders zijn op mijn zesde vermoord door Het Noors Genootschap. Sindsdien heb ik altijd geweten dat mijn broer nog leefde en dat ik hem op een dag zou zoeken. En nu blijk jij ook een halfbroer te zijn...’ Ze voelde haar ogen vochtig worden. Er was zoveel te vertellen, maar wat zou hem overtuigen? Hij was zijn leven lang geïndoctrineerd door zijn vader, Odin en Het Noors Genootschap.

'Vermoord? Dat is nogal een beschuldiging. Hoe weet ik of ik je kan geloven? Moet ik het soms aan Inger vragen?' vroeg hij spottend.

'Ja! Inger kan het bevestigen. Maar ze is heel bang, dus doe het voorzichtig,' zei ze opgewonden. Misschien geloofde hij haar toch.

'Je denkt toch niet echt dat ik dat ga doen?' zei hij ineens met een dreigende klank in zijn stem.

Had ze zich in hem vergist? 'Ik weet het van je bv's op Saint Vincent en van het geld dat je achterover hebt gedrukt. Ik kan het bewijzen!' Het was eruit voordat ze zich kon bedenken.

Hij pakte haar bij haar schouders vast. Zijn greep was onverwachts stevig. 'Wat wil je nou eigenlijk echt van me?' Met toegeknepen ogen keek hij haar aan. 'Geld?'

Ze maakte zich los en deed een stap naar achteren. 'Ik wil dat je ervoor zorgt dat Kristofer met me wil praten. Het maakt me niet uit dat je geld hebt weggesluisd, ik wil gewoon mijn familie terug!'

'Dus je hebt mij alleen maar benaderd omdat je Kristofer wilt overtuigen? En omdat ik chantabel ben? En wat wil je dan gaan doen met die kennis over mij?'

Zijn stem klonk boos, maar zijn houding verried iets anders. Teleurstelling? Verdriet? Ze wilde hem geen pijn doen, integendeel. 'Ik ben heel blij om jou te leren kennen, Haakon, en ik wilde het niet zo doen, maar ik zag geen andere manier.'

'Wat klets je nou? Je werkt bijna dagelijks met hem op kantoor. Kon je het eerder niet vragen?'

'Ik heb het pas net ontdekt. En nu Fridtjof is overleden...'

'Wordt Kristofer de nieuwe leider. Is dat het?'

'Dat weet ik niet, maar het zou kunnen.'

'Laat me je één ding zeggen. Ik heb er nooit ook maar een seconde aan getwijfeld dat Kristofer de nieuwe leider zou worden van Het Noors Genootschap. Dat is me van kinds af aan wel duidelijk gemaakt, al probeerden ze de schijn goed op te houden,' zei hij met een bittere klank in zijn stem. 'En Kristofer heeft zijn hele leven maar één ding gewild, dat is de leider worden van Het Noors Genootschap, dus denk maar niet dat je daartussen komt.' Hij stond op en liep weer het donker in, zonder zich nog om te draaien.

Ze slikte moeizaam en riep: 'Ik meen het, ik wil alleen maar mijn familie terug!' Ze liet zich op het bankje zakken. En hoorde een klapperend geluid. Het waren haar tanden. Nog nooit in haar leven had ze het zo koud gehad. Had ze zojuist haar eigen doodvonnis getekend? Ze keek op de klok die in het park hing. Bijna halfzes. Ze zou weer terug moeten naar Odins huis zolang ze Kristofer de waarheid niet had verteld. Ze deed haar handen voor haar gezicht. Het voelde alsof ze haar hoofd vrijwillig in de strop stak.

55

Freya

'Hoer!' Fridtjof sloeg haar hard in haar gezicht.

Hij haalde nog een keer uit. Ze kon de klap niet opvangen. Haar kaak kraakte. Een pijnlijke steek trok van haar mond naar haar oor.

'Jij geeft alleen maar om jezelf en om het beeld dat je wilt scheppen voor de buitenwereld. Dat van de perfecte leider met zijn perfecte vrouw. Je hebt een hekel aan je eigen zoon omdat hij niet perfect is.'

Haar woorden maakten hem nog razender, dat wist ze, maar het kon haar allang niet meer schelen. Ditmaal kreeg ze een stomp in haar maag. Ze zakte door haar knieën om haar buik te beschermen. Ze had niet verwacht dat hij zo ver zou gaan. Ze zou vechten tot de laatste adem. Hij zou niet winnen! Maar dan zou ze het anders moeten aanpakken. Langzaam stond ze weer op. 'Wat wil je van me?'

'Buig je voorover.'

'Wat?'

'Je hebt me gehoord. Over de tafel heen. Rok omhoog.'

Ze deed wat hij zei. Toen hij bij haar binnendrong, kwamen de tranen.

'Mijn zaad is sterker. Als er een kind in je gaat groeien, zal het mijn kind zijn. Reken daar maar op,' zei hij nadat hij klaar was.

Met een tevreden lach keek hij haar aan. 'Nu, hoer van Babylon, ga je mee met de Blauwe Brigade.'

'Nee! Waarom? Ik wil naar huis, ik wil voor onze zoon zorgen. Hij hoort bij zijn moeder te zijn.'

'Ik heb je niets meer te zeggen.' Hij deed de voordeur open.

Twee mannen kwamen op haar afgelopen. Er trok een rilling door haar heen. Ze hadden al die tijd buiten staan wachten tot Fridtjof klaar was. Ze voelde zich smerig en goedkoop. 'W-wat gaan jullie doen?'

Fridtjof nam het woord. 'Je gaat naar het klooster. Als er nog een kind op komst is, wachten we tot het geboren is.' Hij glimlachte even. 'Daarna hebben we jou niet meer nodig. Hier is haar tas.' Hij overhandigde een weekendtas aan een van de mannen.

'Wat zullen de mensen wel niet denken als ik ineens verdwenen ben? En mijn familie?'

'We stellen ze wel gerust, zeggen dat het voor je eigen gezondheid is. Je was een beetje in de war de laatste tijd en lichamelijk ook al niet in orde. Dat heeft natuurlijk te maken met alle zorgen die je om onze zoon gehad hebt. In het klooster kun je weer op krachten komen, je zoon zien. Mocht je iets anders willen vertellen, ga vooral je gang, maar vergeet niet dat je nog een hulpbehoevend kind hebt... En denk overigens maar niet dat je echt bij hem mag zijn.'

De emoties kolkten door haar lichaam. Haar zoon? Hun zoon! En wat wilde die klootzak nu eigenlijk zeggen? Dat hij haar zou vermoorden als zij haar mond opendeed? 'Leif is lid van de Yari, hier kom je niet mee weg!'

Fridtjof bracht zijn vinger naar zijn lippen. 'Sst, mondje dicht.'

De twee mannen pakten haar elk bij een arm en trokken haar mee naar buiten, naar het busje.

Het was inmiddels donker geworden. Fridtjof had het allemaal uitstekend uitgekiend. Om halfnegen waren alle bewoners van het klooster naar hun kamers en kon de Blauwe Brigade haar onge-

zien naar binnen brengen. Ze vroeg zich af wat ze met haar van plan waren. Zuster Nilsson deed de deur open en keek schichtig om zich heen.

'Kom, hierheen.' Ze gebaarde naar de trap.

'Wat zijn jullie van plan? Jullie kunnen hier toch niet aan meewerken? Waarom doen jullie dit?' probeerde ze, ook al verwachtte ze geen antwoord. Alle drie waren ze hersenloze volgers van Fridtjof.

Maar zuster Nilsson keek haar recht aan. De bruine kraalogen straalden fanatiek in haar fletse gezicht. 'Jij bent de hoer van de duivel. Je hebt onze leider geschaad. Wij zullen ervoor zorgen dat de schade zo veel mogelijk beperkt blijft.' Ze knikte naar boven. 'Je mag in de torenkamer slapen. Net zolang tot we weten of er iets groeit daar.' Ze prikte met haar vinger in Freya's buik. Ze werd de smalle stenen trap op geduwd. Een bewaker liep voor haar en de andere zorgde ervoor dat ze doorliep. Zuster Nilsson volgde in zijn kielzog.

'Zo, dit is je kamer voor de komende maand. Zodra we weten hoe het ervoor staat, kunnen we onze strategie verder uitstippelen,' zei zuster Nilsson alsof ze het over de toekomst van een bedrijf had, in plaats van over Freya's leven.

Ze lieten haar achter in de torenkamer. De deur werd met een harde klap dichtgeslagen. Ze hoorde hoe de sleutel piepte in het slot dat werd dichtgedraaid. Langzaam liet ze zich op het bed zakken. Wat nu?

Ze was gesnapt door een van Odins hulpjes toen ze met een man stond te praten, die in de buurt van het klooster woonde. Ze was hem weleens eerder tegengekomen, toen ze met Inger een stuk ging paardrijden. Ze waren verdwaald in de bossen en opeens had hij voor hen gestaan, met een mand in zijn armen. Hij was paddenstoelen aan het verzamelen. Ze had even met hem gepraat, nieuwsgierig als ze was. Inger had zenuwachtig naast haar staan wiebelen en geen woord gezegd, behalve dat ze terug moesten gaan. De man, die Nederlands bleek te zijn, had een rustige en vriendelijke uitstraling. Hij had ongetwijfeld doorgehad dat ze van het klooster kwamen, maar hij benaderde hen met een open en geïnteresseerde houding. Ze las geen afkeur of oordeel in zijn ogen, zoals ze bij andere buitenstaanders weleens had gehad. Haar intuïtie vertelde haar dat hij te vertrouwen was. Stiekem was ze die dag in de openbare bus gestapt, waarvan ze wist dat die in het dorpje naast het klooster kwam. Ze wilde met die man praten, misschien kon hij haar helpen om weg te komen. Maar Odins mannen hadden blijkbaar de opdracht gekregen van Fridtjof om haar in de gaten te houden, en ze was betrapt. Praten met een buitenstaander, een ongelovige, alsof ze een hoer was!

De tas stond naast haar op de matras. Ze ritste hem open. Fridtjof had alleen het hoognodige ingepakt. Maar toch? Onder in de tas voelde ze iets hards. Haar kistje! Ze kon niet geloven dat hij zo attent was geweest om dat in haar tas te doen. Toen ze het opende lag er boven op haar persoonlijke spulletjes een briefje in Fridtjofs handschrift. Ze hield het bij het licht van de kaars die naast haar brandde. Ze las:

Leviticus 21:9

Als nu de dochter van enigen priester zal beginnen te hoereren, zij ontheiligt haar vader; met vuur zal zij verbrand worden.

56

Odin

Eindelijk was het zover: Kristofer zou de nieuwe leider worden van Het Noors Genootschap. Hier hadden ze samen zo hard voor gewerkt en nu kwam hun droom uit. Hij voelde zich gelukzalig, zo had hij zich nooit eerder gevoeld. Een diep, warm gevoel van dankbaarheid stroomde door hem heen en hij prevelde zachtjes een gebed. Zonder de hulp en steun van zijn God was hem dit niet gelukt. Hij kon niet wachten om het nieuws aan Kristofer te vertellen. Onderhuids broedde iets. Nee, hij wilde het moment niet verpesten. Probeerde de gedachten die opborrelden te onderdrukken. Dit was het mooiste moment in zijn leven, daar wilde hij van genieten.

Maar hij kon de vragen die door zijn hoofd spookten niet tegenhouden. Wat als Inger meer wist? Wat als Inger dingen aan Ira verteld had die ze niet mocht weten? Hij trommelde met zijn vingers op het stuur. Wat moest hij toch met haar aan? Al haar hele leven was zij een luis in zijn pels geweest. Een stuk ongedierte dat bestreden moest worden. Ja, misschien was het dat wel. God kon toch niet anders dan het met hem eens zijn, sommige zonden moesten nu eenmaal bestraft worden. Zijn stemming werd ineens een stuk minder opgewekt. Hij gaf een klap op het stuur. Zelfs dit moment moest ze verpesten!

Hij parkeerde voor Kristofers woning. Die was speciaal naar huis gekomen, want voor die tijd was hij de hele dag druk geweest met het regelen van allerlei zaken in zijn ouderlijk huis. Samen met Haakon en Odin had hij de afscheidsdienst voorbereid en besproken wat er naar buiten toe gecommuniceerd zou worden. Odin was op een gegeven moment naar het dorpshuis vertrokken om de opvolging van Fridtjof te bespreken en had Kristofer na de uitkomst meteen gebeld met de vraag of hij naar zijn eigen huis wilde komen.

Zodra Kristofer de deur opendeed stapte hij met een glimlach op hem af. 'Het is voldaan. Het is gelukt. Jij bent onze nieuwe leider!' Hij pakte Kristofers hand stevig vast tussen zijn handen en feliciteerde hem.

'Dat is geweldig nieuws!' zei Kristofer opgetogen. Hij drukte zijn andere hand op die van Odin en zo bleven ze elkaars handen even vasthouden. 'Jij hebt mij zo goed geholpen en begeleid al die jaren. Zonder jou was het niet gelukt, Odin,' zei hij met een dikke stem.

'We hebben het samen gedaan, jongen. Met de hulp van God.' Hij trok zijn handen terug. 'Laten we naar binnen gaan.'

'Je hebt gelijk.' Kristofer liet hem voorgaan naar de keuken, waar ze plaatsnamen aan de keukentafel. 'Was iedereen het ermee eens?'

Typisch Kristofer, hij wilde het iedereen graag naar de zin maken. Aan de andere kant was het ook wel belangrijk dat zijn achterban hem steunde, dus hij mocht het best weten. 'Unaniem,' zei hij daarom naar waarheid.

Kristofer straalde. 'Wat fantastisch!' Ineens betrok zijn gezicht. 'Weet Haakon het al?'

'Nee, ik ga het hem zo vertellen, als ik hier wegga. Voor hem ligt er een mooie toekomst bij Grønncorp, dat past veel beter bij hem. Haakon is goed in zakelijke dingen, maar heeft minder feeling voor het op de juiste manier aansturen van de gemeenschap.

Dit is de beste keuze die we voor jullie beiden kunnen maken,' zei hij met zo veel mogelijk overtuiging in zijn stem.

'Ik hoop het. Ik wil graag met hem samenwerken, maar ik weet niet of hij dat ook wil, in deze verhouding. Hoe je het ook wendt of keert, ik ben de leider en sta dan boven hem.'

'Dat klopt. Jij bent degene die, samen met de Yari, de toekomst van ons genootschap bepaalt. En Haakon zal zich op de een of andere manier in zijn lot moeten schikken.'

57

Odin

Het was al na negenen toen hij zijn Tesla bij het klooster parkeerde. Het was volle maan. De twee torens staken donker af tegen de hemel. Mats zat naast hem. Hij had zuster Nilsson op de hoogte gesteld. Zij zou Inger vragen om naar de stallen te komen. Mats had tot nu toe niets gezegd, maar toen ze uitstapten vroeg hij wat ze gingen doen.

'We gaan even een gesprek voeren met mijn schoonzus. Als je mij volgt, komt het allemaal goed.'

Mats knikte instemmend.

Hij was niet de meest intelligente schoonzoon die hij zich had kunnen wensen, maar hij begreep wel snel wat er van hem verwacht werd. De deur van het slaapgebouw ging open en Inger kwam naar buiten. Ze trok haar schouders op en sloeg haar omslagdoek strakker om zich heen. Ze zag hen al staan, maar groette niet. Zonder hen een blik waardig te gunnen, liep ze door naar de stallen. Dus ze dacht dat ze boven hen stond? Dat ze beter was dan zij? Dat zouden ze nog weleens zien. Ongeduldig gebaarde hij naar Mats dat hij haar moest volgen.

Binnengekomen kon hij haar gestalte nog net ontwaren in de donkere stal. Wat een lucht! Hoe mensen hiervan konden houden was hem een raadsel. 'Doe het licht aan,' beval hij.

'We hebben toch geen licht nodig om te práten, Odin?' Haar stem klonk neerbuigend.

'Doe het licht aan!' herhaalde hij.

Ze liep naar de ingang en drukte op de lichtknop. 'Daar, zo makkelijk is dat.'

Hoe haalde ze het in haar hoofd om zo brutaal te doen?! Hij knikte naar Mats, die achter haar was komen staan. Uit het niets gaf hij haar een harde stomp in haar onderrug. Haar zwakke plek, wist Odin. Ze schreeuwde en viel bijna voorover, maar ze wist zich te herstellen en ging voor Odin staan.

Ze wreef over haar onderrug. 'Ben je te laf om het zelf te doen, Odin?'

Weer die neerbuigende toon. Het maakte hem razend. Maar hij hield zich in. Hij had nog uren de tijd en wilde nog heel veel van haar te weten komen. 'Kom mee.' Hij pakte haar bij haar elleboog en leidde haar naar achteren, in de buurt van haar paard Voss.

'We kunnen net zo goed hier blijven. Je wilde toch licht? Daar is het stikdonker,' probeerde ze.

Hoorde hij toch een beetje angst in haar stem? Hij glimlachte in zichzelf en trok haar mee. Mats pakte haar andere elleboog, en ondanks haar verzet, sleepten ze haar mee naar achteren alsof ze een lappenpop was.

'Zo,' zei Odin toen ze bij de box van Voss waren. 'Mats, zoek jij eens even een paar krukjes zodat we fatsoenlijk kunnen zitten.' Mats ging meteen op zoek en gooide luidruchtig van alles aan de kant.

'Wat wil je van me, Odin?' hoorde hij opeens naast zich. Weer die minzame toon.

'Wat denk je zelf, Inger?'

'Ik heb werkelijk geen idee. Dus bespaar me de moeite van het raden en zeg wat er is,' zei ze met een vermoeide stem.

'Ik wil graag weten wat jij allemaal tegen Ira hebt verteld.'

'Niets meer dan wat ik van jou moest zeggen. Dat Junior een goede partij voor haar zou zijn.'

Inmiddels kwam Mats aangelopen met twee krukjes. Odin ging zitten op de ene en liet Inger op de andere plaatsnemen. Mats ging schuin achter Inger staan.

'Moet hij daar staan?' zei ze, doelend op Mats.

'Hij staat daar prima. Nu verwacht ik dat je het hele verhaal vertelt, Inger,' zei hij met zijn schoolmeesterstem. 'Ook wat je over mij en Mette hebt gezegd.'

'O dat? Ik heb tegen Ira gezegd dat ik liever niet wilde trouwen omdat ik zelfstandig wilde zijn, maar dat ik daar altijd spijt van heb gehad.'

Hij begon hard te lachen. Dacht ze echt dat hij zo dom was? Ineens werd hij geïrriteerd door haar laatdunkende gedrag. Ze onderschatte hem. Hij knikte naar Mats, die ergens een zweep gevonden had. Een zoevend, kletsend geluid. Inger gilde toen hij haar rug raakte. Naast hem begon Voss onrustig te hinniken. 'Nu de waarheid!'

'Ik heb haar verteld dat wij moesten trouwen en dat ik niet wilde. Maar Mette wel, en dat zij een veel betere partij voor je is,' bracht Inger moeizaam uit.

'Dat is zeker zo. Maar toch heb ik het gevoel dat je meer gezegd hebt. Wat deden jullie van de week achter in het bos?'

'Paardrijden.'

'Zeg op!' schreeuwde hij nu.

Ingers paard trapte tegen de houten schotten van zijn box. Het beest was duidelijk nogal beschermend.

'Paardrijden. Ira's paard was op hol geslagen. Ik moest haar helpen om weer op het pad te komen. Toen kwamen we Junior en Johannes tegen.'

Het klonk allemaal te ingestudeerd. Hij kende Inger langer dan vandaag. Ze was misschien wel opstandig, maar tot nu toe had hij haar (onder lichte dwang) meestal vrij snel aan het praten gekregen. Alleen nu leek het of ze iets achterhield. Zou het met Ira te maken hebben? Het viel hem nu ineens in dat Ira 's avonds laat in de stallen had rondgezworven, terwijl ze op haar bed hoorde te liggen. Door alle gebeurtenissen van de afgelopen dagen had hij daar niet bij stilgestaan, maar waarom zou Ira dat hebben gedaan, als ze Inger ook de volgende dag had kunnen spreken over Junior?

'Mats, doe de box open,' gebood hij met barse stem.

'Nee, nee, doe hem alsjeblieft geen kwaad,' smeekte Inger, terwijl ze Mats' mouw vastgreep. 'Het is maar een paard, hij kan er niets aan doen.'

Mats schudde haar van zich af en schoof de hendel van de deur. 'Zo, wat een lief paardje hebben we hier,' zei hij met een kinderlijk stemmetje. Hij probeerde het dier te aaien, maar het ging hem uit de weg.

'Wat weet jij over Ira?' zei Odin nu, harder.

'Dat ze uit Nederland komt, uit Friesland. Dat ze van paarden houdt. Dat ze met Junior wil trouwen en graag wil werken voor Grønncorp,' somde Inger snel op.

'Mats,' zei hij en hij knikte naar het paard.

Mats haalde een stiletto tevoorschijn en klapte hem uit. Zelfs in de donkere stal kon je het lemmet zien blinken. Voor Inger iets had kunnen zeggen stak hij het mes in de hals van het dier.

Inger gilde het uit. Voss begon te steigeren en Mats sprong snel weg. Inger wilde naar het paard toe, maar Odin hield haar vast. 'Ga je nu praten, of wil je dat het arme dier nog meer lijdt?'

De tranen stroomden over haar wangen, maar ze antwoordde stug; 'Ik heb niets meer te zeggen, ik heb alles al verteld.'

'Mats?'

Mats had ergens een hooivork gevonden en liep ermee naar de box. 'Kom maar, lief paardje, dan zal ik je even kietelen,' zei hij weer met een kinderlijk stemmetje.

Mats was hier goed in, dat moest hij hem echt nageven.

Inger gilde: 'Nee!'

Maar Mats had de hooivork al in de flank van het paard gestoken. Hij trok hem er meteen weer uit en sprong naar achteren. Het dier werd nu echt wild en begon te schoppen.

Ineens pakte Odin Inger bij haar arm en duwde haar in de box, waarna hij die snel vergrendelde. 'Als je vertelt wat je weet, laat ik je eruit,' riep hij.

'Deze keer krijg je niets uit me, wat je ook doet. Ik haat je en dat heb ik altijd al gedaan. Ik heb medelijden met Mette dat ze met zo'n zwijn is getrouwd!' schreeuwde Inger.

'Doe het maar,' snauwde hij tegen Mats. 'Dit is haar laatste kans.'

58

Ira

Ze keek om zich heen, het was overweldigend om in deze zaal te zitten. Ira werkte dan wel in het kantoorgedeelte dat in hetzelfde gebouw zat, maar was desondanks nog nooit in de conferentiezaal geweest. Die was gigantisch en had overal ramen, behalve aan de kant van de ingang. Je keek, net als vanuit haar kantoor, uit over de fjord. Maar doordat je hier bijna helemaal rondom naar buiten kon kijken was het alsof je buiten stond. De zon was al een paar uur geleden ondergegaan, waardoor je buiten alleen de lichtjes van de huizen zag en aan de fjordkant de besneeuwde bergtoppen die werden verlicht door de maan. Los van de prachtige omgeving, kreeg ze het Spaans benauwd bij de gedachte dat ze tussen duizenden aanhangers van Het Noors Genootschap zat. Ze had er niet bij stilgestaan dat er mensen uit alle gemeenten in Noorwegen zouden komen én vertegenwoordigers vanuit het buitenland. Dom van haar. Daarom hadden ze het afscheid natuurlijk een paar dagen na het overlijden van Fridtjof Berg gepland, zodat iedereen tijd had om af te reizen naar Tromsø. Ze had het gevoel alsof ze een muisje was in een zaal vol met hongerige katten.

Ze was de vorige dag na haar werk naar Odins huis gegaan, en had weer alleen met Mette gegeten. Blijkbaar was Odin druk met het regelen van allerlei zaken. En Junior was bezig met zijn opleiding bij de Blauwe Brigade, waardoor hij godzijdank een ander ritme had en ze hem niet hoefde te zien. Bij het ontbijt had Odin nauwelijks iets tegen haar gezegd en haar soms aangestaard, als hij dacht dat ze niet keek. Zou Haakon met hem gesproken hebben? Hoe had ze zo dom kunnen zijn om hem in vertrouwen te nemen? En waarom zou hij haar ook geloven? Iemand die hij nooit eerder had gezien en beweerde dat ze zijn halfzus was? Die misschien wel een graantje mee wilde pikken van de macht? Zodra de dienst was afgelopen, moest ze maken dat ze wegkwam, want ze was haar leven geen moment langer zeker. Odin wist waarvoor ze hier gekomen was, dat moest haast wel. En als dat zo was, wist hij ook dat zij getuige was geweest van de brand waarbij haar ouders en een jongetje dat door moest gaan voor Simon, waren omgekomen. En dat ze hier kwam om haar broer Simon te zoeken, zíjn protegé.

Kristofer en Haakon kwamen het podium op. De lichten in de zaal werden verder gedimd. Schijnwerpers verlichtten het podium zodat de broers goed zichtbaar waren. Kristofer nam het woord. 'Wat een prachtig gezicht om iedereen hier zo bij elkaar te zien als één grote familie. Vader zou trots en dankbaar zijn geweest voor dit eerbetoon. Hij heeft jullie met veel liefde en de steun van onze God geleid al deze jaren. Vandaag nemen wij afscheid van een groots man, onze leider en onze vader,' zei hij met een knikje naar Haakon. 'Wij zullen om de beurt over onze vader Fridtjof spreken, waarna we met elkaar zullen zingen en danken. De begrafenis zal morgen in kleine kring plaatsvinden.' Zijn stem klonk warm en krachtig. Hij had echt een natuurlijk overwicht, waardoor de zaal in volmaakte stilte naar hem luisterde. Hij gaf het woord aan Haakon.

Het drong niet echt tot haar door wat Haakon allemaal zei over zijn vader. Het was een ongelofelijk idee dat haar twee halfbroers op dat podium stonden en dat ze gewoon niet vrijuit met ze kon praten. Ze had zoveel gemist! Een familie, haar broer Simon... En nu bleek ze nog een halfbroer te hebben, die haar waarschijnlijk had verraden aan Odin. Ze probeerde iets op te pikken uit zijn gedrag, waaruit ze kon opmerken of hij voor of tegen haar was, maar hij keek vrij gelaten de zaal in en vertelde zijn verhaal zonder veel overtuiging. Het leek wel of hij met zijn gedachten ergens anders was. Maar misschien was dat wel normaal. Hij had net zijn vader verloren. Iedereen reageerde anders in zo'n situatie.

Ze hoorde iemand achter haar iets mompelen over dat hij hopelijk niet de nieuwe leider werd. Een onverwachts gevoel van medelijden schoot door haar heen. Haakon had gisteren ook al laten blijken dat hij niet echt als leider werd gezien en eigenlijk zijn hele leven al op de tweede plaats had gestaan. Hoe frustrerend en verdrietig moest dat voor hem zijn geweest om altijd als de mindere van de twee broers te worden beschouwd. Terwijl hij volgens de geldende traditie als oudste zijn vader had moeten opvolgen, dus wat was daar gebeurd?

Haakon was klaar met spreken en kwam het podium af. Hij liep naar de lege plek naast haar! Ze voelde het zweet aan alle kanten uitbreken. Om hier te zijn, tussen deze mensen, met Haakon naast haar, die... Ze moest ophouden, als ze nu een paniekaanval kreeg zou ze zeker de aandacht trekken. En dat was wel het laatste wat ze wilde. Hij ging zitten. Een kort moment keken ze elkaar aan. Hij knikte even en keek toen weer vooruit. Hij straalde een bepaalde rust uit, die haar het gevoel gaf dat hij haar misschien toch niet haatte. Odin aan de andere kant, gaf haar een heel nare energie. Kon ze Haakon maar even spreken over gisteren... Ze werd in haar gedachten onderbroken door Kristofer, die niet langer over zijn vader praatte.

'Vanochtend is mij het vreselijke nieuws ter ore gekomen van de brand die bij het klooster heeft gewoed. Hierbij hebben wij een dierbare zuster verloren...'

Mette, die een stoel verderop zat, liet een harde snik ontsnappen. Niet-begrijpend keek Ira om zich heen. Odin had Mettes hand vastgepakt. Ze zag andere mensen in de zaal verschrikt reageren. Wat gebeurde er? Wat zei hij?

'... en helaas hebben we ook enkele dieren niet op tijd uit de stal kunnen halen. Het gebouw is grotendeels gespaard gebleven, al is dat natuurlijk niet het belangrijkste. Laten wij bidden voor onze zuster, die zo dapper heeft gevochten om eerst de dieren te redden in plaats van zichzelf. Haar wacht een gelukzalig hiernamaals. Dat zij vredig moge rusten in Gods koninkrijk.'

Was het Inger?! Het moest Inger zijn. Waarom zei hij haar naam niet? Wat was er met haar gebeurd? Zondagochtend had ze nog met Inger gesproken en haar gezond en wel achtergelaten in de stallen. Ze fluisterde tegen Odin: 'Welke zuster is er omgekomen?'

Toen hij haar aankeek, schrok ze van zijn ogen. Ze straalden niets dan kilte uit. 'Inger.' Daarna draaide hij zich weer naar Mette toe en hoorde ze hem zacht en liefdevol tegen haar fluisteren.

Inger omgekomen in de brand. Net als haar ouders. Net als zij bijna... De vlammen die als hongerige dieren aan haar ouders hadden gelikt. Hen hadden verkoold. Alles van haar af hadden genomen. De verstikkende rook die haar longen verschroeide... Ze voelde hoe het bloed langzaam uit haar slapen wegtrok, ze voelde haar hoofd lichter worden. Ze kreeg een aanval. Niet nu! Ze duwde haar nagels in haar handpalmen zo hard ze kon. Ze registreerde ergens dat Haakon naar haar toe schoof. Hij legde zijn hand in haar nek.

'Vooroverbuigen. Je hoofd tussen je knieën houden. Het komt goed.' Zijn stem klonk vriendelijk en bezorgd. Niet als die van iemand die haar net had verraden, schoot het door haar heen. Zijn koude hand maakte haar rustig, het was alsof er kleine golfjes door haar lichaam gingen die haar weer terughaalden naar het hier en nu. Die het vuur blusten. 'Pas op, Ira,' zei hij ineens zachtjes in haar oor. Ondertussen ging de dienst verder alsof er niets was gebeurd. Had hij überhaupt iets tegen haar gezegd of had ze het zich verbeeld?

Eindelijk kwam het verlossende woord 'Amen'.

Ineens stond iedereen tegelijk op. Snel schoot ze overeind. Er klonk geroezemoes, het nieuws van de brand had waarschijnlijk meer indruk gemaakt dan het afscheid van de grote leider, als ze afging op de flarden van de gesprekken die ze opving. Haakon draaide zich vlug naar haar toe en zei zacht: 'Vanavond om negen uur bij het Isavshotel in de haven van Tromsø. Zorg dat je nu verdwijnt.'

Ze fluisterde 'Dank je wel' tegen zijn rug.

Hij knikte even, maar draaide zich niet om en liep voor haar over het middenpad naar de uitgang. Daar bleef hij staan, samen met zijn broer, om afscheid te nemen van de leden.

59

Freya

Ze zat hier nu al weken, of waren het maanden? Elke dag dat het kind in haar groeide, was voor haar een stap dichter bij de dood. Fridtjof had zich niet meer laten zien. De lafaard. Hij had altijd al zijn vuile zaakjes door anderen laten opknappen en had ook nu niet het lef om haar aan te kijken of tegen haar te spreken. Ook Odin en de anderen van de Blauwe Brigade hielden zich afzijdig, zelfs haar broer Mikkel. Zouden zij het verhaal geloven dat Fridtjof hun op de mouw had gespeld? En Leif? Zou hij nog bij de Yari horen, of zouden ze hem hebben buitengesloten? Ze vermoedde het laatste, maar wat zou er dan met hem gebeuren? Hij begon een risico te vormen voor Fridtjof en Odin. Leif wist dat ze haar zoontje niet mocht zien en dat ze niet vrijwillig in het klooster zat. En hij wist wat Odin en Fridtjof hun ouders hadden aangedaan. En anderen... Ze had echter nog niets over Leif gehoord in positieve of negatieve zin, dus hopelijk was dat goed nieuws.

Sinds ze hier was had ze bijna alleen nog maar met zuster Nilsson gesproken. Soms met een van de vrouwen die haar, in opdracht van zuster Nilsson, eten kwamen brengen, kwamen wassen of de postoel kwamen legen. Al zeiden ze niet meer dan het noodzakelijke. Ze walgde van zichzelf, hoe ze hier als een beest opgesloten zat, gedwongen om in haar eigen stank te eten en te slapen. Maar ze walgde nog meer van Fridtjof, die zijn eigen vrouw en kind op deze manier behandelde. Ze had gezonnen op wraak, maar schaamde zich meteen voor haar gedachten en gevoelens. Zo hadden haar ouders haar niet opgevoed. En ook God zou niet willen dat zij zulke gedachten had. Maar zou hij wel willen dat ze zich als een lam naar de slachtbank liet leiden? Dat zij haar zoon en ongeboren kind in de steek zou laten? Een moeder hoorde voor haar kinderen te zorgen. Ze moest zien te ontsnappen aan deze man en deze giftige omgeving die hij gecreëerd had. Alleen hoe?

In de eerste dagen dat ze in de torenkamer zat opgesloten, had ze alle mogelijkheden om te ontsnappen doorgenomen. Ze zou een van de zusters die haar eten kwam brengen bewusteloos slaan en wegrennen. Of het raam kapotmaken en proberen met lakens naar buiten te klimmen (als ze genoeg lakens had gehad). Maar elke keer was daar weer de Blauwe Brigade, die haar bewaakte alsof hun leven ervan afhing. Wat waarschijnlijk ook zo was, bedacht ze wrang. Ze stonden bij de toren op wacht en daarnaast waren er nog de mannen die zoals gewoonlijk patrouilleerden over het kloosterterrein. Ze hoorde hen soms praten onder haar raam als ze op wacht stonden.

Ze werd opgeschrikt doordat iemand op de deur klopte. Niemand klopte eerst op de deur. Iedereen kwam gewoon ongevraagd binnen. Vreemd. Ze ging op het bed in de hoek zitten en schoof tegen de muur aan, bang voor wat haar te wachten stond. De sleutel knarste in het slot.

Inger kwam binnen met een bord warm eten.

'Wat doe jij hier?' bracht Freya verbaasd uit. 'Ik had niet verwacht dat jij hier mocht komen.'

Inger keek angstig uit haar ogen. 'Degene die jou vandaag eten moet brengen is ziek geworden. Ik heb haar gezegd dat ik het wel wilde overnemen, zodat zij niet in de problemen zou komen. Ze weet niet dat wij vriendinnen zijn,' fluisterde ze. 'Beneden staat een wacht en ik hoef alleen maar eten te brengen, dus ik heb niet lang.'

'Ik ben zo blij dat je hier bent.' Ze huilde. 'Ik zie niemand meer. Ik heb geen idee hoe het met mijn baby gaat. En met Leif en mijn zusjes.'

Inger verstrakte. Er lag medelijden in haar blik. 'Leif is dood. Ik vind het zo erg... Ik wist niet dat jij het niet wist...'

Freya begon te schokken. Nu had ze niemand meer die haar kon beschermen. Ze voelde ineens twee armen om zich heen. Inger drukte haar zachtjes tegen zich aan. 'Luister, ik ga je hier proberen weg te krijgen. Dit is onze enige kans.'

60

Ira

Het was nu of nooit. Ze schoot de gang in, op weg naar de liften. Ze had haar tas met haar belangrijkste spullen de vorige avond op het kantoor laten staan, omdat ze die niet meer mee terug had durven nemen naar Odins huis. Zenuwachtig keek ze om zich heen. Had niemand haar gezien? De gang was leeg, al hoorde ze wel stemmen. Kwamen ze haar kant op? Eindelijk was de lift beneden. Ze stapte in en drukte meteen op de knop om de deuren te sluiten. Met een bonkend hart leunde ze tegen de achterwand om vanuit de hal niet te worden gezien door de glazen liftdeuren. Zodra ze op de juiste verdieping was, rende ze de lift uit naar haar kamer en griste haar tas mee. Ze zou de nooduitgang nemen, nu iedereen bij de entree van het conferentiecentrum afscheid aan het nemen was van Kristofer en Haakon. Ze hoopte maar dat Odin de Blauwe Brigade niet buiten had gezet om te posten.

Een snijdende wind blies in haar gezicht toen ze de nooddeur opendeed. Ze liep zo veel mogelijk langs de fjordkant van het gebouw, waar geen verlichting was. Steeds als ze iets hoorde, trokken de spieren in haar nek en schouders zich strak samen. Haar ademhaling was hoog en snel. Ze mocht de angst niet de overhand laten nemen, als ze nu hyperventilatie kreeg was ze echt fucked.

Het grootste risico om gezien te worden was bij de weg, die verlicht was en waar het meestal druk was. Waarschijnlijk waren de meeste mensen nog binnen aan het condoleren, want nu was het rustig. Ze boog haar hoofd en stak de straat over, waarbij ze zichzelf moest bedwingen om niet te gaan rennen. Zodra ze de weg over was, liep ze zo vlug mogelijk naar het begin van het wandelpad. Ze had er niet lang over na kunnen denken hoe ze ongezien het centrum kon bereiken. Haar gok was dat maar weinig mensen deze route namen, omdat die niet verlicht was.

Hijgend werkte ze zich omhoog over het pad dat op sommige stukken verraderlijk ijzig was. Ineens verstapte ze zich en gleed uit. Moeizaam kwam ze weer overeind, haar handen koud en nat. Had ze maar spikes onder haar schoenen, dan zou het een stuk sneller gaan. Ze veegde haar handen zo goed en kwaad als het ging af aan haar rok. Steeds als ze iets hoorde, schoot haar hart nog verder in haar keel. De intense angst om gepakt te worden woog echter niet op tegen haar wil om Kristofer te spreken, om hem eindelijk de waarheid te vertellen. Als Ronne dit zou weten, dat ze er alles voor overhad, had hij haar vast geprobeerd tegen te houden. Maar ze moest dit doen. Voor haar ouders en voor Simon. En voor haarzelf. Ze had het gemis zo vaak geprobeerd op te vullen. Met het paard dat ze van haar pleegouders had gekregen, met feestjes en drugs in haar studententijd en later met haar werk. Maar niets had geholpen. Het gat bleef.

Na wat een eeuwigheid leek, kwam de top van de heuvel in zicht. Toen ze boven stond, kon ze de Universiteit van Tromsø zien liggen. Daar zouden vast bussen zijn. Ze rende zo snel ze kon naar beneden, half glijdend en vallend door de sneeuw. De lichtjes kwamen steeds dichterbij. Ze kwam uit op een soort hoofdweg, de Hansine Hansens veg. Ze had het gehaald! Ze volgde de weg tot ze bij de universiteitsgebouwen kwam, waar ineens allemaal mensen rondliepen. Gewone, doodnormale mensen. Studenten en professoren uit allerlei verschillende landen. Alsof die hele wereld waar ze net vandaan kwam niet bestond. Opgelucht haalde ze adem. Ze balde haar vuisten en probeerde het trillerige gevoel in haar lichaam te onderdrukken. Bij de bushalte stond een groepje jongeren bij elkaar te wachten. Ze liep op hen af. 'Gaat hier de bus naar het centrum?' vroeg ze in het Engels.

De jongen die ze aansprak keek haar onderzoekend aan. 'Ja, hij komt over een paar minuten.'

Ze bedankte hem en ging achteraan in de rij staan. Ze zag de jongen smoezen met een meisje dat naast hem stond. Beiden keken haar kant op. Ze boog haar hoofd en bedacht toen pas dat haar kledingkeuze wel vreemd op hen moest overkomen. Met de zwarte rok, kousen en veterlaarsjes en haar ouderwetse capejas leek het alsof ze zo uit *Little House on the Prairie* was gestapt. Ze droeg bovendien ook een hoofddoek vanwege de dienst. Ze hoopte maar dat ze geen connecties hadden met Het Noors Genootschap, want ze was duidelijk herkenbaar als een van hen. Ze deed haar hoofddoek af en ging uit het zicht staan. Een jongen naast haar stond te bellen en sprak luidruchtig in een taal die ze niet thuis kon brengen. Was het Russisch? Ineens schoot het haar te binnen dat ze hier misschien eindelijk ontvangst had. Vlug haalde ze haar telefoon onder uit haar tas en zette hem aan. De bus kwam aangereden. Ze schuifelde met de rij mee en betaalde met de paar Noorse kronen die ze achter haar telefoon had gestopt. Toen ze achterin zat stond ze zichzelf even toe te genieten van de warmte en schoof met haar benen dichter tegen het rooster waar de warme lucht uit kwam. Haar huid begon te tintelen.

Ze zette haar mobiel aan en wachtte geduldig. Eindelijk! Ze had nog één streepje van haar batterij. Ze moest Ronne vertellen wat ze ging doen, maar als ze belde ging haar telefoon waarschijnlijk nog sneller leeg. Ze besloot in grote lijnen te vertellen wat ze had ontdekt en typte een verslag in haar notities. Als ze in het centrum kwam, kon ze vast ergens haar mobiel opladen en hem bellen. Maar ze moest iets op schrift stellen, voor het geval... Voor het geval ze niet meer terugkwam. De angst verspreidde zich weer door haar lichaam als een langzaam werkend gif. Wat als Haakon haar toch verraadde? Als haar hele reis voor niets was geweest?

61

Odin

Waar was Ira gebleven? De dienst was zeker al een halfuur geleden afgelopen. Odin liep terug de zaal in en keek rond. Het was er zo goed als leeg. Ze was toch tegelijk met hem en Mette opgestaan en weggelopen? Een onrustig, knagend gevoel bekroop hem. Het zat hem al niet lekker vanaf het moment dat hij met Inger gesproken had. Ze had duidelijk iets verzwegen over Ira, iets wat zo belangrijk was dat ze liever doodging dan het tegen hem te vertellen. Bovendien had ze lopen rondneuzen in de stallen terwijl ze op bed hoorde te liggen. En dan Ira's reactie op de dood van Inger. Hoe Haakon ineens had ingegrepen. Hij had het allemaal met een half oog gevolgd. Wat speelde daar? Kenden die twee elkaar? Bij zijn weten hadden ze nooit contact gehad, elkaar hoogstens een keer in het voorbijgaan gezien.

Hij liep de gang in. Misschien was ze naar het toilet. Hij wachtte bij het damestoilet en stak zijn hand op naar Mette, die een stuk verderop met iemand stond te praten. Ze zag er verdrietig en moe uit, zijn Mette. Hij had niet zo ver willen gaan, maar Inger had erom gevraagd. Hij had gewoon geen andere keuze gehad. Mette vroeg zich waarschijnlijk af wat hij daar deed bij de toiletten. Ze maakte aanstalten om naar hem toe te komen, toen Gertrud naar buiten kwam.

'Gertrud, zijn daar nog meer vrouwen in het toilet?' vroeg hij bruusk.

Ze schrok duidelijk van zijn directe vraag en deed een stapje achteruit. 'O, dag meneer Olsen. Ik had u hier niet verwacht. I-ik vind het zo erg van meneer Berg,' zei ze met een snik in haar stem.

Onnozel wicht, hier had hij helemaal geen tijd voor. 'Ja, ik ook. Maar heb jij Ira gezien?' antwoordde hij kortaf.

'Ira? Volgens mij zag ik haar de lift in stappen. Ja, ik dacht nog, wat vreemd. Maar ja, misschien moest ze wel iets voor meneer Kristofer Berg halen.'

'Ja, ja. Het is al goed. Dank je wel.' Hij haastte zich naar de lift en drukte op de knop. Wat deed Ira boven? Had Kristofer haar inderdaad gevraagd om iets te halen? Hij sloeg nog een keer op de knop. Waar bleef die rotlift?

Toen hij bovenkwam, sprong het automatische licht in de gang aan. De verdieping leek stil en verlaten. Ineens hoorde hij het geluid van een deur die dichtging. Het was een verdieping lager. Waar Haakon zijn kantoor had. Zou ze daar zijn? Hij nam de trap en ging zo geruisloos mogelijk naar beneden. Hij hoorde stemmen. Ze klonken verhit. Waren dat Haakon en Kristofer? Het kwam uit de kamer van Haakon. Hij dacht dat die twee beneden waren, of hadden ze al die honderden mensen al de hand geschud? Misschien was dat ook wel onbegonnen werk trouwens, maar dan nog was het vreemd dat ze hier 's avonds op kantoor rondliepen. Zachtjes sloop Odin dichterbij.

'Ze kwam naar me toe en wil je spreken, Kristofer, geef haar in elk geval een kans,' hoorde hij Haakon zeggen.

Kristofer murmelde wat.

Toen, ineens duidelijker, zei Haakon: 'Of moet ik Simon zeggen?'

Het was alsof Odin achteruit werd geblazen. Wat gebeurde

daar? Die naam had hij niet horen vallen sinds... Hij moest zich bedwingen om niet naar binnen te stappen. Rustig afwachten. Hoe zou Kristofer reageren?

Het bleef even stil. Toen reageerde Kristofer, met een vreemde geknepen stem, alsof het niet de zijne was: 'Waar heb je het over, Haakon? En wat wil Ira van mij?'

Odin vroeg zich af of Kristofer echt niets meer wist. Het was lang geleden, maar er zouden toch nog wel wat herinneringen bewaard zijn gebleven? Al hoopte hij van niet. En al helemaal niet dat Ira ze naar boven bracht. Wat had dat mens er eigenlijk mee te maken? Oude koeien uit de sloot halen was nooit een goed idee. Hij moest ingrijpen voordat Haakon dingen zei die niet meer teruggedraaid konden worden.

Hij klopte aan en stapte meteen het kantoor binnen. 'Dus hier zijn jullie. We vroegen ons al af waar jullie zaten,' zei hij gemaakt opgewekt.

Ze schrokken duidelijk van zijn binnenkomst, maar probeerden dat te verdoezelen door naar hem te lachen.

'We waren even aan het napraten over de afscheidsdienst vandaag en over die vreselijke brand. Hier hebben we wat meer privacy en rust,' bracht Haakon uit.

'Ja, we komen zo beneden, Odin,' reageerde Kristofer met een ondefinieerbare gezichtsuitdrukking.

Was hij boos? Verbaasd of geshockeerd misschien? Zou er toch iets beginnen te dagen? Odin besloot het voortouw te nemen. 'Ik loop wel met jullie mee naar beneden, mannen, geen probleem.'

Misschien was het beter om vanavond Kristofer een beetje in de gaten te houden. Hij zou Mats zo inseinen. Maar zijn hoogste prioriteit was nu om Ira te vinden.

62

Ira

Het Isavshotel was een vreemd gebouw. Het had een soort uitkijktoren met een vlaggenmast erop en stond deels op pilaren. Er zat vast een gedachte achter, maar in haar ogen was het een mislukte poging om een schip te imiteren. Het aparte ontwerp bood haar echter wel genoeg plekken om zich verdekt op te stellen, waar ze dankbaar gebruik van maakte. Ze had nog een kamer kunnen bemachtigen en eindelijk weer eens fatsoenlijk gedoucht, wel een halfuur lang. Haar telefoon was opgeladen en ze had Ronne gesproken. Hij had een vliegticket voor haar geboekt voor de laatste vlucht naar Oslo die dag en erop aangedrongen dat ze onmiddellijk een taxi naar het vliegveld zou nemen. Maar ze moest eerst met Kristofer praten. Daarna zou ze meteen naar het vliegveld gaan. Ze zou Kristofer voorstellen om elkaar op een andere plek uitgebreider te ontmoeten en te spreken. Ook wilde ze graag contact houden met Haakon.

Er stopte een rode Tesla aan de achterkant van het gebouw. Was dat Kristofer? Ze wist niet eens of hij wel een auto had. Straks had hij Odin verteld over hun afspraak. Ze verborg zich achter een pilaar toen er iemand uitstapte. Het was een vrouw. De auto reed weer weg en de vrouw liep in de richting van het centrum. Ira ademde diep in. Het was bijna negen uur. Achter haar, vanuit de haven, kwamen twee figuren aangelopen. Mannen, aan hun houding en postuur te zien. Ze zette op haar mobiel de dicteerapp aan en verborg hem onder haar kleding. Ze wachtte af. De mannen kwamen haar kant op. Het waren Haakon en Kristofer. Ze voelde een klein sprankje hoop. Hij wilde in elk geval haar verhaal aanhoren, dat was toch iets?

Toen ze haar bijna wilden passeren stapte ze uit de duisternis tevoorschijn.

Kristofer bleef abrupt stilstaan. 'Ira, wat heeft dit allemaal te betekenen?' zei hij met duidelijke tegenzin.

'H-heeft Haakon je niets verteld?' bracht ze haperend uit. 'Ik ben jullie halfzusje.'

'Zusje?!' Hij kneep zijn ogen samen en trok zijn neus op, alsof ze iets smerigs had gezegd.

Had hij misschien andere verwachtingen van haar gehad? Zich tot haar aangetrokken gevoeld? Ze moest het proberen recht te zetten. 'Freya was onze moeder. Ze is omgekomen bij een brand, net als mijn vader, en jij zogenaamd,' zei ze haperend.

Kristofer snoof. 'Wat wil je, geld? Ben je erachter gekomen dat we een rijke gemeenschap zijn?'

'Laat haar nou even uitpraten, Kristofer,' kwam Haakon tussenbeide.

'Waarom zou ik? Het komt jou zeker wel goed uit, Haakon.' Er lag een laatdunkende toon in Kristofers stem. 'Zit jij hier soms achter?'

'Wat?!' Haakon deed dreigend een stap naar Kristofer toe. 'Nou moet je echt ophouden.'

'Of wat?'

Ira ging tussen hen in staan. Haar hele lijf stond stijf van de adrenaline. Ze balde haar vuisten. 'Jij was niet thuis, Simon, je was vogels aan het spotten op je favoriete plekje. Een van de mannen droeg een jongen in zijn armen en zette hem op jouw plek aan tafel neer. Daarna hebben ze het huis in brand gestoken. En ik ben ontsnapt. Ik ben het, Yfke.' Ze legde haar hand op zijn arm en keek hem verwachtingsvol aan.

'Wat een triest verhaal,' reageerde Kristofer, terwijl hij haar hand van zich afschudde en een stap naar achteren deed. 'Maar het heeft niets met mij te maken. Mijn moeder was een afvallige, die samen met haar minnaar en bastaardkind is omgekomen bij een auto-ongeluk. Mijn echte vader Fridtjof heeft ervoor gezorgd dat ik mijn rechtmatige plek kon opeisen als leider. Dat ik een fatsoenlijke opvoeding kreeg, en niet opgroeide bij zo'n... zo'n... verdorven vrouw.'

Wat hadden ze hem allemaal wijsgemaakt? 'D-dat is niet waar! Je bent mijn halfbroer, Simon! Ik heb het hele verhaal gehoord van Inger. Freya was haar beste vriendin. En Inger is nu ook dood! Wel heel toevallig, vind je niet, dat ze net als ze met mij gesproken heeft ineens omkomt bij een brand?'

Haakon mengde zich in het gesprek. 'Wil je zeggen dat Inger is vermoord? Door wie, Odin?' hij snoof. 'Wat denk jij, Kristofer? Is Odin daartoe in staat?'

Kristofers gezicht betrok. 'Nee, dat geloof ik niet. Zijn eigen schoonzus.'

Hoorde ze twijfel in zijn stem? 'Hij heeft met zijn Blauwe Brigade al meerdere mensen om laten brengen. En dit speelt al een tijd. Ik heb bewijs,' riep ze wanhopig. Al wist ze niet of dat verstandig was. Straks kwam Solveig ook nog in de problemen.

'Wat wil je van ons?' Kristofer draaide zich al half om, alsof hij weg wilde gaan.

Ze pakte hem bij zijn mouw. 'Stop, ga alsjeblieft niet weg. Ik wil alleen maar mijn familie terug! En ik wil gerechtigheid voor de mensen die zijn overleden, vermoord!'

'Waarom heeft ze mij dan niet meegenomen, Ira?' zei Haakon ineens met een breekbare stem.

Geloofde hij haar wel? Haar hart maakte een klein sprongetje.

'Dit is onzin. Ze wil gewoon iets. Een graantje meepikken van onze macht en ons geld,' riep Kristofer nu.

Ira dacht vlug na. Misschien kon ze Haakon overtuigen. 'Je was te vroeg geboren en had heel veel verzorging nodig. Je werd goed bewaakt, begreep ik van Inger. Zelfs al had Freya bij je kunnen komen, dan nog was ze bang dat je de reis niet zou overleven. Het was een van de koudste nachten van het jaar toen ze ontsnapte.'

'Ontsnapte? Mensen kunnen komen en gaan wanneer ze willen,' reageerde Kristofer bars.

Geloofde hij dit echt? Dat je kon gaan en staan waar je wilde? En waren al zijn herinneringen weg... Opgelost? 'Maar weet je dan helemaal niets meer van de tijd dat je in Friesland woonde? Je was gek op vogels spotten en zat de hele dag ergens in het riet te kijken!'

Plotseling werd ze van achteren bij haar schouders vastgegrepen.

Ze zag Haakon verschrikt achteruitdeinzen. 'Mats?' bracht hij uit.

'Dus hier ben je, stoute meid,' fluisterde Mats in haar oor. Ze voelde zich ijskoud worden vanbinnen.

Odin kwam langzaam tevoorschijn uit de schaduwen van het gebouw. Hoelang hadden ze daar gestaan?

'Odin, wat doe jij hier?' reageerde Kristofer verbaasd.

'Ik was op zoek naar Ira, onze onderzoeksjournalist. Ze is hier gekomen met heel andere bedoelingen dan ons te ondersteunen in de communicatie van Grønncorp. En ze heeft een hoop onzin te vertellen. Alles voor een goed verhaal, nietwaar, Ira?'

Hij torende hoog boven haar uit. Die stem... De rillingen trokken door haar lichaam, het was alsof hij haar bevroor met zijn woorden. Maar erger was de blik in Kristofers ogen. Dacht hij echt dat ze alles had verzonnen om een verhaal te kunnen schrijven? Mats begon haar in de richting van de weg te duwen, waar Odins Tesla stond. Waarom had ze niet beter opgelet?

'Simon, weet je nog dat we samen bij dat meerkoetennest gingen kijken? Dat ik me sneed en jij mijn wond verzorgde?

Alsjeblieft, je moet je toch iets herinneren!' riep ze wanhopig, terwijl ze zo veel mogelijk tegenstribbelde.

'Ophouden nu! Heb je dan geen respect? Hij heeft net zijn vader verloren en jij denkt alleen maar aan je carrière. Aan de scoop!' bulderde Odin. 'Ik zorg ervoor dat deze intrigante linea recta naar huis gaat. Haar koffer staat al achter in mijn auto. Mats, we gaan.'

'Haakon, Kristofer, laat hem dit niet doen,' gilde ze nu. 'Hij gaat me vermoorden, net als de anderen!' Ze probeerde Mats van zich af te duwen, maar hij was te sterk.

'Ik wil haar anders wel naar het vliegveld brengen,' zei Haakon nu.

Ze hoorde twijfel in zijn stem. 'Ja, Haakon kan me wegbrengen. Ik beloof dat ik vertrek,' zei ze, terwijl ze los probeerde te komen.

'Nee, Haakon. Het is geen probleem. Ik doe het wel. Jullie hebben al genoeg aan je hoofd met het overlijden van jullie vader,' zei Odin ineens op meelevende toon. 'En al is vliegen tegen onze principes, ik wil dat Ira zo snel mogelijk weggaat en houd daar graag persoonlijk een oogje op.'

Toen Ira door Mats achter in de Tesla geduwd werd en naar buiten keek, zag ze Kristofer met een vreemde blik in zijn ogen naar de auto staren.

Haakon stond verstijfd naar het tafereel te kijken. Toen leek hij zich te herpakken en liep op Kristofer af. Hij nam hem bij de arm en leidde Kristofer weg van haar, naar de haven.

Weer bleef ze alleen over.

63

Freya

Een moment had ze getwijfeld, verscheurd als ze was. Uiteengereten. Er was geen keuze, het wás geen keuze. Ze moest weg! De tranen bevroren direct op haar wangen, maar ze voelde de vorst allang niet meer. Het was niets vergeleken met de ijzige kilte in haar binnenste. Ze keek nog een keer achterom naar de steeds kleiner wordende gestalte. Naar het klooster met de spitse torens. Toen rende ze verder. Door het hek van de paardenweide, naar het bos. Harder moest ze. Sneller. Achter haar klonk geschreeuw, honden die blaften. De koude wind verschroeide haar longen. Ze hadden sneller door dat ze verdwenen was dan zij en Inger hadden gehoopt.

Het bos was donker, maar ze kende de paadjes uit haar hoofd. Meteen na de beek moest ze afslaan. Het weggetje tussen de berken door. Ze was niet bang voor de honden, maar wel voor hun speurzin. Ze zouden de Blauwe Brigade ongetwijfeld naar haar toe leiden. Was er maar iets om ze op te houden. Iets waardoor ze een kleine voorsprong kreeg. Ineens kreeg ze een idee. Ze zou een van haar handschoenen achterlaten op een ander paadje. Zodra ze het beekje over was gestoken ging ze linksaf en gooide een eind verderop haar handschoen het bos in. Toen rende ze terug tot het kruispunt en liep een stuk door de stromende beek de andere kant op. Moeizaam kwam ze vooruit, de keien waren glad en het water was ijskoud. Ze voelde haar voeten niet meer. Maar ze moest door, de adrenaline in haar lichaam zorgde ervoor dat ze door alle pijn heen kon gaan. Na een meter of twintig klauterde ze met handen en voeten de kant weer op en verdween in het bos. Ze kwam maar moeilijk vooruit door het extra gewicht dat ze meedroeg. Eindelijk had ze de laatste bomenrij bereikt bij de vlakte. Ze had het koud, zo vreselijk koud!

De wind blies de sneeuw hard in haar gezicht. Ze had moeite om zich te oriënteren in de sneeuwjacht op de kale vlakte, het enige waar ze zich aan vast kon houden was het geblaf van de honden achter haar, dat steeds dichterbij kwam. Blijkbaar hadden ze het juiste spoor weer snel opgepikt. Ze had eigenlijk niet anders verwacht. Opschieten nu. Het licht van hun zaklampen werd geblokkeerd door een scherm van sneeuw. Het huisje van de Nederlander. Ze was er bijna.

Er werd geschreeuwd. 'Freya, Freya!' Zijn donkere stem. Dacht hij nou echt dat ze zou luisteren? Ze was bij het schuurtje aangekomen. De Nederlander was weg, dat had Inger met hem afgesproken. Ze wilden niet dat hij ook problemen zou krijgen. Ze tastte boven de houtblokken die aan de zijkant van het schuurtje opgestapeld lagen. Net verstopt achter een regenpijp moest hij hangen, aan een spijkertje. Daar, ze voelde de sleutel. Snel opende ze de deur van het schuurtje. Het geblaf kwam dichterbij. Een van de honden rende al kwispelend de schuur in. Saga was altijd al de snelste geweest, maar de rest kon niet meer ver weg zijn. Ze griste de tas die Inger achter in de hoek verstopt had weg en rende naar buiten. Saga rende uitgelaten met haar mee. Onder het afdak bij het huis stond de sneeuwscooter met de sleutel in het slot. Ze klapte het zadel omhoog en haalde de helm eruit. De tas propte ze in de vrijgekomen bergruimte. Ze haalde het kistje onder haar jas vandaan en stopte het erbij. Toen stapte ze op en startte de motor. Net op dat moment renden de mannen van de Blauwe Brigade het erf op. Een van hen loste een schot. De kogel sloeg een paar centimeter naast haar in het huis en liet een gat achter in het houtwerk. Haar hersenen registreerden alles met een angstaanjagende accuratesse, terwijl de adrenaline door haar lichaam gierde. 'Stop, niet schieten, idioot!' hoorde ze Odin kwaad schreeuwen, en daarna: 'Freya, doe het niet!' Ze keek nog een keer om, voordat ze het gas voluit opendraaide en wegschoot. Saga rende achter haar aan. Pas na een paar kilometer gaf ze het op. Met pijn in haar hart liet ze het dier achter. En haar eerstgeboren zoon.

64

Ira

Zodra ze in de auto zaten, zei Odin: 'Ik wist wel dat er iets niet klopte aan jou. Freya dacht ook dat ze het recht had om haar eigen pad te volgen, dat ze beter was dan de rest. En jij bent net zo'n hoer als je moeder, die alles deed om haar zin te krijgen. Ze verdiende het om te branden in het vagevuur.' Hij lachte zijn hoge lach. 'Net als Inger, die verraadster.'

'En jij bent een moordenaar, een goddeloze klootzak! Breng me naar het vliegveld!' schreeuwde ze, terwijl ze hem probeerde te slaan.

'Mats!' riep Odin naar achteren.

Mats haalde uit en beukte met zijn vuist tegen de zijkant van haar hoofd. Ze viel de andere kant op en klapte met haar gezicht tegen het autoraam. Het duizelde haar. Even was het alsof ze weer in de boerderij was, nadat de zwarte mannen haar met een knuppel hadden geslagen. De pijn golfde vanuit haar hoofd door haar hele lichaam. Zo intens. Misselijkmakend.

'Slaap kindje slaap,' hoorde ze Mats fluisterend zingen.

Ze probeerde haar ogen open te houden, maar het lukte niet. De pijn was minder als ze ze sloot.

Toen ze weer bijkwam, lag ze op een bed. Ze was tot op het bot verkleumd. Ze lag op een wollen deken en had haar schoenen en kleding nog aan. Het was donker en steenkoud in de ruimte waar ze zich bevond, alsof ze in een onverwarmde schuur was. De angst tintelde vanuit de topjes van haar vingers omhoog en nam langzaam haar hele lichaam over. Alles prikte en deed pijn. Vooral haar hoofd! Wat was er met haar hoofd gebeurd? Ze wreef voorzichtig over de plek die het meest zeer deed. Een plakkerige substantie bleef aan haar vingers kleven. Ze rook eraan. Bloed. Ineens wist ze het weer, Mats had haar geslagen. Voorzichtig stond ze op en tastte ze de muur naast zich af. Gladde, koude stenen. Een kast. De linnenkast... Nu pas rook ze het, de vage geur van kastanjebloesem. De geur van haar moeder. Ze realiseerde zich waar ze was en begon te huilen.

Waarom was ze zo ver gegaan? Ze had kunnen weten waartoe die mensen in staat waren. Ze hadden haar ouders en haar zonder wroeging in het vuur laten omkomen. Alleen was zij ontsnapt. Ze herhaalde die gedachte in haar hoofd. Zij was ontsnapt. Ze geloofde misschien niet zozeer in een god, maar wel in het lot. Dat zij was voorbestemd om te overleven, zodat ze gerechtigheid kon krijgen voor haar ouders en haar broer. Langzaam groeide er weer een beetje moed in haar. Zij had die klootzakken al eerder verslagen, als meisje van zes! Het zou haar ook nu weer lukken. Alleen hoe?

Eerst moest ze het warmer krijgen, ze moest bewegen. Ze trok haar cape uit en begon wild te springen en met haar armen te zwaaien. Er verschoof iets in haar hemd. Haar mobiel! Ze was het hele ding vergeten, en zij hadden hem ook niet gevonden! Ze keek op haar scherm. De opnameapp was gestopt. Gelukkig. Ze had hem ingesteld op een uur, zodat ze, wanneer ze iemand interviewde, niet steeds urenlange opnames hoefde door te spoelen als ze op zoek was naar een specifieke uitspraak. Ze luisterde de opname af. Het gesprek met Kristofer en Haakon stond erop. Ze spoelde een stuk door. Ze hoorde Odin praten. Alles was opgenomen! Nu had ze bewijs.

Alleen, zou ze het ook aan Kristofer en Haakon kunnen laten horen? De kans was groot dat Odin zo snel mogelijk van haar af wilde. Ze was een bedreiging voor Het Noors Genootschap, ze was van geen enkel nut meer voor hen. Zelfs niet als bruid voor Junior, dacht ze met een wrange smaak in haar mond. Ze moest de batterij van haar telefoon zo veel mogelijk sparen, maar heel even met de zaklamp rondkijken kon wel. Ze groef in haar geheugen. De vorige keer dat ze hier was, had de maan geschenen en stonden er een paar meubelstukken. Een kast, een bed en een nachtkastje. Ze schuifelde verder en deed haar zaklamp aan. In de hoek stond een antieke stoel. Die had ze de vorige keer zeker gemist. Ze liep ernaartoe. Er zat een deksel op. Gadver! Dachten ze nu echt dat ze op een postoel ging zitten? Maar wacht eens even. Ze bukte zich en legde de telefoon op de grond om bij te schijnen. Ze haalde de deksel van de stoel en legde hem op zijn zijkant. Misschien kon ze hier een poot van loskrijgen en die als wapen gebruiken? Het hout zag er vrij hard uit.

Ze wilde net beginnen met het loswrikken van een van de poten, toen ze voetstappen hoorde. Er kwam iemand naar boven!

Snel zette ze de stoel weer overeind en liep naar het bed. De telefoon verstopte ze onder haar matras.

65

Ira

Ze werd verblind door een zaklamp en deed automatisch haar handen voor haar ogen. Het licht ging omlaag en voorzichtig keek ze door haar vingers heen. Het was Solveig. Ze had een glas water in haar hand.

Een diep gevoel van teleurstelling trok door haar heen. Wat had ze dan gedacht? Dat Solveig voor zichzelf zou durven denken? Zich zou kunnen losmaken van deze verstikkende, zieke gemeenschap? Iedereen hier was bang.

'Hé, hoe gaat het met je?' vroeg Solveig met een bezorgde klank in haar stem. Ze zette het glas op het nachtkastje.

Ira gaf geen antwoord. Die verhalen over Mats, waar ze zogenaamd niet mee getrouwd wilde zijn en geen kinderen mee wilde. Allemaal gelogen.

'Ira, ik kom je helpen,' fluisterde Solveig nu. 'Ik snap dat je me niet vertrouwt, na wat mijn vader en Mats je hebben aangedaan, maar je moet me geloven,' zei ze met een dwingende klank in haar stem.

Ze hield zich nog steeds stil. Laat haar maar praten.

'Ik heb een brief gekregen, van tante Inger. Ze schreef hem nadat jij hier zondag werd opgehaald. Ik denk dat ze voelde dat ze voor haar zouden komen. Dat het geen zin meer had om haar geheimen te bewaren. We hadden een plek waar we onze brieven aan elkaar verstopten. Als ik hier kom, kijk ik altijd even of er iets ligt, of leg ik zelf een brief voor Inger neer. Ze was een eenzame vrouw, net als ik. Het was fijn om zo onze gevoelens met elkaar te kunnen delen.'

Solveig stopte even met praten. Ira hoorde dat ze zachtjes huilde.

'Ik heb al haar brieven voor mijn eigen veiligheid verbrand, maar deze is voor jou.' Ze gaf Ira een enveloppe.

In het schijnsel van de zaklamp zag ze dat haar naam erop geschreven stond. Ze nam hem aan en sloeg toen haar armen om Solveig heen. 'Ga met me mee. Laten we weggaan, nu! Je hoeft hier niet te blijven.' Haar stem klonk smekend.

'Er staan allemaal mannen van de Blauwe Brigade buiten. Mijn vader vertrouwt mij, omdat ik zijn dochter ben en met Mats ben getrouwd. Daarom mag alleen ik nu bij jou binnenkomen. En zuster Nilsson waarschijnlijk. Morgen is de begrafenis van Fridtjof, dus dan zullen ze denk ik niets ondernemen...'

'En daarna? Denk je dat ze me dan meenemen en ergens dood achterlaten in het bos?' Ze grimaste. 'Dan kun je weer een steen toevoegen aan je collectie,' zei ze cynisch.

'Dat laat ik niet gebeuren. Ik zal mijn vader smeken om je niets te doen. Als ik mijn moeder vertel wat hij en Mats met Inger hebben gedaan...'

'Heeft Mats verteld wat er is gebeurd?' Eigenlijk wilde ze het niet weten, maar toch ook weer wel.

'Ja, hij leek wel trots.' Er klonk walging door in haar stem. 'Omdat hij mijn vader had geholpen. Ze hebben haar paard mishandeld en toen het helemaal wild werd...' Ze stopte even.

Ira hoorde haar weer zachtjes snikken. Hoewel ze het eigenlijk niet wilde weten, vroeg ze: 'Wat gebeurde er toen?'

'Mijn vader heeft haar in de box bij het paard opgesloten en daarna hebben ze de boel in brand gestoken.'

Ira voelde zich misselijk worden. En kwaad. Nee, razend. 'De monsters! Wat een afgrijselijke...' Ineens voelde ze Solveigs hand voor haar mond.

'Sst. Ze kunnen je horen.'

'Luister, Solveig, je vader smeken gaat niet helpen. Kristofer en Haakon moeten weten dat ik híér ben, dat ik niet op het vliegtuig ben gezet. Dat je vader en Mats me willen ombrengen.' Ze twijfelde even. Zou ze Solveig echt kunnen vertrouwen? Aan de andere kant, ze had weinig keuze. Ze voelde onder haar matras en gaf haar mobiel aan Solveig. 'Hier, je moet dit aan hen laten horen. Het is mijn laatste kans om hen te overtuigen.'

Solveig staarde haar verbaasd aan. 'Heb jij een smartphone? Ik heb geen idee hoe zo'n ding werkt.'

'Maakt niet uit, het is heel simpel. Je drukt op deze knop; mijn code is 020202. Dan ga je hiernaartoe.' Ze wees de dicteerapp aan. 'En speel je deze af, die met de datum van gisteren.'

Solveig herhaalde het snel een keer en verstopte toen de telefoon onder haar jas. 'Ik ga zo snel mogelijk naar Haakon en Kristofer toe.' Ze omhelsde Ira. 'Ik laat een kaars en lucifers voor je achter. Dan heb je in elk geval wat licht,' fluisterde ze.

Toen ze de deur achter zich sloot, voelde Ira zich eenzamer dan ooit. Ze trok de deken over zich heen in een poging om warm te worden.

Ze moest in slaap zijn gevallen, want toen ze haar ogen opendeed was het buiten licht. Ze had gedroomd dat haar moeder bij haar was, het kussen was nat van haar tranen. Iemand had een bord met havermout en een mok thee bij de deur gezet. Ze wilde het oppakken, maar bedacht zich en probeerde de deurklink. Op slot. Ze had ook eigenlijk niets anders verwacht. Ze nam de havermout en thee mee naar haar bed en werkte de koud geworden hap naar binnen. Wat er ook ging gebeuren, ze moest ervoor zorgen dat ze genoeg energie had voor het moment dat ze de kans kreeg te ontsnappen.

Op dat moment herinnerde ze zich de brief van Inger. Ze scheurde de enveloppe open en begon te lezen. Inger had haar willen helpen ontsnappen! Ze had een heel plan voorbereid, maar had Ira niet meer op de hoogte kunnen brengen. Ze las verder en sloeg haar hand voor haar mond. Het was alsof haar lichaam versteende. Dit kon niet waar zijn!

66

Odin

Hij keek toe hoe de genodigden om beurten een handje met zand op de kist gooiden. De aarde was zo zwart als zijn ziel, die werd verteerd door woede. Het was allemaal de schuld van die duivelin! Hij had vanaf het begin op zijn instinct moeten vertrouwen, maar was afgeleid geweest door alle gebeurtenissen rondom Grønncorp, de opvolging van Fridtjof en door zijn overlijden. En eerlijk gezegd had hij het ook niet vervelend gevonden dat hij een huwelijkskandidaat voor Junior had gevonden. Maar alles was slechts een dekmantel geweest om op een slinkse manier hun gemeenschap binnen te dringen. Ira had de duivel in zich, net als haar moeder. Deze keer moest hij het anders aanpakken, ze moest verdwijnen voordat Kristofer en Haakon meer vragen zouden gaan stellen. Nu was alles misschien nog te repareren en hoefde hij niet zo rigoureus te werk te gaan als bij Freya.

Toen hij aankwam bij het huis van de Nederlander was Freya weg. Hij was niet goed voorbereid geweest, ze had met een sneeuwscooter kunnen ontsnappen en hij was hulpeloos achtergebleven. Er was niets geweest waarmee ze haar konden achtervolgen, omdat ze als een kip zonder kop achter haar aan waren gerend. Hij had de Blauwe Brigade het huis van de Nederlander laten omkeren, op zoek naar een spoor waar ze naartoe gevlucht kon zijn. Dat had niets opgeleverd. De bewoner zelf was ook al even niet meer in het huis geweest voor zover ze hadden kunnen nagaan. Zijn vuilnisbak was geleegd en er lag wat ongeopende post op de mat, die langer dan een week daarvoor was afgestempeld. Allemaal ongeadresseerde reclame. Geen naam. Ze hadden bij de buren rondgevraagd, maar die woonden vrij ver bij de Nederlander vandaan en hadden weinig of geen contact met hem gehad. Wisten ze dan waar hij woonde als hij in Nederland was? Of hoe hij heette? Ook daar hadden ze hem het antwoord op schuldig moeten blijven. Al verwachtte hij weinig medewerking van dat stelletje ongelovigen die hen met de nek aankeken.

Freya was bijna acht jaar lang spoorloos geweest, totdat hij ontdekte dat Inger een brief van haar had gekregen. De Nederlander had er niet alleen voor gezorgd dat Freya kon ontsnappen, ze was verliefd op hem geworden en had een kind van hem gekregen. Met hulp van de broeders van Het Nederlands Genootschap daar was hij erachter gekomen waar ze woonde.

Zodra de begrafenis was afgelopen zou hij Ira ergens anders onderbrengen dan in het klooster. Op een plek waar het verleden eens en voor altijd kon worden afgesloten. Na Ira was er geen getuige meer van Freya's bestaan en kon niemand meer vertellen hoe het verhaal echt in elkaar stak. Het huis van de Nederlander was nooit verkocht en ook niet meer bewoond geweest sinds Freya's vlucht. Zou het niet de ultieme wraak zijn als de dochter van Freya en die Nederlander daar om het leven zou komen? De politie zou het vast afdoen als een noodlottig ongeval, wanneer een 'kraker' tijdens een brand in een oud en vervallen pand om het leven kwam. Terwijl hij naar Kristofer en Haakon keek, die afscheid namen van hun vader, voelde hij zich steeds onrustiger worden.

Toen ze tussen de met sneeuw bedekte graven door naar de kerk liepen, zag hij Solveig naar de broers Berg toe lopen. Ze wilde hun vast een hart onder de riem steken. Mette stak haar arm door de zijne en Junior liep in hun kielzog mee naar binnen. Hij zag ertegen op om hem te vertellen dat er geen huwelijk zou komen. Dat Ira een verraadster was. Die jongen had er al zo lang over gedaan om een geschikte vrouw te vinden. Hij zuchtte diep.

'Gaat het wel, Odin?' vroeg Mette, die zijn zucht verkeerd interpreteerde.

'Ja...' In een flits zag hij iets wat hij niet kon plaatsen. Solveig overhandigde een voorwerp aan Haakon, het was klein en zwart.

'Wat wilde je zeggen?' Mette kneep zachtjes in zijn arm.

'Hm, niets. Ik ga even naar Haakon.' Hij liet Mette los en beende op Haakon af. Solveig was inmiddels bij Mats gaan staan, die in de rij stond voor koffie.

'Hoe vond je de begrafenis, Haakon?' Hij keek hem onderzoekend aan.

'Goed hoor. Ik denk dat vader het mooi had gevonden.' Hij haalde zijn hand uit zijn broekzak en schoof zijn jas eroverheen.

'Wat aardig dat Solveig je een kaartje gaf,' probeerde hij.

Haakon keek hem even verward aan. 'Een kaartje? O, nee, nee... dat was een boekje. Zullen we koffie halen?'

Hij loog. Hij kende Haakon zijn hele leven en ook al was hij er beter in om dingen te verbergen dan Kristofer, deze keer was het hem niet gelukt. 'Ik heb vandaag al genoeg koffie gehad, ik ga even met Solveig praten.' Het zou makkelijker zijn om haar aan de tand te voelen dan Haakon. En blijkbaar was het iets wat het waard was om over te liegen, dus nu moest hij weten wat het was.

67

Ira

Pas toen de zon een tijd onder was, hoorde ze voetstappen op de trap. Geroezemoes. Ze ging bij de deur klaarstaan, met de stoelpoot die ze had losgewrikt in haar hand. Ze hoopte zo dat haar boodschap bij Kristofer en Haakon was overgekomen. Dat Solveig de boodschap had kunnen afspelen. De sleutel draaide in het slot en ze zette zich schrap. Er scheen een licht de kamer in. Iemand stapte naar binnen. Ze registreerde dat het een donker geklede man was en haalde uit met de stoelpoot. Er kraakte iets toen het hout zijn nek raakte. Hij kreunde en zakte op zijn knieen. Meteen haalde ze nog een keer uit. Op zijn hoofd deze keer. De man viel voorover. De zaklamp gleed uit zijn hand en het licht scheen op zijn gezicht. Het was Mats. Ze voelde haar hele lichaam verstijven van angst. Het gonsde in haar hoofd. Waar Mats was, was Odin. Zouden ze nu zijn gekomen om hun werk af te maken?

Haar instinct zei haar dat ze moest maken dat ze wegkwam. Naar buiten, voordat Mats bijkwam. Maar iets in haar hield haar tegen. Ze moest slim zijn, hen een stap voor blijven. Als ze nu naar buiten rende, was het een kwestie van seconden, minuten misschien, voordat Odin of een van zijn handlangers haar zou pakken. Wat als ze hen zou afleiden? Ze pakte de zaklamp van de grond en stak die in de zak van haar mantel. En het pistool? Kon ze iemand neerschieten als het nodig was? Het was in elk geval beter als het niet hier bleef liggen. Ze haalde het met trillende handen voorzichtig uit Mats' holster en deed het pistool in haar andere zak. Toen pakte ze de kaars en stak hem aan. Ze zette hem op de grond en trok het laken dat op het bed lag zo, dat de vlam eraan kon likken.

Ze draaide de deur zachtjes in het slot en nam de sleutel mee. Daarna sloop ze de trap af. De omgevallen kast lag nog midden in de kamer, zoals ze hem de vorige keer had achtergelaten. De andere kasten stonden er als een soort plechtige bewakers omheen. Voorzichtig liep ze naar de deur en ze keek de gang in. Johannes stond bovenaan de trap op wacht. Voordat ze bij hem was zou hij haar allang gezien hebben. Ze trok haar hoofd terug. Ze moest zich verstoppen totdat ze doorhadden dat er iets mis was. Ze kroop achter een van de kasten die nog overeind stonden in het donkerste gedeelte van de kamer en wachtte af.

Ineens hoorde ze de zware stem van Odin. Hij vroeg iets aan Johannes. Haar hele lijf tintelde van de angst. Ze voelde zich misselijk worden. Zou Odin naar boven komen als het te lang duurde? Er kwamen voetstappen haar kant op. Ze drukte zich nog dichter tegen de kast aan en hield haar adem in. 'Mats?' riep Johannes. Hij passeerde haar en liep de trap op naar de torenkamer. 'Mats!' Hij rammelde aan de deur. 'Doe open!' Er kwam geen reactie. Ze hoorde Johannes terug komen rennen, in de richting van de hal. 'De deur zit op slot en ik ruik rook!' riep hij naar beneden.

'Doe de deur dan open,' brulde Odin terug.

'Dat kan niet. De sleutel is weg!'

'Ik kan ook niets aan een ander overlaten,' riep hij kwaad. 'Ik haal zuster Nilsson wel, die heeft vast een reservesleutel.'

Johannes kwam weer terug de kamer in, om vervolgens boven tegen de deur te gaan rammen. 'Mats, ben je daar?!'

Het was nu of nooit. Er was een kans dat er buiten bewaking

rondliep, maar dat risico moest ze nemen voordat ze doorhadden dat ze niet in de kamer was. Zo snel als ze kon, sloop ze langs de balustrade naar de hoofdtrap in het volle zicht van iedereen die daar rondliep. Als Odin in de kamer van zuster Nilsson was, en nu naar buiten kwam, was ze erbij. De houten treden kraakten terwijl ze de trap af rende op haar tenen om zo min mogelijk geluid te maken. De pijnlijke plek op haar slaap bonsde harder dan ooit. Ze schoot de donkere eetzaal in.

Achter haar klonk het geluid van een deur die openging. Rennende voetstappen. 'Geef die sleutel maar aan mij,' hoorde ze Odin bars zeggen. 'Ik ben sneller die trap op.'

'Ik kom eraan, ga maar vast,' bracht zuster Nilsson hijgend uit.

Ira sloop zo snel ze kon de eetzaal door, om via de keuken naar buiten te gaan. Ze had waarschijnlijk niet veel tijd meer en moest bij Alva zien te komen. Als ze het paard had, kon ze wegkomen en het plan van Inger volgen.

Ze nam de kortste route dwars over het binnenplein naar de stallen. Ze had het gevoel dat er elk moment iemand tevoorschijn kon komen, die haar in de rug zou schieten. De adrenaline pompte als een bezetene door haar lichaam waardoor haar ledematen haar als vanzelf vooruithielpen.

Ze was bij de stallen aangekomen. Meteen rook ze de smerige, chemische geur van verschroeid hout en plastic. Het voorste deel van het gebouw was gespaard gebleven, daar hadden ze wel voor gezorgd, dacht ze grimmig. De brand was precies in de achterste stallen geweest, waar Voss altijd stond. Ze wilde hier eigenlijk niet naar binnen, op de plek waar Inger was gestorven. Het voelde alsof ze een donkere graftombe betrad. Maar ze had geen tijd om erbij stil te staan. Inger had gewild dat ze vluchtte.

Ze rende naar de box van Alva. Ze was er nog! Ira was zo bang geweest dat zij misschien ook was omgekomen in de brand. Het dier kwam meteen naar haar toe. Ze aaide haar en trok haar aan de halster zo snel mogelijk mee de box uit. Ze twijfelde of ze nog tijd had om haar op te zadelen, maar besloot het risico niet te nemen en leidde het paard naar de buitendeur.

Ineens stond er een grote gedaante in de deuropening die de weg versperde.

'En waar dacht jij naartoe te gaan?' vroeg Odin.

68

Ira

'Laat me los!' riep ze, terwijl ze zich uit zijn stevige greep probeerde te ontworstelen.

'Nee, je gaat met mij mee, verraderlijk loeder!'

Hij begon haar over de binnenplaats mee te trekken naar het hoofdgebouw, waar inmiddels rook uit de torenkamer naar buiten kwam. Voor de ingang stond een busje van de Blauwe Brigade geparkeerd. De grote houten deuren van de hoofdingang stonden wijd open. Van binnen kwamen stemmen. Iemand riep: 'We hebben meer blusapparaten nodig!'

Er stopte een andere auto achter het busje. Haakon en Kristofer stapten uit.

'Help, Kristofer, Haakon!' schreeuwde Ira.

'Mond dicht!' beval Odin, terwijl hij een hand voor haar mond deed en haar de schaduw van het gebouw in probeerde te trekken.

De geur van honingzeep drong haar neusgaten binnen. Ira kokhalsde.

'Odin? Wat heeft dit te betekenen?' Kristofer kwam naar hen toe gerend met een verwarde blik in zijn ogen. 'Is er brand?!' Pas toen viel zijn blik op Ira en Odin. 'Wat doet zij hier nog?'

'Rustig, rustig,' maande Odin. 'Wie heeft jullie gebeld? Ga maar naar huis, ik regel het hier allemaal wel.'

'Waarom zit zij niet in het vliegtuig op weg naar huis, zoals je gezegd had?' vroeg Haakon ontzet. 'En wat is er binnen aan de hand?'

'Ira heeft de toren in brand gestoken. Ze wilde leugens over ons verspreiden, ons kapotmaken met haar beschuldigingen,' riep Odin. 'Ik moest haar ervan overtuigen haar mond te houden en wilde weten wat ze van plan was. Daarom had ik haar nog even hier gehouden.'

'Vastgehouden bedoel je?' Haakon liep naar hen toe. 'Laat haar nu maar los, Odin.'

Odin verstrakte zijn greep. Zijn handen waren als ketenen om haar bovenarmen geklemd. 'Hij liegt! Hij wil me vermoorden,' riep ze uit, terwijl ze los probeerde te komen.

'Luister naar me!' brulde hij nu vlak bij Ira's oor tegen Haakon en Kristofer. 'Soms moet je offers brengen. Ira kan onze gemeenschap enorm schaden met haar verhaal. Ik kan haar niet zomaar laten gaan, dat begrijpen jullie toch wel?' Zijn stem klonk ineens honingzoet, alsof hij besefte dat die aanpak misschien beter werkte.

'Je bent een moordenaar, Odin! Je hebt genoeg mensen omgebracht. Onze moeder, mijn vader, Inger, meneer Pedersen, en zo kan ik wel door blijven gaan,' kwam Ira tussenbeide.

'Houd je mond!' brieste Odin.

'Ik wil nu weten wat er aan de hand is,' riep Kristofer. 'Heb jij mij meegenomen uit Friesland, Odin? Heb jij onze moeder vermoord?'

'Ik heb jou opgehaald, dat klopt. Je moeder was een afvallige, weet je nog? Ze had het recht niet om jou mee te nemen. En die man...' In zijn stem klonk minachting. '... was niet jouw vader. Jij bent de zoon van de leider, Kristofer. Vergeet die hoer en haar man. Ze zijn het niet waard.'

Ira voelde iets groeien in haar borst. Hij moest gestopt worden. 'Van de leider, Odin? Weet Kristofer eigenlijk wel dat jij onze moeder hebt verkrácht? Dat hij jóúw zoon is?!'

Odin liet haar los en gaf haar een harde klap tegen haar achterhoofd.

Ira viel op de grond en belandde op haar knieën. Ze greep naar haar hoofd. Een hete, stekende pijn. Net als toen met de zwarte mannen... Ergens op de achtergrond hoorde ze Kristofer verschrikt naar Odin roepen dat hij moest stoppen. Ze voelde in haar zakken. Het pistool, waar was het? Het moest uit haar zak zijn gevallen. Haar handen tastten door de sneeuw onder haar en stuitten op iets hards. Ze kwam langzaam overeind, hield het wapen verborgen. Odins gezicht was vertrokken tot een gruwelijk masker, dat er in het licht van de lantaarnpaal nog angstwekkender uitzag.

'Jij wilde Freya de mond snoeren, nadat ze jou ervan had beschuldigd dat je haar vader gedood had. En je wilde dat ze zwanger werd van jou! Fridtjof en zij konden moeilijk kinderen krijgen, dat wist je. Haakon was te vroeg geboren en leek ziek en zwak, misschien zou hij het niet eens halen. Jij zag je kans schoon en dacht door een kind bij Freya te verwekken de macht naar je toe te kunnen trekken. Alleen was ze plotseling verdwenen, waardoor je plan werd gedwarsboomd. Je kwam er uiteindelijk achter dat Inger wist waar Freya was. Je hebt Inger net zolang gemarteld tot ze het wel moest vertellen.'

'Leugens, allemaal leugens van een goddeloze hoer,' grauwde hij, terwijl hij een stap in haar richting zette.

Ze haalde het wapen tevoorschijn en richtte het op hem. Ontgrendelde de veiligheidspal. 'Blijf daar! Inger heeft alles verteld in een brief. Zij was mijn moeders beste vriendin. En jij hebt hen allebei vermoord, allemaal om je eigen doel te bereiken. Om via je zoon meer macht te krijgen.' Ze liep achteruit in de richting van het paard dat nog braaf buiten stond te wachten.

'Doe dan iets, jongens, pak haar!' riep Odin.

'Odin, ik heb een opname gehoord waarin je toegeeft dat je hen hebt vermoord, waarom?' riep Kristofer nu uit.

‘Ik deed het allemaal voor jou,’ schreeuwde Odin. ‘Fridtjof was een zwakkeling en kon alleen maar zwak geslacht voortbrengen. We hadden een gezonde, sterke leider nodig. Ik was de enige die daarvoor kon zorgen. En Freya had jou van mij afgepakt!’

Ira was bijna bij het paard aangekomen. ‘Als ik jullie dan niet kan overtuigen, wees dan in elk geval geen moordenaar, zoals Odin. Bewijs dat mensen vrij zijn en kunnen gaan en staan waar ze willen, Kristofer. Laat me gaan.’ Ze wenkte Haakon. ‘Wil jij deze voor mij vasthouden?’ Met bevende handen overhandigde ze het wapen aan Haakon. ‘Ik ga nu op Alva zitten en rijd weg,’ zei ze zelfverzekerder dan ze zich voelde.

‘Schiet haar neer!’ riep Odin tegen Haakon.

Ze reed met Alva in de richting van de weide, toen Odin de weg ineens blokkeerde en wild zwaaiend voor hen ging staan. Het paard stopte abrupt, wilde wegdraaien, maar schrok van Odins geschreeuw en zijn wilde bewegingen. Ira voelde hoe de spieren van het dier zich aanspanden toen ze omhoogkwam. Ira klampte zich aan de hals van het paard vast. Alva trappelde paniekerig met haar voorbenen en raakte Odin. Die viel met een harde plof achterover in de sneeuw, vlak voor Alva’s hoeven. Op zijn voorhoofd was een grote, donkere plek ontstaan. Ze keek naar hem, hoe hij daar roerloos lag. Was hij dood? Een benauwd gevoel drukte op haar borst. Haar vingers en gezicht begonnen te tintelen. Ze blies hard uit, en voelde dat ze weer controle kreeg over haar lichaam.

Kristofer en Haakon kwamen op hen afgerend. Ira draaide zich om. ‘Weet je nog, Simon, dat je net nieuwe schoenen had gekregen op de dag dat je verdween? Je was er zo trots op. Je eerste Nikes,’ zei ze zachtjes tegen hem.

Toen gaf ze een ruk aan de halster en stuurde Alva weg van Odins grote, roerloze lichaam. Ze zette haar hakken in de flanken van het paard en draafde door het hek, langs de bekende paden, op weg naar de plek die ze met Solveig had afgesproken.

EEN PAAR MAANDEN LATER

Ira

'Heb je het al gezien?' Ronne gebaarde opgewonden naar het scherm van zijn laptop.

Ira kwam in haar pyjama en favoriete wollen sokken de keuken in gelopen. 'Wat heb je daar?' Ze wreef de slaap uit haar ogen en boog zich over hem heen om mee te kunnen lezen. Haar hart maakte een sprongetje. 'Dat meen je niet! Mijn artikel is opgepikt door alle grote dagbladen!'

'Ik had niet anders verwacht,' zei Ronne met onverholen trots in zijn stem.

Ze gaf hem een kus op zijn kruin en pakte de laptop van tafel. 'Ik moet dit even rustig lezen hoor!' Ze klikte een van de koppen aan en ging op de stoel naast Ronne zitten. Haar ogen scanden het artikel.

GEVLUCHT UIT MOORDDADIGE SEKTE
Tekst: *Ira Glastra* Fotografie: *Solveig Olsen*

De broers Kristofer en Haakon Berg (30 en 31 jaar) groeiden op in een orthodox-christelijke gemeenschap genaamd Het Noors Genootschap, die veel weg heeft van een sekte. Journalist Ira Glastra ging undercover in de sekte op zoek naar haar doodgewaande broer. Zij

stuitte daarbij op allerlei misstanden en zelfs op moord. De leiding van de sekte maakte gebruik van een brigade die opstandige leden met harde hand in het gareel hield. De leden van deze zogenaamde Blauwe Brigade zijn inmiddels allemaal opgepakt en zitten vast tot hun zaak voorkomt. Naar een van de belangrijkste kopstukken, Odin Olsen, wordt nog gezocht. Interpol heeft hem op de internationale opsporingslijst gezet van meest gezochte criminelen.
Het begon voor Ira allemaal op het moment dat er brand uitbrak in de boerderij in Oudega, waar ze als klein meisje opgroeide onder de naam Yfke, en waar haar ouders en broer Simon omkwamen. Dat was althans wat iedereen dacht, maar Ira was ervan overtuigd dat haar broer nog leefde (...)

'Ze hebben het een-op-een overgenomen. Het hele verhaal. Ongelofelijk!' Ze sloeg met haar vuist op tafel. 'En zelfs met de foto's die Solveig gestuurd heeft.'

Ze was zo blij voor Solveig. Ze was verlost van Mats, die de brand ternauwernood had overleefd en was opgepakt. En van haar verschrikkelijke vader Odin, die spoorloos was verdwenen. Haakon had haar geholpen om aangenomen te worden op de Universiteit van Oslo, waar ze milieukunde zou gaan studeren. Solveig had in de hele nasleep van de brand en tijdens de politieonderzoeken kans gezien om foto's te maken en ze naar Ira toe te sturen. Ook had ze Ira geholpen door bewijsmateriaal van Mats' computer naar haar en de politie te mailen, voordat hij alles had kunnen verwijderen.

Haakon was al snel vrijgesproken en had kort daarna besloten om definitief in Oslo te gaan wonen. Hij had al zijn banden met Het Noors Genootschap verbroken, maar niet die met Kristofer en Solveig. Voor Kristofer was het moeilijker geweest om afstand te nemen. Hij werd in eerste instantie beschuldigd van medeplichtigheid aan de moord op Pedersen, maar was wegens gebrek aan bewijs vrijgelaten. Hij wilde van Het Noors Genootschap een eigentijdse, moderne gemeenschap maken, waar mensen vrijwillig konden wonen en werken. Waar ze elkaar zouden vinden in hun liefde voor God en de natuur. Hij kon zijn idealen niet zomaar opgeven, had hij tegen haar gezegd. Maar hij zou haar binnenkort komen opzoeken, samen met Haakon.

Ineens wist ze het zeker. Het was alsof een vlammetje dat lang in haar gewakkerd had nu fel begon te gloeien. Al die tijd had het verleden haar zo in zijn greep gehouden dat ze niet echt had geleefd. Ze wilde niet langer oude herinneringen herleven, maar nieuwe herinneringen maken, samen met Ronne.

Ze klapte de laptop dicht en keek hem aan. 'Ga je met me mee naar Oudega vanavond? Dan laat ik je zien waar onze boerderij stond.'

Hij keek haar verbaasd aan.

'Ik heb het nooit verkocht, weet je.'

'Hoe bedoel je?'

'Ik heb het land geërfd. Het huis is na de brand gesloopt en weggehaald. Maar de grond is nooit verkocht. Het is nu niets meer dan een stuk weiland met een paar bomen erop. Maar wie weet wat we er samen van kunnen maken.'

EPILOOG

Kristofer

Simon opende zijn ogen en zag dat hij in een bed lag. Het was anders dan zijn bed thuis. Het dak liep in een punt en alles was van hout. Hij zat in een boot! Ineens herinnerde hij zich de baardman weer. Hij schoot overeind en sprong het bed uit. Hij wilde het deurtje opendoen waarmee de kajuit was afgesloten, maar het bewoog niet mee. Zijn hart bonkte. Wat was hier aan de hand? Hij rammelde harder aan het deurtje en begon te roepen: 'Laat me eruit!'

Er kwam geen reactie. Hij schreeuwde nog een keer, nu op z'n allerhardst. Ineens ging het deurtje open en kwam de baardman binnen. Simon deinsde achteruit.

'Simon, wij zijn gekomen om je naar je vader te brengen,' zei de man op een toon alsof hij aardig was.

'Mijn vader is thuis! Ik wil naar huis!' schreeuwde hij terug.

'Dat is niet je echte vader, Simon. Die woont in Noorwegen. En je moeder en nepvader zijn dood,' zei de man nu streng. 'En je zusje ook.'

Simon voelde hoe zijn hele lichaam begon te trillen. De haartjes op zijn armen stonden recht overeind. De baardman keek hem koud aan door zijn zwartgerande bril. 'Ik wil naar huis,' zei hij nog een keer en hij begon te huilen.

Nu werd de man boos. 'Ben jij nou een grote jongen? De zoon van een leider? Nou? Houd eens op met dat gemekker!'

Ineens moest Simon aan zijn nieuwe schoenen denken. Wat zou zijn moeder wel niet zeggen als hij zijn schoenen nu al kwijt was? Ze had ze met hem uitgezocht, speciaal voor groep vijf. 'Waar zijn mijn Nikes?' vroeg hij daarom, terwijl hij probeerde zijn gesnik te bedwingen.

'Dat is beter,' zei de baardman toen hij zag dat Simon zijn best deed om niet meer te huilen. 'Die schoenen ben je kwijt, maar wees niet bang, je krijgt een paar mooie nieuwe als we in Noorwegen zijn. Beloofd.' De man pakte een beker uit een keukenkastje en schonk melk voor Simon in. Hij deed er een paar druppels uit een klein flesje bij. 'Zo, drink dit maar op, dan kun je even lekker slapen. Het is nog een hele tocht,' zei hij in zijn gekke Nederlands.

Odin opende langzaam zijn ogen van achter zijn gebarsten brillenglazen. Kristofer keek toe hoe hij probeerde te focussen, wat moeilijk lukte omdat één oog dichtzat vanwege het geronnen bloed en omdat hij een kapotte bril had. Nadat Ira was verdwenen, hadden hij en Haakon Odin in de Tesla gezet.

In alle commotie vanwege de brand was het niemand in het klooster opgevallen wat zich bij de stallen had afgespeeld. Odin leek er ernstig aan toe. Hij had een trap tegen zijn hoofd gekregen van het paard en bloedde uit een wond bij zijn oog. Ook was er iets met zijn been, dat geraakt was door het paard. Odin kon niet meer lopen. Hij was bewusteloos geraakt en moest naar een ziekenhuis worden gebracht. Kristofer had gezegd dat hij Odin weg zou brengen, al wist hij dat Odin nooit geholpen zou willen worden door goddeloze buitenstaanders. Haakon volgde hen in zijn auto.

Toen Ira, of eigenlijk dus Yfke, hem naar de Nikes vroeg, waren er ineens weer flarden van herinneringen naar boven gekomen. Hij wist niet of alles klopte van wat hij zich herinnerde, maar het leek allemaal levensecht. Plotseling voelde hij zich weer dat kleine jongetje dat was weggerukt van zijn ouders en zusje, uit zijn vertrouwde omgeving.

Hoe moest hij nu verder? Het was vreselijk wat Odin had gedaan en hij had hiervoor straf verdiend, maar hij had hem tegelijkertijd ook zoveel gegeven. Kristofer geloofde in een betere wereld en dat hij daar met zijn gemeenschap aan kon werken vanuit hun liefde voor God en de aarde die hij geschapen had. Hij wilde dat niet zomaar opgeven! Hij moest verder, maar wel op een andere manier.

In zijn achteruitkijkspiegel zag hij twee koplampen dichterbij komen.

Hij hoorde gekreun naast zich. Het leek of Odin iets wilde zeggen. Kristofer hield zijn oor dicht bij Odins mond. 'Je moet Ira doden,' bracht Odin moeizaam uit.

'Nee,' zei Kristofer, 'het is genoeg geweest. Ik ga het allemaal anders doen.' Ineens wist hij het zeker. Hij was aangekomen bij de fjord waar Haakon hem over verteld had.

'... Ira verrader,' fluisterde Odin naast hem.

Kristofer reed de auto naar de rand van de fjord en zette de versnellingspook in de neutrale stand. Een kort moment keek hij Odin aan. Las hij berusting in zijn ogen? Kristofer stapte uit en deed de deur achter zich dicht. Het was alsof er een hand om zijn hart sloot en er hard in kneep. Met zware passen liep hij op Haakon af, die net uit zijn auto was gestapt.

Haakon keek hem vragend aan. Kristofer knikte. Samen liepen ze naar de achterkant van de Tesla en zetten zich schrap. Met vereende krachten duwden ze de auto naar de rand. De sneeuw was stroef, alsof ze door een onzichtbare kracht werden tegengehouden. Kristofer vroeg zich ineens af of het de hand van God was. Hij hoorde Haakon naast zich zuchten van inspanning. Er kwam een vastberaden trek om zijn mond, toen hij merkte dat Kristofer twijfelde. Voor Kristofer het teken om alles te geven wat hij had. Het was goed zo. Samen duwden ze uit alle macht, tot de weerstand ineens verdween. Toen lieten ze los. Schouder aan schouder keken ze hoe de Tesla omlaaggleed. Tot de motorkap over de rand schoof en de wagen kantelde alsof hij een duik nam.

Even was het doodstil. Toen brak de auto met een daverende klap door het ijs in de fjord beneden hen. Zwijgend keken ze omlaag naar het donkere gat in de besneeuwde ijsvlakte. Over enkele dagen zou alles weer wit zijn.

Smetteloos wit.

DANKWOORD

Als tiener las ik het boek *Gevangenis met een open deur* van Jan Terlouw. Dit maakte grote indruk op mij. Ik raakte gebiologeerd door het verschijnsel sektes en ook door bepaalde geloofsgemeenschappen die veel weg hebben van sektes. Door het gegeven dat wij als mens beïnvloedbaar zijn, en dat er manipulatieve mensen zijn die hier misbruik van maken. Ik heb zelfs een scriptie geschreven over publieksbeïnvloeding, voor mijn afstuderen aan de VU. Die ging weliswaar over de propaganda van de nazi's, maar had ook weer te maken met indoctrinatie en beïnvloeding.

Ik wilde altijd al een boek schrijven over dit onderwerp, en dat heb ik nu dus gedaan. Mede dankzij Roliena, die is opgegroeid in de streng christelijke geloofsgemeenschap de Noorse broeders, en die al mijn vragen wilde beantwoorden. Heel erg bedankt voor jouw verhalen en eerlijke antwoorden, Roliena. Ik heb veel respect voor hoe jij je ontworsteld hebt aan je opvoeding, en alles wat je vertrouwd was hebt losgelaten om je eigen leven te leiden.

Ik heb veel docu's gekeken en verhalen gelezen en geluisterd over sektes en geloofsgemeenschappen. Toen ik op bezoek ging bij Melissa om meer te weten te komen over (Friese) paarden, kwam ik erachter dat zij in een dorp woont waar een heuse sekte actief is. Hoe toevallig! Ook daar heb ik inspiratie uit geput. Dank je wel Melissa, voor je gastvrijheid en voor je enthousiaste verhalen over paarden (en sektes :-)). De sekte waar ik in dit boek over schrijf, bestaat niet als zodanig, maar zou zo echt kunnen bestaan. De waarheid is vaak erger dan fictie.

Ook wil ik Merel graag bedanken, die mij heeft laten kennismaken met Savuti, haar prachtige paard. Zij heeft alle vragen die ik over paarden had, beantwoord en laten zien hoe ze hem verzorgt. Heel fijn, voor een paardenleek zoals ik ;-).

Daarnaast heb ik Tromsø bezocht en kan ik vertellen dat het dorp Viken niet bestaat. Dit is ontsponnen aan mijn fantasie. Oudega, in Súdwest-Fryslân, is een plek waar ik graag kom om te schrijven. Dit plekje heb ik leren kennen door mijn lieve familie, die het mij gunt om me daar af en toe even terug te trekken. Dank jullie wel.

Verder wil ik graag mijn meelezers bedanken, Mariella en Anita. Fijn dat jullie met een kritische blik door mijn verhaal wilden gaan en mij suggesties gaven om het beter en geloofwaardiger te maken. Marelle, jij ook weer bedankt voor de tips die je me hebt gegeven tijdens de schrijfvakanties, heel fijn!

Ook wil ik natuurlijk Manon, Ilse, Willemijn en Sarina van De Crime Compagnie bedanken dat ze zo hun best hebben gedaan om er een mooi boek van te maken. En natuurlijk dat ze ervoor zorgen dat het boek ook bij de lezer terechtkomt!

En tot slot wil ik Sake Mark en onze kinderen Ingvil, Auke en Arwen weer bedanken voor hun support. Ik hou van jullie.

Lees ook van Machteld van Zalingen

Wraakzusters

Drie tieners zijn stille getuigen van een moord.
Vijftien jaar later worden ze geconfronteerd met de gevolgen.

Vriendinnen Petra, Manon en Juliet zijn als zeventienjarigen getuige van de moord op een hoertje. Ze kennen de dader, Peter-Paul, uit het dorp. De meiden durven niet naar de politie, uit angst voor de invloed van de rijke familie van Peter-Paul en de reactie van hun eigen ouders. Ze besluiten hun mond te houden.

Vijftien jaar later belt Manon, die inmiddels rechercheur is, haar vriendin Juliet om te vertellen dat Peter-Paul is verongelukt. Juliet keert terug naar haar geboortegrond op de Veluwe om het verleden af te sluiten, maar dat had ze beter niet kunnen doen...

Bloedlijn

De zoektocht naar een vermist meisje
leidt tot een wilde achtervolging in de bergen.

Wanneer de achttienjarige Emma na een scoutingkamp niet terugkeert, roept haar vriend de hulp van de politie in. Rechercheur Manon Dijkgraaf start een onderzoek. Hoewel haar collega's denken dat Emma vrijwillig is verdwenen, kan Manon de vermissing niet loslaten. Maar dan stuit ze op een onverwachte tegenstander...

Genoten van dit boek? Dan vind je vast de andere boeken van De Crime Compagnie ook leuk! Onze boeken zijn te herkennen aan de kleine doodskopjes op de achterkant, onze e-books aan de roze balk op de voorkant. Enkele van onze titels zijn: